昭告幽微

古希腊诗文品读

刘小枫 著

华夏出版社
HUAXIA PUBLISHING HOUSE

本书为国家社会科学基金重大项目"《牛津古典大辞典》中文版翻译"（项目批准号：17ZDA320）的（阶段）成果

目　录

弁　言

对人性差异的辨识也好,对人世中种种遭际的体味也罢,都有深浅高低之别。通观人类各大文明的早期诗文,古希腊诗文在这方面卓尔不群。为什么如此,很难解释,只能归于历史的偶然。

命运无常,30 多岁时,我到巴塞尔大学留学,才开始正规地修习古希腊文。自那时候起,我深深迷上了古希腊诗文,时常禁不住感叹:要是我上高中时能读到古希腊诗文,该有多好!

成文的言辞是灵魂品质的表达,在习读古希腊诗文的历程中,我始终对一个问题着迷:古希腊诗文究竟浸润着怎样独特而又超迈的精神品质?

要说清楚这一点,可谓一言难尽。不过,有一点可以肯定:在古希腊诗文中,什么样的生活方式(政制)最好,讨论得最为充分——尤其通过对比我们的古人从来没有经历过的民主政制。百年来,我们一直受西方"新教精神"冲击所带来的政制问题困扰,古希腊经典作品所反映的民主政治的兴衰以及高贵精神的生死存亡问题,足以让我们特别珍视古希腊诗文。

与爱琴海孕育的古希腊精神相遇,是世界历史赠与我们这代人的良机。我们若不趁此时机陶铸自己的精神感受能力并由此提升我们的灵魂素养,那么,我们的后人在独享这份珍贵的体验时,难免会为我们错失良机而深感遗憾。

尼采 30 岁出头在巴塞尔大学任教时,曾应邀作过关于教育的公共演讲,其中一段关于"古典教育"的话让我难忘。其大意是,很少有人能凭靠自己的内心力量引领而走上正确的道路,大多数人都不得不需要伟大的引路人和教师,在他们的庇护下培育起良好的形式感受力。这就是古典教育的意义所在,古典教育才是唯一真正的教育故乡。

> 古典语文学家应孜孜不倦地努力亲手把他们的荷马和索福克勒斯带入年轻人的心灵,并且毫无顾忌地用一个未遭反对的委婉语词"古典教育"来称呼这个结果。①

这段话促使我在 20 多年前不揣简陋,着手编修《凯若斯:古希腊语文读本》,我想借此让自己接受古典教育。在历时多年的编修过程中,我常常被一些古希腊诗文片段动人心魄的文辞引向完整的作品本身,由此引发诸多让我依依不舍的体味和思索。确如尼采所说,我能够感觉得到,某种"辨别形式和质朴的感觉在渐渐觉醒"。

基于这些渐渐觉醒的感觉,我陆续写下了《王有所成》《巫阳招魂》《好智之罪:普罗米修斯神话发微》,它们都属于"昭告幽微"系列,只不过在"辨别形式"方面更为专注而已。

十多年前(2009),我出版过繁体字版的《昭告幽微:古希腊诗品六则》(香港牛津大学出版社),其中的两篇长文

---

① 尼采,《论我们教育机构的未来》(赵蕾莲译文),《尼采全集》第一卷,杨恒达等译,北京:中国人民大学出版社,2013,页490。

（识读肃剧《被缚的普罗米修斯》和《俄狄甫斯王》）已经归入我的另外两种作品，这里增补了晚近十年来的若干新作，供同好分享。

除特别注明外，本稿中的古希腊诗文均出自笔者的试译，特此说明。

刘小枫

2020 年元月

古典文明研究工作坊

古风时代的诗歌

奥德修斯的名相

荷马的两部诗作是西方文学、宗教甚至哲学思想的开端,而任何伟大的精神开端都有如永恒的精神之谜,非常令人费解。[①]

古典作品中费解的地方很多,求得正解不容易。阅读古典作品需要耐性,不可指望种种费解之处很快(哪怕三年、五年甚至十年)就得到解答。何况,搞清楚费解之处的文本位置以及费解的问题究竟是什么,已需时经年。

一般的文学史书都会告诉我们,《伊利亚特》是一曲英雄颂歌,《奥德赛》则主要描述惊心动魄的航海历险,故事的主角奥德修斯坚忍不拔、足智多谋(或者诡计多端),显得是不同于阿基琉斯的另类英雄……似乎这样的史诗不会有什么

---

① 1928 年,谢六逸编写的《伊利亚特的故事》由上海开明书店印行。傅东华的《奥德赛》和《伊利亚特》可能是最早的荷马诗作全译本(诗体,上海:商务印书馆,1934)。权威译本:《伊利亚特》,罗念生、王焕生译,北京:人民文学出版社,1994;《奥德赛》,王焕生译,北京:人民文学出版社,1997。

让人费解之处。

　　其实,奥德修斯这个英雄形象就既让人着迷又令人费解,像是诗人精心布下的一道思想迷魂阵。仅仅是细读荷马这两部诗作的开篇,我们就能够感受到这一点。

荷马史诗的开篇言辞

　　奥德修斯在经历过千难万险返回故乡后,对人们讲述了他所经历的特洛亚战事,似乎《伊利亚特》的记叙不过是奥德修斯的回忆。但早在古代晚期,人们就为荷马先写《奥德赛》还是《伊利亚特》争论不休,而"大多数人"认为先写的是《奥德赛》。① 据如今的文史家考证,《伊利亚特》的成文时间稍早于《奥德赛》。倘若如此,我们不妨先看《伊利亚特》如何开篇:

> 愤怒呵,女神哦,歌咏佩琉斯之子阿基琉斯的愤怒罢,
> 这毁灭性的愤怒带给阿开亚人多少苦痛。
> 把多少勇士的英魂送给
> 冥神,使他们的尸体成为野狗和各种
> [5]飞禽的食物,宙斯的意愿得以实现,
> 由此从头讲起吧,从争吵、民人的主子阿特柔斯之子
> 同神样的阿基琉斯相与离跂攘臂讲起。

---

　　① 卢奇安,《真实的故事》,见泰奥弗拉斯托斯等,《古希腊散文选》,水建馥译,北京:商务印书馆,2013,页145。

第一个语词"愤怒"似乎就在为整部作品定调。"女神"是诗人假托的讲述者,指缪斯,诗人祈请她告诉诗人接下来的故事(参见《伊》2.484 – 492)。

"把……英魂送给冥神"的"冥神",原文是大名鼎鼎的"哈得斯",通常译作"冥府"。但在荷马那里,这个语词指的总是一位神,而非地域,因此不能译成"阴间"或"冥府"。

诗人再次提到"勇士们"时,用的都是人称代词"他们"。但这个语词不是单纯代词,其含义还包含"他们的身体"(尸体)。对荷马来说,身体才是实在的,心魂反倒有如影子。第三行的"英魂"与第四行"他们的身体"(尸体)形成对举,是诗人信笔所至,还是有什么深远寓意呢?

再看《奥德赛》如何开篇:

> 这人游历多方,缪斯哦,请为我叙说,他如何
> 历经种种引诱,在攻掠特洛伊神圣的社稷之后,
> 见识过各类人的城郭,懂得了他们的心思;
> 在海上凭着那份心力承受过好多苦痛,
> [5]力争保全自己的心魂,和同伴们的归程。
> 可他最终未能拉住同伴,尽管自己已拼尽全力,
> 同伴们自己过于轻狂,终致毁了自己:
> 这帮家伙太孩子气,竟拿高照的赫利奥斯的牛群来
> 饱餐,赫利奥斯当然剥夺了他们归返的时日。
> [10]就从这儿也给咱们说说罢,女神,宙斯之女哦。

第一行的"游历多方"是个复合形容词,含义暧昧,也可能指"诡计多端、足智多谋"。接下来的"历经种种引诱",原文同样有两个含义,首先是"漂泊、漂游",另一个含义是"被

诱惑""入歧途"。倘若是"漂游"的含义,意思也是"被迫漂游"(《奥》9.35 – 40),也就是说,漂泊的行程并非自己选定的。奥德修斯并不像当时的商贾(《奥》8.161)和流浪者(《奥》14.124),也不像后来的殖民者、探险家、浪漫的漫游者那样随意浪迹天涯,而是一个疲惫不堪的退役军人,渴望回到家乡。

"懂得了他们的心思"的"心思"这个语词,后来成为古希腊哲学的重要术语 nous[心智]。但在荷马笔下,这还是日常用语,绝非形而上学术语,意为"想事情的方式、心灵习惯"(《奥》6.120 – 121)。

荷马诗作影响了后来的哲学,不等于荷马是个"哲人"(在古希腊,"哲人"是个专门的称谓),因此无论如何不能把这个 nous 译作"理智"。古罗马诗人贺拉斯(公元前65—前8)后来刻意让这个语词带有罗马人的经验色彩,而非希腊哲人的理智术语色彩,倒是与荷马的用法相符(《书简》1.2.17 – 22):

> 德性和智慧(sapientia)能做什么,他[荷马]的诗
> 给了我们榜样,那就是尤利西斯。
> 攻下特洛伊之后,他睿智地(providus)审视过许多
> 城市和民族的风俗,当他在海上漂泊,
> 为自己和同伴寻找归路时,忍受了无数
> 艰辛,但从未在各种逆境的浪涛中倾覆。①

---

① 《贺拉斯诗全集:拉中对照详注本》,李永毅译,上册,北京:中国青年出版社,2018,页591。

在荷马笔下，"力争保全自己的心魂……和同伴们的归程"这一句把"心魂"与"归程"连在一起，表明前面的"历经种种引诱"意指"灵魂"受到引诱，从而点明《奥德赛》全篇要讲述的是"心魂之旅"。

诗人在这里特别强调这人"自己的"灵魂，所以也有"奥德修斯之旅"（Νόστος Ὀδυσσέως）这样的诗篇名。柏拉图的《斐多》被后世之人比作描写苏格拉底的《奥德赛》，这无异于说《斐多》描绘的是苏格拉底的"心魂之旅"，即灵魂经历种种引诱的归程。

其实，现有的篇名Ὀδύσσεια（省略ᾠδή）既非出自荷马，也非出自后来的古代编辑家，而是一种约定俗成的描述：指一部诗篇通过展示一个人的行动来揭示他的（内在）伦理性情。

"心魂"这个语词在这里显得非常重要，其本义是"气息"，意指动物性的生命本身，或者生命赖以存活的基础，但并不等同于肉体生命。在荷马笔下，人死的时候，这口"气息"会通过嘴（《伊》9.409）或伤口（《伊》14.518,16.505）离开身体。

"心魂"虽然没有身体，却有形体（《伊》23.65 及 23.106；奥 11.84 及 11.205），尽管这形体不过是一种"影像"（εἴδωλον；《伊》23.104；《奥》11.601,24.14）。读过一点柏拉图的人都知道，所谓"理式"或"相"就与这个语词有瓜葛。

两部诗篇都从吁请缪斯叙说开始。换言之，从形式上讲，这两部诗作都是缪斯在叙说，诗人显得不过是个笔录者。如何理解这种形式？

一种可能的理解是：诗人吟诵的不是自己知道的事情，而是缪斯告诉他的，诗人无异于缪斯的传声筒，代缪斯发出声音，从而表明了古老诗人的虔敬品质。用柏拉图笔下的苏格拉底的说法,至多可以说是诗人在叙说时有神灵附体。①

　　另一种可能的解释是:诗人借缪斯之口来讲述,这无异于隐藏了自己或自己的立场——不妨想想柏拉图的作品好些借苏格拉底的口来讲述(我们需要知道,敬拜缪斯神是后来时代才有的)。

　　说到底,"史诗"(ἔπος/ epos)是缪斯的作品。不过,ἔπος最初的意思是吟唱者的语词(尤其语词的声音),译作"史诗"未尝不可,但得小心,不可在如今"史学"或"历史"的含义上来理解"史诗",似乎ἔπος是为了记载历史而写的诗篇。

　　在荷马的用法中,ἔπος一词的含义很多:"叙述、歌""建议、命令""叙述、歌咏""期望""言辞"(与行为相对,比如"用言和行帮助某人",《伊》1.77;《奥》11.346),还有"(说话的)内容、事情"、"故事"(比如"小事情",《奥》11.146)。与"叙说"(μῦθος / mythos)连用,ἔπος更多指涉讲述的内容、讲述的外在层面,μῦθος则指涉讲述的精神层面(按尼采的看法),或者说内在层面的表达、内在心扉的敞开。也许,ἔπος译作"叙事诗"比较恰当,更少误解。

　　把两部诗作的开篇对起来看,可以发现好几个相同的语词:"人"(《伊》1.7;《奥》1.1)—"心魂"(《伊》1.3;《奥》1.6)—"许多"(《伊》3;《奥》1.3及4)—"苦痛"(《伊》1.2;奥1.4)—"宙斯"(《伊》1.5;《奥》1.10)。倘若把这些相同的语词连起来,恰好可以构成一个句子:人的心魂因宙斯而经受许多苦痛。

---

　　① 中国远古的诗人与巫医也有瓜葛,参见周策纵对"风"和"登高临赋"的考释,周策纵,《古巫医与"六诗"考》,台北:联经出版公司,1989,页179以下。

这是偶然吗？抑或这仅表明两部诗作有共同的主题，即灵魂与受苦的关联，以至于可以说，所谓"神义论"问题在荷马那里就出现了？如果不是，又如何解释这些相同语词？

让人费解，不是吗？无视这一问题，我们兴许就踏不进这部伟大诗篇的大门。

还有不那么明显的相同语词，比如《奥德赛》第 5 行的"力争"与《伊利亚特》第 6 行的"争纷"，都有与人斗争的含义。用今天的话来说，既有与外国人的斗争，也有与自家人的斗争，或者说国际政治和国内政治。

更为明显的是，《伊利亚特》开篇第一个语词"愤怒"与《奥德赛》第 4 行的"心力"相似。后来在柏拉图笔下，"心力"也成了一个关键语词，即所谓"血气"（$\vartheta\upsilon\mu\acute{o}\varsigma$ / thymos），其原义指人身上能被激发起来的地方，生命力跳动的地方，感受、意欲的位置等等，与"愤怒"可以说互为表里。血气是内在的东西，发于外则显为"愤怒"。索福克勒索笔下的俄狄浦斯就是如此：俄狄浦斯说，连盲先知也会被激怒，所以克瑞翁说他颇有"血气"。

这些相同之处使得人们很早就开始关注荷马两部作品之间的关系，何况，两部作品显而易见的主题——出征和还乡——正好构成一个整体。

与《伊利亚特》开篇第一词"愤怒"对应，《奥德赛》开篇第一词是"这人"。亚里士多德很有可能是因为注意到这一点，才在《诗术》中对比说：《伊利亚特》是关于"激情"的诗，《奥德赛》是关于"性情"的诗（《诗术》1459b14）。

希腊化时期亚历山大里亚城的古典学家曾提出，《奥德赛》不是荷马的诗作，他们因此得了个"分离者"的绰号。然而，即便《奥德赛》不是荷马的诗作，也不等于否定了两部诗作的关联。所以,自 18 世纪以来,关于两部作品是否是个整体(以及诗人仅荷马一人抑或多人,等等),西方的古典学家们又争吵起来。

有关联不等于两者完全相同,而是指两者之间有思想上的内在勾连。《伊利亚特》开篇强调对生活具有破坏性的激情及其后果,《奥德赛》开篇给出的却是一个经历过千辛万苦且鬼点子多多的英雄形象。两部诗作的开端概括的毕竟是不同的东西,而且,即便非常相近的事情,讲法也不同。

比如,《奥德赛》的开场白中出现了两个神:先提到"太阳神",然后提到宙斯。奥德修斯的同伴们遭受灾难被归咎于暴食了太阳神的牛群,仅简单提到宙斯。而在《伊利亚特》的开场白中,诗人则提到宙斯的惩罚,却没提太阳神。

太阳神算是宇宙神,宙斯神则是城邦神,这两类神之间是什么关系?《奥德赛》中记叙奥德修斯的多险历程,是否在寓指从宇宙神回归城邦神的过程?

《奥德赛》整个头 25 行尽管都是面向缪斯的祷歌,却概述了奥德修斯在十年漂泊中的当前处境,接下来的叙事实际上又追溯回去,从奥林波斯诸神召开会议讲起——宙斯在会上作出政治局决议,让奥德修斯安全还乡(行 26 – 79)。在柏拉图的《会饮》中,阿里斯托芬讲的"圆球人"故事模仿了这个情节:宙斯召集诸神开会,讨论如何对付太阳神忒聪明的后裔们(参见 190c 以下)。

奥德修斯的聪明与太阳神有什么关系? 这也不是过度想象引来的困惑。毕竟,宇宙神与城邦神的关系,在柏拉图那里关涉到苏格拉底问题的要害。

人名的寓意

古典学家们还注意到,《伊利亚特》一开始就提到阿基琉斯的名字,而且连带提到其父亲的名字。因此,阿基琉斯的面目(身体)一开始就比较清楚,家族渊源也清楚(与父名的关系)。

与此不同,《奥德赛》的第一个语词是"这人",但却迟迟不给出其名,仿佛"这人"没身体,仅仅是个魂影。直到卷一第 21 行,奥德修斯的名字才第一次出现。到了卷八,奥德修斯开始返回家园前,诗人才在其父亲的名下称呼奥德修斯:

拉埃尔特斯的饱经忧患的儿子。(8.18)

即便如此,这名字也并不是他父亲给起的。我们不禁要问:"奥德修斯"这个名字是怎么来的? 它有什么特别的含义吗?

这么多费解的地方,我们没法一一看个究竟。在这里仅稍微进一步看看,《奥德赛》开篇这个令人费解的名相哑谜究竟是怎么回事。

在《伊利亚特》开篇,阿基琉斯的名字就与作为名词的"愤怒"联系在一起,或者说诗作开篇就提示了阿基琉斯与"愤怒"的关联。与此不同,在《奥德赛》的开篇十行中,没有出现"愤怒"这个语词,也没有出现奥德修斯的名字,似乎"愤怒"与奥德修斯没关系。

《奥德赛》开篇第一语词"这人",与《伊利亚特》开篇第一语词"愤怒",二者位置上的对应不过是一种巧合,把隐名的"这人"与"愤怒"联系起来,也许会被视为妄加猜测、过度诠释。

奥德修斯的名字第一次出现在卷一第 21 行,然而,是在怎样的文脉中出现的呢?

> …… 神们怜悯他,
> 唯独波塞冬,一直心怀怒气,
> 怒那近似神的奥德修斯,直到他踏上故土。
>
> (1.19 – 1.21)

奥德修斯的名字与波塞冬的"愤怒"连在一起。在这里"愤怒"是动词,但与《伊利亚特》的第一个语词即名词"愤怒"有相同的词干。由此来看,《奥德赛》的第一语词"这人"与"愤怒"不是没关系:奥德修斯的名字在这里是波塞冬神的"愤怒"的对象。倘若无论作为名词还是作为动词的"愤怒"都指神们的愤怒,就有理由推想,这两部诗作的基调兴许都受这样一个主题规定:世间英雄或王者与神明的正义(惩罚)的关系。

继续读下去,我们就碰到支持这一推想的进一步理由。叙事开始不久,雅典娜就问宙斯:

> ……难道奥德修斯
> 没有在阿尔戈斯船边,在特洛亚旷野
> 给你献祭?你为何对他如此恼恨,宙斯?
>
> (《奥》1.60 – 62)

这里的"恼恨"是动词"感觉痛苦、感觉苦恼、恼恨"（*ὀδύσσομαι*）的不定过去时形式（第二人称单数），与Ὀδυσσεύς这个名字有相同的词干；*ὀδύσσομαι*的主动态形式是"引起痛苦、使痛苦、使苦恼"的意思。换言之，"奥德修斯"（Ὀδυσσεύς）这个名字听起来就像是"遭憎恨"的人（亦参《奥》5.340,5.423,19.275–276,19.406–409）或"遭受痛苦的人"（参《奥》17.567,19.117），简直是个不祥的名字：开篇隐名的"这人"，原来是个"遭受憎恨、遭受痛苦的人"。

看来，《奥德赛》开篇很久都不提甚至隐瞒"这人"的名字，很可能是诗人刻意为之，为的是让这个名字的露面成为一个过程。

倘若如此，这个过程是怎样的呢？或者，"这人"如何知道自己名字的含义呢？

奥德修斯的名字第一次出现时，诗人说到，诸神中唯独波塞冬对奥德修斯"一直心怀怒气"，到了卷五，我们看到波塞冬如何对奥德修斯动怒。

从《奥德赛》的整个叙事来看，故事讲述了两个奥德修斯：过去和现在的奥德修斯。两个奥德修斯的差异及其重新叠合，显得是整个诗篇的关键所在。《奥德赛》的结构因此可以这样来划分：前四卷主要铺展过去的与现在的奥德修斯之间的差异，整个后半部分（卷十三至卷二十四）则展现重新叠合的过程。处于中间部分的卷五到卷十二，则提供了产生差异的关键原因：奥德修斯经受了神明安排的生命历程。

按一般文学史带给我们的印象，《奥德赛》的主题是"漂游"，现在看来，我们得修改这样的印象。兴许可以说，《奥德赛》的主题是本来一体的东西如何分裂和重新叠合。开篇提到"这人"而不说出他的名字，已经暗示了主题：这个人与自

己的名字分离,尚未与自己的名相随。随之而来的情节则在
回答一个问题:身与名如何叠合为一?

这需要一个过程,在《奥德赛》中,如此重新叠合的过程
展现为还乡的过程。就奥德修斯的心魂而言,也可以说是一
种新的道德自觉得以形成的过程,即"这人"自己心里明白过
来的过程。

在卷五中,奥德修斯被迫乘木筏踏上归程。他在海上才
航行十来天,就被震地神波塞冬远远瞧见。波塞冬知道,一
定是天神们改变了主意,决定放奥德修斯回家。如今,奥德
修斯已经航行到"离费埃克斯人的地方不远",眼看就要逃离
灾难的尽头。怀恨在心的波塞冬对自己说:不行,"定要让他
吃够苦头"——

> 他说到做到,聚合云层,掀动大海,
> 抄起三股叉,掀起各种旋风……
>
> (《奥》5.291–292)

《伊利亚特》的开场仅仅提到宙斯神,唯有宙斯是"义"
的体现;《奥德赛》的开场白同时提到了宙斯和太阳神赫利奥
斯,似乎"义"也有差异——有高的"义",也有低的"义"。无
论如何,这里是波塞冬在阻止奥德修斯返乡,与宙斯的决定
相违。这意味着什么呢? 对于理解全篇有何意义呢?

这个问题不是一般的费解,以至于古典学家们一直把
宙斯与赫利奥斯(以及波塞冬)对待奥德修斯的差异看作
解释《奥德赛》谋篇的一大难题。有的古典学家甚至认为,
卷五、九、十二中涉及的波塞冬和赫利奥斯情节对《奥德
赛》的主题没什么意义,很可能是不同的口传传统在早期

编辑过程中留下的残余。情形是否如此，我们还是不要匆忙下结论为好。

　　诗人转眼间就把场景转到奥德修斯如何面对如此突如其来的灾难，但诗人首先让我们读到奥德修斯的内心独白：

> 奥德修斯顿时膝盖发软，还有可爱的心，
> 他万分沉重，对自己豪迈的心志说道：
> "噢，我这倒霉的家伙，我最终还会遭遇什么呢？
> [300]我真担心，神女说过的样样不虚，
> 她曾说，踏上故乡的土地之前，
> 我会在海上遭受痛苦；这一切眼下就在应验。
> 宙斯用如此多的云团笼罩广阔天空，
> 宙斯呵，搅动着大海，股股疾风突涌
> [305]各方风云呼啸；这下我肯定惨透了。
> 那些达那奥斯人幸运得很，实在太幸运了噢，
> 在辽阔的特洛亚，他们已然为阿特柔斯之子捐躯。
> 我当时死掉，跟上死亡的劫运该多好，
> 那时，一大堆特洛亚人用锐利的铜矛
> [310]投掷我，护着已经倒下的佩琉斯之子；
> 阿开奥斯人会礼葬我，传扬我的英名，
> 可如今，命运已然安排我要接受沉闷的死法。"
>
> （王焕生译文）

　　无论死于沙场还是死在别处，都是命运的安排。奥德修斯觉得，命运没有安排他死在沙场，战死在争夺阿基琉斯尸体的战斗中（据说此处不是援引《伊利亚特》，而是引自另外一部特洛亚神话），从而获得"荣誉"，而是必须在这里淹死，

死得没一点儿"英名"。与阿基琉斯和赫克托尔相比,奥德修斯要想博得"英名",就得另打主意——这里岂不是与《伊利亚特》的战事联系起来了吗?

对我们的问题来说,这一段的关键更在于其形式,即奥德修斯的内心独白——自己在内心里面说,或者自己对自己的"心魂"言说。这意味着什么?

古典学家伯纳德特掰起指头数过,《奥德赛》全篇共 10 次奥德修斯对自己内心说话,卷五中就有 6 次;10 次中最重要的有 6 次,其中有 4 次出现在卷五(行 298、355、407 和 464,另外两次分别在 13. 198 和 20. 17)。《王制》中苏格拉底提到荷马的次数不少,但赞许的地方不多,提到《奥德赛》卷二十第 17 行的自言自语乃其中之一,而且两次提到(390d 和 441b),这又是为什么?①

对自己言说,意味着对自己的灵魂言说。从而,自我言说首先意味着灵魂的显现。其次,自己对自己的灵魂言说,意味着身与心两分,从而成为"这人"对灵魂的观照。

让我们难免好奇的是,"对自己豪迈的心志说道"的"心志"这个语词,也是柏拉图《王制》中的主导性语词。苏格拉底在分析这个语词时,恰恰引用了《奥德赛》中的一段来证明所谓"有血气的"(440e1 –4)。

> 他正这样说着,一个巨浪铺天盖地
> 可怕地打向他,把筏船打得团团转。
> [15]他从木筏上跌得老远,舵柄

---

① 参见伯纳德特,《弓与琴:从柏拉图解读〈奥德赛〉》,程志敏译,北京:华夏出版社,2016,页 59 –60。

也从手中失落,风暴拦腰斩断桅杆,

那由各种劲风浑然卷起的风暴多么骇人哦,

连船帆和帆桁也远远抛进海里。

风暴使他好久沉在水下,瘫软无力

[320]又十分迅速地浮出,狂涛的压力实在太大,

甚至神女卡吕普索赠给他的衣裳也沉重不堪。

过了好久他才浮出水面,嘴里吐着咸涩的

海水,海水顺着他的头哗啦哗啦流。

尽管如此精疲力竭,他却死死记着木筏,

[325]在波涛中奋力追赶,然后抓住它,

待最终坐到了木筏正中,他才逃离死亡结局。

（王焕生译文）

　　这一段仅仅为了表现奥德修斯如何与风暴搏斗？明显还有奥德修斯的变化。什么变化？他知道了自己以前懵然不知的东西:自己是谁。换言之,"这人"的自己(或者说"自我")在与波塞冬神的搏斗中现身。

　　实际上,在整个卷五,勇斗风暴与奥德修斯对自己的言说叠合在一起:行为与言辞、心志与言辞的关系在与神们的较量中透显出来。更进一步说,与风暴搏斗展现的是心志与神明的冲突,而这种冲突来自奥德修斯的抉择:拒绝了比妻子更漂亮的卡吕普索的挽留,踏上生死未卜的前程。这前程虽然是前行而去,却与奥德修斯自己的"过去"维系在一起。正是与这个已然隔绝了的"过去"的关系,才使得奥德修斯重新成为自己。

　　风暴过后,诸神插手干预推动情节的发展。以前曾是凡人的伊诺,如今是海洋女神,在大海深处享受神样的明亮。

这时,她出于同情从波涛中冒出来,愿帮奥德修斯一把。她
建议奥德修斯放弃木筏,在她的云雾遮护下穿过汹涌的大
海,游向附近的一个小国。伊诺问奥德修斯(就像雅典娜当
初问宙斯):

> 不幸的人呵,震地神波塞冬为何对你
> 如此怒不可遏,让你受到这么多的苦难?
>
> (5.339 – 340;王焕生译文)

这是奥德修斯第一次听说自己名字的双关含义——我
们作为听者当然早就知道了(1.62)。奥德修斯在卷五第四
次对自己言说的最后一句是(5.423):

> 我已经知道,大名鼎鼎的震地神一直怀恨我。

这里的"知道"与"认识"就是一回事情,动词"怀恨"与
奥德修斯的名字同词干,"我"是其宾语——奥德修斯就是如
此发现自己的。由此我们可以推想,为何《奥德赛》的开篇并
未像《伊利亚特》的开篇那样提到宙斯的惩罚性神义。或者
说,两部诗作就神义论而言的差异在于:神义秩序在《伊利亚
特》中一开始就已然井严,在《奥德赛》中则尚待建成。古典
学家西格尔看到,在诸神会议上,宙斯阐明其神义时用的是
现在时和将来时(1.32 – 41),甚至用了"如眼下"(1.35)这
样的短语。①

---

① 参见 Charles Segal, *Singers, Heroes, and Gods in the Odyssey*, Cornell University Press, 2001, p. 197。

　　在《奥德赛》的整个后半部分,奥德修斯回到了故土,但本来熟悉的东西已然变得生疏,他得努力在这种生疏中重新发现自己本来熟悉的东西,或者说重新寻回自己。由于经历了遥远、陌生、多样且无法沟通的异方之域,这种寻回无异于从头建立自己原来熟悉的生活世界,或者说,他需要把他从异乡得到的东西带进自己的故土。因此,西格尔说,奥德修斯与佩涅洛佩的相认,把这一重新界定陌生与熟悉的事件推向了高潮:与妻子分享自己的奇特经历(同上,页48 – 49)。充实了自己的人间生活视界的奥德修斯不再漂泊,而是从新生活在属于自己的生生死死荣枯不息的土地上。

　　这时,诗人才最终提到奥德修斯名字的缘由:

> 我来到这片人烟稠密的地方时,
> 曾对许多男男女女怒不可遏,
> 因此我们就给他取名奥德修斯。
>
> 　　　　　　(《奥》19.407 – 409,王焕生译文)

　　荷马的诗作为西方文学(写作)发明了一项绝技——什么绝技?

　　精巧编构寓意性情节的绝技。在索福克勒斯的《俄狄浦斯王》的入场戏中,祭司通过“你知道吗?”(οἶσθά του,行43)这一与俄狄浦斯的名字谐音的提问,一开始就暗中质疑了新王俄狄浦斯是否认识自己的真实面目。这让我们想起奥德修斯的“我已经知道,他一直怀恨我”(《奥》5.423)。与《奥德赛》一样,《俄狄浦斯王》的整个剧情就是俄狄浦斯之名的解释过程,或者说俄狄浦斯自我认识的过程。索福克勒索在这里发挥的名相与情节的交织,可以说是从荷马那儿学来的,但这不妨碍他用得来简直就像是自己发明的绝技。

　　名相寓意可以说是古希腊文学的一大特色,不仅索福克勒斯,后来的阿里斯托芬、柏拉图也跟着玩名相谜,而且都是高手,各有奇招。然而,我们在惊叹之余不要忘了:这一绝技的老祖宗是荷马。

诗人的"权杖"

在我们的耳朵里,荷马的名声比赫西俄德响亮得多,但早在古时候,希腊就流传着赫西俄德与荷马赛诗胜过荷马的故事——尼采年轻时考索过关于这事的流传文本的真伪。[①]尽管查证出故事是编出来的,但古人编造这样的故事至少表明,在当时的一些人眼里,赫西俄德诗作与荷马诗作相比差不到哪里去。

事实上,在雅典的古典时期以前,人们就已经把赫西俄德与荷马相提并论,尽管赫西俄德稍晚于荷马,生活于公元前七百年间。希罗多德在《原史》中这样写道:

> 据我看,赫西俄德以及荷马生活的年代大约离我四百年,但不会更早。正是他们把诸神谱系教给希腊人,

---

① Hans J. Mette 编, *Friedrich Nietzsche Frühe Schriften：Werke und Brief 1854–1869*, München, 1994, 卷二, 页 306 以下; 尼采, 《荷马的竞赛》, 韩王韦译, 上海: 上海人民出版社, 2018。

并给诸神起名,把尊荣和诸技艺分派给神们,还描绘出
诸神的模样。至于据说有诗人比这些男人更早,但我觉
得[这些人]其实生得比他们晚。(2.53)

在希罗多德笔下,赫西俄德不仅与荷马并称,还排在荷
马前面。其实,作为诗人,赫西俄德与荷马非常不同,赫西俄
德诗作的文辞的确显得笨拙、粗糙些。①但这倒不一定是因为
赫西俄德缺乏诗才。据推测,荷马出身贵族世家,他为贵族
圈子的歌手们作歌;赫西俄德则出身农民,对贵族们的习规
没兴趣。赫西俄德笔下没有英雄美女,没有宏辞壮举,仅有
农人操心的事情——筹划、劳作、交易、日常的艰辛乃至统治
者的不义,等等。据说,荷马"从上面"看人世,赫西俄德"从
下面"看人世。如今有人甚至说,赫西俄德是西方第一个社
会批评家,他反贵族品味,关注劳动、虔敬和正义。

诗人与缪斯

把赫西俄德与荷马相提并论自有道理:他们采用同一种
诗律形式即六音步格律来作诗。据说当时诗人只能以此诗
律来作诗。以前通常认为荷马写的是叙事歌谣,赫西俄德写
的则是警示式的教喻诗,其实不对。赫西俄德的诗作也是叙
事诗,只不过讲述的故事不同。无论如何,希罗多德把两位
诗人相提并论,是基于一个非常重要的理由:希腊人赖以生

---

①　尽管有的说法过于夸张,参见默雷,《古希腊文学史》,孙席珍等译,上
海:上海译文出版社,1988,页57。

活的宗教靠赫西俄德和荷马首先形诸文字。

与荷马的诗作一样,赫西俄德的诗作也以缪斯起头。比如《劳作与时日》是这样开始的:

> 缪斯们啊,你们以歌咏得享盛名,快从皮厄里亚
> 来这儿吧,叙说宙斯,赞颂你们的父神!①

向缪斯祈祷是那个时候作诗的起兴程式。不过,我们稍加留心就会发现,赫西俄德诗作的起兴与荷马诗作差异不小。比如在这里,诗人并没有像荷马那样请求缪斯赐予灵感,而是径直请求缪斯唱颂宙斯和这位天神的伟大权力。《神谱》的开篇则差别更大,也更意味深长:

> 让我们以歌咏赫利孔的缪斯开始吧!

《劳作与时日》与荷马诗作的开头至少形式上一样:祈请缪斯出来"叙说"。诗人仍然仅是传言者。但在这里,"我们"(诗人)直接叙说,以"歌咏"缪斯起兴,诗人不再是原诗人缪斯的传言者,诗人的身份、地位都变了。古希腊上古时期的颂诗的确都以"我要歌唱[某位神]"的"序歌"(προοίμιον)起兴——托名荷马颂诗就如此开篇——与叙事诗以吁请缪斯出面歌唱的序歌起兴不同,但《神谱》更多属于叙事诗。而且绝非偶然的是,这里的开头是"我们歌咏",从而与托名荷马颂诗有所不同。在接下来的缪斯咏中,诗人又说

---

① 赫西俄德诗作的中译,见吴雅凌撰,《神谱笺释》,北京:华夏出版社,2010;吴雅凌撰,《劳作与时日笺释》,北京:华夏出版社,2014。

到缪斯向自己"授权"的事情。

《神谱》的"序歌"缪斯咏很长,共 115 行。诗人一上来就咏唱缪斯们如何清妙,沐浴过清泉的玉体如何娇柔无比(行 1 – 21)。然而,这段赞咏绝不仅仅是在赞美缪斯们如何迷人得不行,而是赞美她们属于宙斯神一族,换言之,诗人真正要歌咏的并非众缪斯,而是她们的家族。赫西俄德随即提到了好些要神的名字,似乎在为紧接着叙述缪斯向自己授予诗人的"权杖"作铺垫:

[22]从前,缪斯们教给赫西俄德一支美妙的歌,
当时,他正在神圣的赫利孔山下牧羊。
女神们首先对我说了这些话——
[25]奥林匹亚的缪斯、手持盾牌的宙斯的女儿们说:
"粗野的牧人们呵,可鄙的家伙,只知道吃喝!
我们当然懂得把种种谎话说得来仿佛就跟真的一样。
不过,只要愿意,我们也能述说真实。"
宙斯的女儿们如是说,言辞清晰确凿。
[30]说着,她们从盛开的月桂中摘来一枝耀眼的
枝条,作为权杖赠给我,还把神妙之音吹进
我的心扉,让我得以咏赞将来和过去;
她们还召唤我歌颂那幸福而又永生的一族,
并永远在起头和结尾时唱颂她们。

"缪斯们教给赫西俄德一支美妙的歌",其中的动词"教给"支配双宾语:"赫西俄德"和"一支美妙的歌"。两个宾词其实可以互换,似乎赫西俄德自己就是女神所教的美妙的歌本身,或者说美妙的歌就是赫西俄德自己。

更显眼的是句中出现了赫西俄德自己的名字,这可是希腊文学史上的一件大事。在荷马诗作中,诗人荷马没有任何关于自己的说辞,以至于后人对荷马的身世一无所知。荷马是个无名歌手,在所属的歌手族中并没有作为个人凸显出来;赫西俄德却在诗作开始不久就彰显自己的大名,成了第一个以自己的名字来命名作品的诗人。

有现代古典学者解释说,赫西俄德本来是农民,要当"职业诗人",就得为自己"正名"。何况,赫西俄德作诗带有纯粹私人性的动机,他曾因为与自己的兄弟争夺遗产而受权贵欺负,所以要通过写诗来为自己伸张"正义"。

诸如此类的说法不妨看作现代学者的度君子之腹。赫西俄德诗作毕竟具有贵族制文明性质,其中人与诸神竞赛的故事就是证明。他的诗作更为关注公义问题倒是真的,但这一关注是在诸神与人、人与自然的劳作关系等主题中出现的——人生中日常的受苦和劳作有何意义,这一点才显明了赫西俄德与荷马诗作的不同。

从词源上看,Hesiodos 似乎是个"笔名"(而非如默雷所说不像是个笔名),因为,这个名字恰好体现了诗人的职分以及缪斯与诗人的特殊关系:这个名字的前半部分 Hes - 派生自动词ἵημι,意思是送走,或发出(声音)、说出,后半部分 - odos 派生自αὐδή,意思是人声、话语,或讲述、神谕。这倒不是创新,荷马的名字就是如此:Homēros 的前半部分源于ὁμο -[一起、一同],后半部分 - ēros 源于动词ἀραρίσκω[配上、连接、使结合],合拼后的意思便是"用声音配合歌唱",与赫西俄德在《神谱》第 39 行对缪斯的描述正相符合。

"女神们首先对我说了这些话",叙述从第三人称的"赫西俄德"一下子便跳到第一人称的"我",显得相当张扬。荷马是吁请缪斯,这里却像是缪斯在吁请赫西俄德,诗人与缪斯的关系颠倒过来。赫西俄德看似在以传统的歌咏方式想象和美化缪斯,实际上是刻意拉近自己与缪斯女神的关系,通过讲述自己与缪斯的相遇抬高自己的身份。似乎正因为有过这个难以言传的亲身经历,他才相信自己的歌咏技艺是与宙斯关系亲密的缪斯们教给他的。

在《劳作与时日》中,赫西俄德更为具体地描述过这次与缪斯的相遇,好像真有那么回事似的。当时他参加了一场诗歌竞技会,凭自己的颂诗得了一只三脚鼎,于是送给缪斯,缪斯们便在山上为赫西俄德指明了"吟唱之路"(《劳》,行657–658)。

"我们当然懂得把种种谎话说得来仿佛就跟真的一样",这句与《奥德赛》卷十九第203行几乎一模一样:

> 他[奥德修斯]说了许多谎话,说得来仿佛就跟真的一样。

当时,奥德修斯伪装成异乡人回到故土,见到自己的妻子佩涅洛佩,却对她说他在克里特岛见过她丈夫,佩涅洛佩边听边以泪洗面。以前古典学者们多认为这句是赫西俄德攻击荷马的铁证,文人相轻嘛。

可是,《奥德赛》中奥德修斯说谎的例子比比皆是,单凭这句相同文辞就认定赫西俄德在贬斥荷马善于编故事或让笔下人物善于说谎,证据并不充分。何况,赫西俄德在随后提到游吟诗人对公众的作用时(《神》,行99–101),显得肯定了吟咏《伊利亚特》的荷马(亦参《劳》,行651–653),并乘机暗中把自己与荷马相提并论。

更重要的是,这话是缪斯之言,而且与下句"我们也能述说真实"紧密相连。"我们"是原诗人缪斯们的自称,在这里,既能把假的讲得来跟真的一样也能叙说真实,乃缪斯们赠给赫西俄德的法宝。而且,从语气来看,似乎能把假的讲得来跟真的一样才是诗人的本行,丝毫没有谴责的意思。接下来赫西俄德就说到,缪斯女神从月桂上取来σκῆπτρον[权杖]交给赫西俄德,这使他肩负的诗歌使命有如神的使命,还带有王权性质(在《伊利亚特》中,国王或代言人往往挂着权杖,参见2.85,2.110,2.186)。

赫西俄德再次强调缪斯对"我"的吁请,从而与其他诗人区别开来:缪斯神赋予了赫西俄德"诗人"职分,既然这职分是天神赋予的,诗人的职分就是一份"天职",由此,诗人的身份获得了新的宗法地位。显然,这权杖与赫西俄德接下来要咏唱整个宙斯神族有关。

无论如何,"懂得把种种谎话说得来仿佛就跟真的一样"是诗人的权柄之一,而且成了诗人的传家宝,"诗人多假话"很早就成了一句谚语。

然而,随后出现的自然哲人却指控诗人编造虚谎的故事,挑起了哲人与诗人的相争。① 修昔底德也跟着说,荷马这样的诗人完全有可能说话不实(《战争志》1.10.3)。不过,柏拉图笔下的苏格拉底指责说,赫西俄德和荷马一类诗人编造的假故事并不"美好"(柏拉图《王制》377d3 – e1),似乎美好的假故事还是必要的。在后来的西方思想史上,为诗人说谎话而辩护的大有人在,②一直到启蒙时代追求"真实"的呼

---

① Xenophanes, frs. 1, 11 – 12, 14 – 16, 22, 34; Heraclitus, A22 – 23, frs. 40, 42, 56 – 57, 104。

② 锡德尼,《为诗一辩》,钱学熙译,北京:人民文学出版社,1964。

声高涨时,还有人主张"诗人宁可选择虚构的遭遇,而不选择真实遭遇"。①

诗人与诸神的诞生

当然,赫西俄德也可能是要强调,他的《神谱》要讲述的是真实故事——什么真实?

唱完"缪斯咏"之后,赫西俄德就开始了自己的叙述,他说起世界的"开端"。似乎赫西俄德在此提出了后来自然哲人们经常问的问题,即什么是 arche[开端],以至于有古典语文学家认为,②西方"哲人"的原父并非泰勒斯,而是赫西俄德。亚里士多德说,苏格拉底之前的自然哲人是哲人的开端,而前不久还有古典学者觉得,应该把赫西俄德也算作自然哲人,③因为《神谱》试图完整地把握和解释整个世界,而这正是后来的哲人们所要探究的。

> [116]最早生出的是混沌,接着生出
> 大地,她胸脯宽广,乃所有不死者永远牢靠的根基,
> 不死者们拥有积雪的奥林波斯山顶,以及
> 寓居辽阔大地深处的迷迷濛濛的塔耳塔罗斯们,
> [120]然后生出爱若斯,不死的神们中数他最美,
> 他肢体柔软,却使得所有神和人的
> 心思和聪明才智在他怀里衰竭。

① 莱辛,《汉堡剧评》,张黎译,北京:华夏出版社,2016,第91篇。
② 比如大名鼎鼎的 Burnet(1892)、Gigon(1945)等。
③ Jenny Strauss Clay, *Hesiod's Cosmos*, Cambridge Uni. Press, 2003,页50。

从混沌中幽冥和漆黑的夜生了出来；

从黑夜中，又生出苍天以及白昼。

[125]黑夜与幽冥因情欲而交配，受孕后生下他俩儿。

主干动词"生出"在这里起主导作用，主语首先依次有两个，最初是 Chaos[混沌]，然后是"胸脯宽广的大地"这一"牢靠的根基"，再接下来是爱若斯。

最初诞生的神只有三个，塔耳塔罗斯不能算在其中，因为提到塔耳塔罗斯时没有说到"生出"这回事，而是说他们居住在大地深处。"永生的神中数爱若斯最美"，他在神族中排行也非常靠前，但奇怪的是，诗人后来再没提及爱若斯，仅在第 201 行说到爱若斯陪着初生的阿芙洛狄忒来到神们中间。不过，放光的苍穹和白昼得以出生，是幽冥和黑夜被爱欲搞晕后的结果，靠的毕竟还是爱若斯的力量。

谁在创生这些神们？不清楚。清楚的倒是，所有的神们都是被生出来的，包括第一个诞生的空荡荡的"混沌"。Chaos 的字面意思是"开口、豁口、空洞或张开的深处"，绝非"全然混乱"的涵义，如何翻译，西方的古典语文学家也觉得头痛。但其基本意思很清楚：天地未分，空间的上下边界尚未确定，一片模糊。如我国古代诗人所说：

览乾元之兆域兮，本人物乎上世；纷混沌而未分兮，与禽兽乎无别。（曹植，《迁都赋》）

大地和爱若斯都具有孕生能力，但也是被生出来的神。总之，在赫西俄德的神谱中没有一个原初的造物主，以至于得把混沌看作是自生的，而后便是连串创生过程。

幽冥不也是漆黑的吗？与"漆黑的夜"有什么区别？在荷马诗作中，"幽冥"是亡灵的处所（罗念生先生译作"冥界"），从而有别于"漆黑的夜"。

但这样一来，幽冥与塔耳塔罗斯又如何区分呢？塔耳塔罗斯也是漆黑的处所呵。幽冥和塔耳塔罗斯都是亡灵的处所，但性质不一样：亡灵住在塔耳塔罗斯是要受煎熬的，住在幽冥处却似乎是享福。如此对比要表明什么？公正的赏罚吗？看来，赫西俄德编造这个神谱有自己的"文心"。

《神谱》的"为文之用心"究竟是什么？为了认识世界的"开端"？

开端是混沌、大地、爱若斯。从"混沌"中跃出来的神性生命中，最初只有爱若斯显得具有可感的人身形态，混沌、大地，以及在爱若斯之后出生的"幽冥和漆黑的夜"，"苍天以及白昼"，都是非人身性的空间和时间、光明和黑暗。在后来的牧歌诗人忒欧克利托（Theocritus）的牧歌中，爱若斯成了有点淘气的小孩模样，圆嘟嘟的像个苹果，还带着羽翅。

换言之，非人身性的自然力量与人身性的诸神，二者的诞生交织在一起，这里并没有探询"何谓开端"的哲学问题。接下来诗人叙述道：

> 大地首先孕生出与自己相若的繁星无数的天，
> 以便天得以整个儿覆盖着大地，
> 并成为万福的神们永不动摇的居所。
>
> （《神》行 126 – 128）

非人身性的自然的创生，似乎不过是为人身化的诸神的诞生作准备。继续读下去，我们就会看到，诗人叙述的重点并非宇宙的诞生,而是人身性的神们的诞生。

今人怎么会从《神谱》的开端叙事中读出形而上学的端倪? 其实,你只要戴着形而上学的眼镜,从文本中截取几个所谓"关键语词",就可以读出形而上学的端倪,海德格尔称之为对文本施以"强力/暴力"。如果我们首先来看这段诗文处于《神谱》中的哪个位置,而非孤立地来看待这段所谓宇宙"开端"的描绘,就会得到全然不同的东西。

序歌到第 115 行才结束,长长的序歌仅仅是在说诗人与缪斯们的关系? 当然不是。毋宁说,序歌的重点在于通过缪斯女神引出宙斯神族,然后引出一族"王者",这些"王者"的共同品质是"拥有明智",能够解决人世间的"纷争"(《神》行 84 – 88)。

细读"序歌"就会发现,诗人三次提到缪斯们唱颂诸神一族,都美妙得不行,但每次都有所不同。第一次唱颂时(行11 – 20),地点在赫利孔山,提到诸神的名字不多,而且相互间的亲缘关系不明,出生顺序也是乱的。第二次唱颂时(行36 – 52)地点不明,但缪斯们的歌咏声甚至在宙斯的殿堂回荡,想必离奥林波斯山不远。更重要的是,诸神一族的谱系开始显得秩序井然。

第三次唱颂时(行 68 – 79),缪斯上到奥林波斯山,直接唱颂宙斯父神,唱颂他如何推翻其父的统治,"公平地给神们分配"荣誉和财富(行 73 – 74),等等。

第 116 行开始的"最早生出的是混沌",显然是跟随"序歌"中缪斯们的第二次和第三次唱颂。缪斯们的第二次唱颂"从头"——即从天地的开端——唱起,与第一次唱颂形成的差异在于,神族秩序由混乱变得井然;第三次唱颂则似乎要解释神族秩序何以变得井然起来。赫西俄德随后的唱颂同样如此,它们在结构上分为两部分:神的职分谱系(行 116 – 506)以及宙斯如何建立并施行统治(行 507 – 885)。说到底,诗人赫西俄德唱颂的仍然是缪斯已经唱颂过的。

自然哲学抑或政治神学的开端

诸神的诞生处于从宇宙诞生到人类一族诞生这一序列的中间,为什么非人身性的自然秩序与人世秩序被诸神们的诞生隔开? 自然时序中并没有道德和正义,人世中则有,这岂不是说,有了诸神的诞生而且宙斯当权之后,人世才有道德和正义可言?

> 当宙斯以公正的决断作出裁决时,所有人无不仰望着他。(行 84 – 85)

这岂不表明,《神谱》的母题是道德—正义秩序的诞生,而非形而上学的"自然"? 诗人赫西俄德从缪斯那里领受权杖",获得的使命是唱颂宙斯神族的统治秩序——所有秩序中最好的秩序。因为,宙斯神族统治的秩序才是一个有道德的政治秩序。

按照亚里士多德的说法;自然哲人对世界起源的静观性沉思出于"惊异",但在赫西俄德笔下,并没有此类出于"惊异"的思辨性沉思,而是将时序的自然与人身性的诸神世界相续并置,似乎只有两者的结合才给这个世界带来稳妥的秩序。"序歌"清楚表明,《神谱》叙事是道德—政治性的。

幽冥的诞生先于有人身的神,大地生出天,以便诸神可以在那里筑居。诸神都是天和大海的孩子,这些年长的诸神都是自然性的,诗人没有为这些自然性的神的诞生提供一个清晰的"神谱"线索,甚至没有避开一个再简单不过的逻辑矛盾:起初的自然诸神既是出生的,又是自在的。爱若斯并没有让混沌和大地结合起来,反倒像是将它们分离开;混沌并非原父,大地也并非原母,两者既非目的论式地相互关联,也非因爱若斯而结合成了一个统一体。赫西俄德没有清楚地解释何谓自然的"诞生",我们也没有见到所谓的宇宙诞生学说,这些不是诗人关心的对象。

"初始"黑暗笼罩……世界诞生之前,一切都在黑暗之中。旧约也是这种说法(《创世记》1∶2),于是人们难免要拿希伯来圣经的《创世记》来比较一番。但赫西俄德的诸神诞生谱系并非像希伯来民族的《创世记》那样,由一个造物主从虚无中造出一切,在他的谱系中,最初出现的是混沌、大地和爱若斯。

这听起来像是由爱若斯结合起来的一个创生原则,任何这样的创生都有其后续者,要么借助要么不借助爱若斯。黑夜纯粹从自己而没有靠爱若斯生出"黑夜之子",为所有损害性的要素,诸如死亡、受苦、欺骗、年迈、争纷提供了基础,尤其是"争纷"(Eris),由此又生出谋杀、战争、谎言、违法,等等等等。

然而,《创世记》叙事的重点也不在宇宙的诞生,而在此世的正义秩序怎么出来:从伊甸园到大洪水的故事中,通过先知立法的必要性逐渐凸显出来。与此相似,为人世建立公义秩序的宙斯出生得较晚,此前也有一个过程来凸显建立公义秩序的必要性,即乌拉诺斯—克洛诺斯—宙斯的故事。

总之,与自然哲人的兴趣不同而与《创世记》的旨趣相

似,《神谱》提供的是一个神话诗式的政治神学:公义的统治
何以可能。宙斯不再靠计谋来取得统治,因他没有参与其母
的计谋,而显得具有一个理想的统治者所需要的一切:热情、
好胜、强有力(行401),但也为自己保留了机灵(metis,行889
以下)。他与正义女神忒米斯(themis)联姻,造就出正义、安
宁、良好的秩序和公正,从而,宙斯的正义统治基于更为机灵
的政治设计——这位圣王的统治凭靠的不仅是强权,也有聪
明和正义。

赫西俄德的神谱叙事绝非杂乱无章、无所用意,人身化
诸神家族的形成,显得有一个政治神学的目的论含义。倘若
如此,从哲学角度来读《神谱》只会南辕北辙。

无论荷马还是赫西俄德,都没有沉思什么"自然本体"
"世界本质",这是自然哲人喜欢做的事情。赫西俄德对荷马
可能确有不满,但问题恐怕并不涉及"把种种谎话说得来仿
佛就跟真的一样",而是对神义秩序的理解不同。

诗人与哲人之争

后来的自然哲人指责诗人说谎时,也把赫西俄德算在
内,但与赫西俄德攻击荷马不同,自然哲人出来攻击古诗人,
为的是要把神义的世界秩序置换成自然的世界秩序。帕默
尼德讲述过自己的寻神之旅,只有这个新神才向他揭示出宇
宙的"本质";恩培多克勒把自己等同于一个落地之神,以便
可以叩问宇宙的起源。他们带出的一帮学生,后来凭靠"自
然"之神在雅典搞了一场启蒙运动,史称"智术师运动"。

"保守主义"的大诗人阿里斯托芬在喜剧《鸟》中编了一

个"鸟儿们"的神谱,目的就是挖苦这帮自然哲学家。在唱颂
自己的神谱之前,阿里斯托芬的"鸟儿们"先唱了一段幽美的
合唱序歌。与赫西俄德《神谱》的"序歌"相比,这里唱颂的
主题不是宙斯神族,而是鸟儿们神族。与人类一对比,鸟儿
们发现,竟然自己才是神样的:

> [685]喂,你们这些靠自然为生的人,虚飘飘的,简
> 　　　直与草木没差别,
> 孤苦伶仃,根本就是稀泥和成的,虚弱得无异于一
> 　　　族浮光掠影,
> 你们没翅膀,生如朝露,这类悲惨的人哦简直就是
> 　　　梦影,
> 把你们的理智奉献给不死的鸟儿们吧,咱们才永生
> 　　　不老哩,
> 咱们才在太空中,不会老朽,思忖着不朽的东西,
> [690]从咱们这儿正确地聆听所有关于悬在半空中
> 　　　的东西罢,
> 什么鸟儿们的本质喽,以及神们喽,大江大河喽,幽
> 　　　冥混沌喽等等的诞生;
> 一旦你们正确地搞懂了这些,那就从我这儿去对普
> 　　　罗狄科说:他自个儿哭兮兮地去吧。

　　起头的"喂"是动词命令式变来的呼语性副词,随之连续
三行都是鸟儿们对"靠自然为生的人"的称呼。谁"靠自然
为生"?希腊人民吗?非也,希腊人民靠诸神的统治为生。
"序歌"最后一行提到智术师普罗狄科,我们才明白,这里称
呼的"靠自然为生的人"指的是跟着哲学家跑的人,他们听信

了哲学之言后,就不再靠神义的统治为生。

这里刻画"靠自然为生的人"的生存品质,看起来就像是在刻画哲学家,并历数这类"人"活得如何悲惨,从而为下面鸟儿们提出建议埋下伏笔。人是泥土做成的,这样的说法在古希腊作品中还是第一次见到(比较《创世记》2:7,3:19),而且带有贬义——"稀泥和成的"。把人的生命比作幻影,倒是早有悲剧诗人这么干过。① 但索福克勒斯并非用来描绘可怜的凡人,阿里斯托芬援引如此说法,大概是在挖苦想要"靠自然为生"的哲人们总希望自己能像鸟儿一样飞上天?

接下来的诗句就更清楚了:

把你们的理智奉献给不死的鸟儿们吧。

"你们的理智"——谁强调理智?不是哲人们吗?鸟儿们用了五种说法来描绘自己,大多是用于描述宙斯神族的传统语词,与前面三行对"靠自然为生的人"的五种描述形成对比。其中"永生不老"就是典型的荷马语汇,专门用来描绘诸神,在阿里斯托芬的观众耳朵里听来绝不陌生;第689行的"在太空中"不是荷马语汇,但自荷马以来,希腊人民都相信宙斯生活"在太空"。② 鸟儿高飞到空中,同样可以被设想成生活在那里——但在自然哲人那里,这个语词成了哲学语汇,从而在这里具有了双重含义。

"思忖着不朽的东西",这种说法本来也是用在宙斯身上的。思考不朽不是人的事情,而是神们的事情,阿里斯托芬

---

① 参见索福克勒斯,《埃阿斯》,行125–126:"你们没翅膀,生如朝露。"

② 比较《伊利亚特》2.142,4.186;《奥德赛》15.523。

转用到鸟儿们身上,观众听来一定会忍俊不禁。"正确地倾听"是智术师们的口头禅;研究"关于悬在半空中的事情"以及"本质"之类,都是自然哲人们的爱好;"关于"(περί)这个语词则是当时兴起的哲学论文题目的标准格式。"幽冥""混沌"的说法本来会让人们很自然地想到赫西俄德,但阿里斯托芬提到的却是智术师普罗狄科。如此故意张冠李戴会让人发笑,但阿里斯托芬其实是在挖苦自然哲人们的观点:诸神都是人的发明。鸟儿们就这样把自然哲人们挖苦一通,要他们"自个儿哭兮兮地去",这可是极不礼貌的说法。

接下来,鸟儿们唱起了自己的神谱版本:

> 一开头只有混沌、黑夜、漆黑的幽冥和茫茫的塔耳
> 塔罗斯;
> 既没有大地,也没有空气和天空;从幽冥无边的怀里
> [695]黑翅膀的黑夜最先生出一只风鼓鼓的卵,
> 几轮季候之后,渴望不已的爱若斯生了出来,
> 他闪亮着背,戴一双金色翅膀,看起来旋风呼啦呼
> 啦的;
> 正是爱若斯夜里与风飘飘的混沌交合,而且在茫茫
> 的塔耳塔罗斯下面,
> 才孵出咱们这一族,并最先把咱们带进光明。
> [700]起初,也就是爱若斯促成大交合以前,根本
> 就没有这族不死的神们,
> 这个与那个交配以后,天空以及海洋才生了出来,
> 还有天地,以及整个幸福的诸神这不朽的一族。所
> 以,咱们噢
> 比所有幸福的神们年岁都要大得多哩。

读过赫西俄德《神谱》第 116 – 123 行后,我们一眼就能看出,"鸟儿们"的说法整个儿是在摹仿赫西俄德,但好些细节不同。首先,赫西俄德用的是动词"生出",而这里是"已有";其次,在赫西俄德那里,大地是创生过程开始之前的原初存在之一,这里却不是——也许因为鸟儿们并不生活在地上;再有,爱若斯在赫西俄德那里也是原初存在之一,在这里却不是,而是黑夜的孩子(行 695 – 696)。把幽冥和黑夜作为第一代,而非作为混沌之子,这倒是与赫西俄德没有不同。

塔耳塔罗斯被当作原初存在之一,也与赫西俄德不同。"鸟儿们"一族的诞生是爱若斯"在夜里",而且"在茫茫的塔耳塔罗斯下面""与混沌交合"的结果。为什么需要在塔耳塔罗斯孵化鸟族?鸟族的种类比人和神的种类都多得多,只有塔耳塔罗斯才有足够宽阔的地方供爱若斯与混沌配对,孵化出各类鸟儿。

"根本就没有这族不死的神们"指宙斯神族,与上一行的"咱们鸟族"对比。这无异于说,鸟族比神族更年长,该算得上最老的神族。

随后的"在爱若斯促成大交合以前",意思是,宇宙的诞生都是这以后的事情。注意创生的顺序:奥林匹亚诸神同样是后于天地和海洋才生出来的。

"鸟儿们"的神谱叙事就这样结束了,我们却不清楚一切最终是怎样创生的,因为尽管里面说到爱欲这一基本原动力促成了创生性的交合,但爱欲本身就是在创生过程的中途产生的。有古典学者认为这是俄耳甫斯教的神谱版本,但阿里斯托芬也很可能是在挖苦自然哲人的创生学说,因为按照恩培多克勒,并没有最初的创生者,最初的原生力不过是两种对立元素的冲突。

我们的学堂受西方现代启蒙学理的影响太大,从哲学史角度来看待西方文明的起源已成习惯,导致我国学界对前苏格拉底哲人的兴趣远大于对荷马或赫西俄德的兴趣,西方古典文学研究中辍已久。不了解"诗人的权杖",能把握西方思想发展的内在张力?

炳焉与三代同风

　　后世之所以有"古风抒情诗时代"之称，显然是因为那个时候涌现过好些杰出的抒情诗人，阿尔凯俄斯（Alkaios）和萨福都大名鼎鼎。不过，诗有气象大小。就此而言，那个时代恐怕没谁比得上忒拜（Theben，旧译"底比斯"）诗人品达（约公元前 518 – 前 442）。在他之后，高古气象再难寻觅。其实，在他之前，也未曾见过古风如此超以象外。

　　古希腊人采用奥林匹亚纪年，品达出生在 65 纪 3 年（Ol. 65，3，即公元前 518 年），与赫西俄德算同乡。不过，品达出身贵族世家，且深以自己所受的贵族教育自豪（残篇198a），这可是非同小可的差异。品达少年时期先在家乡跟一位亲戚学吹箫（传统祭司乐器），长大些后去了雅典，在那里先后跟从好几位诗人学写格律诗，可能还与大他几岁的埃斯库罗斯（生于公元前 525 年）是同学。因为古典语文学家们发现，就语言的雕刻性和形象性而言，两位诗人颇有相似。

　　回忒拜后，品达就开始了自己的抒情诗人生涯，而且从此再没离开过故土。在古风抒情诗人中,很少有像品达那样在当时就获得崇高名望的。西蒙尼德很有名,但有的只是名气而非名望,无崇高可言,不让人敬仰。

原因很简单:虽然都是诗人,精神品格或者说灵魂类型却有天壤之别。柏拉图笔下的苏格拉底经常苛评包括荷马在内的各路诗人,唯独对品达另眼看待(参见《王制》301a;《斐德若》277b)。我们已经知道一些关于西蒙尼德的说法,倘若对比一下关于品达的说法,就不难看到,两位诗人的名声判若云泥。

六个世纪后,品达的同乡、著名作家泡赛尼阿斯(Pausanias)在其《希腊旅行指南》中描绘诗人的墓地:穿过伊俄拉乌斯(Iolaüs)健身场往右拐,可以看到一个竞技场,品达的墓地就在里面。墓碑上有这样一段文字:此人年青时有一天赶路去忒斯匹阿(Thespiae),途中累了躺在路边休息,刚睡着就有蜜蜂飞来在他嘴上吐蜜。

据说,亚历山大大帝领军攻进忒拜城后,专门下令保护品达故居。文史家也很早就开始注疏品达的诗作。奥古斯都时代,在罗马城教希腊语文学的希腊文史家狄俄尼索斯(Dionysius of Halicarnassu)有把握地对学生们说:品达诗作"呈现的不是当今时代的奢华和绚丽色彩,而是远古时代庄重的美丽"(*De Compositione Verborum*, c. 22)。古罗马大诗人贺拉斯对品达的仰慕之情,一如他对品达诗品的描述,"犹如从高山奔泻的河水":

> 无论谁渴望与品达媲美,
> 都是用代达罗斯黏蜡的翅膀
> 努力飞翔,准备将名声交给

> 玻璃般的海洋。
> 犹如从高山奔泻的河水,因急雨
> 而丰沛,漫出熟悉的堤岸,品达
> 也奔腾恣肆,深沉恢弘的诗句
> 汹涌无涯。(*Carm*,4.2.1 – 9)①

堪比刘勰的昆体良(约公元35 – 约100)则感叹:

> 品达典雅的风格,格言般的语句,恰到好处的修辞
> 和行云流水般的语感,实在无与伦比。

可以想见,品达诗作非常难译,译成诗行难度比荷马更甚。追慕品达的后世大诗人代不乏人(离我们最近的是策兰),却没听说过有谁追慕西蒙尼德。

凯歌与德性

品达一生创作丰富,题材广泛,相传十七卷诗作中含赞美歌、阿波罗颂歌(两卷)、酒神颂歌、行进合唱歌(两卷)、少女歌咏(三卷)、舞歌(两卷)、挽歌、凯歌(四卷)等等。可惜,完整保留下来的仅四卷"凯歌"(Epinician Odes = τὸ ἐπινίκιον)。这种诗体是为泛希腊竞技会的冠军而写的抒情合唱歌,供欢庆体育竞技胜利的人们在庙宇或冠军家门口

---

① 引自《贺拉斯诗全集:拉中对照详注本》,李永毅译,上册,北京:中国青年出版社,2018,页275。

唱颂（或游行队伍在路上吟唱）。我们会感到奇怪：写这类合唱歌也会让人仰慕？赛马、摔跤、投掷标枪、赛跑之类有什么好抒情的？

不可从今天的"奥运会"来想像当时的"泛希腊竞技会"。古希腊有点儿像我们秦王之前的"六国"格局，政治上没有统一。雅典城邦的民主领袖想以"自由民主"统一全希腊，结果以惨败告终。尽管如此，希腊各城邦都供奉共同的奥林匹亚神族，分享共同的神话传说。换言之，把整个希腊统一起来的是宗教和神话，"泛希腊竞技会"也可以说是所有希腊人共同的宗教性仪式活动。

奥林匹亚赛会、涅嵋（Nemea）赛会、科林多的伊斯忒墨赛会和德尔斐的皮托赛会①举行的大型竞技赛会，各城邦竞技健儿无不踊跃参加。即便城邦之间处于交战状态，也不影响参赛，没有如今所谓"抵制奥运"一类下作。这表明整个希腊民族生活在共同的宗教传统之中。

谁赢了第一，简直就成了"神样的"，家乡人无不为此热烈欢庆，让冠军享受合唱歌队献上的由诗人执笔的赞美诗句。如今，奥运金牌得主没谁会得到诗人或作曲家写的凯歌，即便让人如痴如醉的世界杯足球赛，也没见有诗人写诗赞颂明星的精彩射门。原因不难理解：金牌得主或足球明星毕竟仅仅是人模人样的。

竞技比赛在古希腊是贵族政制的宗教遗风，而赞颂竞技成就和卓越乃贵族伦理传统。不过，克莱斯忒涅（Cleisthenes）政制改革之后，民主政制进程加快了步伐，到品达时

---

① 源于敬拜阿波罗的赛会，据传说阿波罗杀了巨蟒 Python 而得了别名 Pythios。

代,竞技赛会已经相当平民化,好些得胜者与其说属于贵族阶层,不如说属于城邦新兴的民众阶层。

品达的凯歌尽管依然突出成就伦理,却并未去歌颂民众崇拜的得胜者的艰苦训练、场上奋进或骄人成就,而是以明喻或暗喻手法讴歌传统的高贵伦理:荣誉和声望与其说是挣得的,不如说是承继得来的,尽管承继也要靠辛劳来葆有。

西蒙尼德与品达同时代,也写凯歌,他虽然以旧的贵族精神为母题,实际上却在表达新兴城邦民的意趣(民众伦理)。而品达这个所谓政治上的"极右派"(对西西里民主革命恨之入骨),所写的凯歌却追慕古风,甚至要与荷马诗风一争高下:

> ……我甚至认为,关于
> 奥德修斯的说法多过他的经历,因为荷马言语甜蜜;
> 当然,在他的虚谎故事和有翼飞翔的巧计中
> 不乏崇高的东西,但巧智行骗,用言辞诱导:一个瞎子
> 的心也有好大一群人[追捧]。
>
> (《涅嵋凯歌》,7.20–23)

这首凯歌写给少年五项全能赛冠军索格涅斯(Sogenes)。全诗的起兴是向掌管女人生产的女神厄莱悌阿(Eleithyia)祈祷,赞颂她不仅关照了索格涅斯的出生,还关照他成长。言下之意,索格涅斯如今取得体育竞技的骄人成就,全赖这位女神关照,而非索格涅斯勤学苦练。品达就这样把个人的体育成就与传统的神性世界联系起来:体育竞赛比的不仅是体魄,还有灵魂的依持(而非低俗)。

凯歌源于叙事歌谣,可以说是一种抒情叙事诗。品达凯

歌的颂扬式叙事唱诵的不是赛事本身,而是神话故事。在每首凯歌中,诗人都会提到该运动会或节日赛会与哪位神灵相关,提到跟体育健儿的家乡有关的古代神话,用明喻和暗喻手法把得胜者的技艺、勇气和运气(甚至得胜者家族以前所获得的荣誉)与某位神联系起来。

换言之,品达的凯歌无异于极富象征意味的*神话诗*:古老的神话(= 传统宗教)与现世竞技的结合,使得现世竞技成了古传神话的符号(象征)——所谓象征,不外乎神性气象显现在人世之中,神性光环显露在会死的特殊凡人身上。

因此,品达凯歌的言辞往往具有双重性质,表面看来是在赞美某个竞技者,诗行间却是古老的格言(Gnomik)和神话。当然,品达的神话叙事并非照原样叙述神话,而是重写传统神话,有时含义极为含混、模糊。那个时候,诗人仍然信任传统神话,而自然哲人已经不信任,他们想要书写哲理气味的箴言诗来取代神话。在这样的精神处境中,品达的新神话诗无异于坚持神话世界的法统,守护习传的虔敬品性,坚信奥林匹亚神族仍然在主持此世的正义赏罚(参《奥林匹亚凯歌》2.61 以下)。

倘若如此,20 世纪的大哲人海德格尔既崇拜自然哲人的箴言诗又迷拜品达的神话诗,就让人费解了。

古镜照神

对品达来说,公元前 476 年的奥林匹亚竞技盛会很可能意义非比寻常,因为他至少为这次盛会写了三首凯歌。

第一歌赞颂叙拉古的希耶罗(Hieron of Syracuse),此人赢得了当年的马车赛冠军。这位希耶罗是个名人,公元前482 年,他曾在皮托竞技赛会上得过马车赛第一,四年后又在奥林匹亚赛会上得了马车赛第一,而且用的是同一匹名叫"得胜"的马儿。

这首凯歌的第一行就是格言式的,非常有名:"水最好。"

这是什么意思呢? 任何领域都有最好的东西:自然万物中"水最好",运动竞技赛中奥林匹亚赛会最好,一如众天体中太阳胜过群星——诗歌中凯歌最好,竞技者中希耶罗最好……果然,两年后(前478 年),希耶罗当上了叙拉古的王。崇尚"最好"是古老的优良政治伦理的核心,品达用如此体素储洁的言辞把古传伦理表达得古镜照神。

叙拉古虽然跟阿瑞图莎(Arethusa,狩猎女神阿尔忒弥斯的侍女,异常漂亮)传说有点儿关系,但这地方的确没发生过什么神话英雄故事。于是,诗人就在凯歌中化用珀罗普斯(Pelops,宙斯之孙,坦塔罗斯之子)的神话传说。传说讲到,坦塔罗斯有一天邀奥林波斯山的神们来赴宴,把自己的亲生儿子珀罗普斯剁成肉块办招待。神们心里有数,谁都不碰,唯有德墨忒尔因女朋友跑了正伤心不已,一不小心吃了块肩膀肉。神们拒绝人肉筵席纷纷离去,气愤之下令赫耳墨斯让珀罗普斯起死回生。赫耳墨斯把肉块放进锅里重新煮,珀罗普斯就活了过来,但肩膀已经被吃掉,只好用象牙做了个人工肩膀。

坦塔罗斯因犯欺骗神们的罪过被罚到地狱受苦,珀罗普斯则当上伯罗奔半岛最早的王,并恋上了皮萨王俄诺玛俄斯的女儿。俄诺玛俄斯听到预言说,女儿一出嫁,自己就会死于非命,于是要凡来求婚的都得同他赛马车(据说这就是奥林匹亚竞技会的神话起源),输了统统杀死。珀罗普斯买通俄诺玛俄斯的驭手(赫耳墨斯的儿子),把马车上的梢钉搞松,结果让俄诺玛俄斯在比赛时翻车丧命(另说是波塞冬送了一匹神马给珀罗普斯让他赢的)……

品达如何把这神话传说与希耶罗赢得马车赛冠军联系起来？诗人说,希耶罗是在"珀罗普斯的土地"上得的冠军,言下之意,希耶罗得胜靠的是奥林匹亚神族的护佑。接下来,品达就开始重述神话,诗人在《奥林匹亚凯歌》中是这样转入神话叙述的(1.30−36):

> [30]美惠之神呵,她替凡人编织种种迷药,
> 畀付美名,惟使难以置信者成为
> 可信,而且长此以往;
> 然而,时日漫漫
> 方为最智慧的见证。
> [35]人呵,最好还是说神们
> 的好话,那样罪过才会小些。
> 坦塔罗斯之子呵,我要以不同于前人的方式歌颂
> 　你,
> …………

写给希耶罗的赞歌,就这样变成了赞颂珀罗普斯的诉歌。品达在叙述中改写了原始情节(尤其英雄与诸神的关系),重点讲珀罗普斯如何因赛马得胜而当上了王。

凯歌在结尾时写道:一个王者在竞技赛中赢得荣誉,还不会让人们永久纪念,诗人的记叙才会使得这样的得胜成为值得纪念的事情。似乎王者的荣誉需要得到诗人的加冕。言下之意,诗人的言辞与古传的神话精神更为紧密地维系在

一起。

对品达来说,古传的神话精神意味着人的世界与诸神世界欲返不尽,相期与来。因此,品达凯歌的基本主题是:会死之人的瞬息生命与诸神的永恒生命在此世的关系。就此而言,品达与荷马有深切的精神联系。两位诗人都相信,凡人与诸神既有差异,又有非此不可的关系。

《涅墨凯歌》第六首的序歌非常著名,可以为证:

> [1]人是一族,神是一族,但我们双方
> 靠着一个母亲呼吸;规划万有的权力才把我们
> 分开,人虚无飘渺,神则有
> 自己永久的稳靠住所,这就是
> 青铜般的广天。不过,我们多少还是接近神们,
> [5]凭着超迈的心智,或者了不起的体魄。
> 尽管如此,日夜漫漫,我们无从知晓
> [6b]命数划定的结局,
> 只是朝着那儿奔命。

神们和人们有共同的本源,即便各是"一族",毕竟都"靠着一个母亲呼吸"。按古风时期的习传观念,神族和人族都是天地所生,①差异在于,神族只有生没有死,人族则有生有死——人之所以会死,只是因为人吃的是地上的果实。

可是,一种莫名的力量使得人族与神族的生存品质出现了天壤之别:人族缺乏永久的稳靠住所——这意味着人的生存根本上是不实在、不确定的。但诗绪的内在节律随之像钟

---

① 赫西俄德说过,宙斯乃人与神共同的父亲;参见《劳作与时日》,行108。

摆一样又摆荡回来：人身上毕竟有某种靠近神的可能性，这就是人身上"少有道契、终与俗违"的心智或体魄——"了不起的体魄"其实也可译作"大器的天性"。

第 5 至 7 行再次拉开人族与神族的距离。人的生存是瞬息性的，受时间和偶然支配，人并不知道时日会把人的生存引向何方。"日夜漫漫"蕴含着的满是"偶然"，如此诗句读来难免让人想起赫西俄德的诗句："各种疾病，日日夜夜光顾人类。"①这一分句再次强调神们与人族的差异，重申神人之间不可跨越的鸿沟——所谓"结局"，不是说人有一个可以穿越时间抵达的终点，而是诸神拴住了人的在世性命的绳索，使得人"远引若至，临之已非"。

然而，现代西方思想已经通过思想革命，置换了这种对时日的理解带来的生命时间感，如今人才是支配时日的力量，因为人能掌握自己的未来。对品达来说，未来对于人是隐匿着的，现代人认为人可以把握未来，无异于僭取了神的权能。

第 7 行的"命数"是如今所谓的关键词，意味着"命定""规定"等等，具体指每个生命绝然属己的轨迹——人一旦出生就随身带着自己的命数。品达在表达一种宿命观？非也！因为，随后的诗句表明，"命数"不过是"上天"的赠予，其含义也包括"高贵的出身"（行 8）。与行 4 - 5 相呼应，品达似乎要说，凭着高贵的血统（实际含义是精神品质和取向），"日夜漫漫"中的个人生命仍然有可能接近神性的世界。于是，诗绪的内在节律又如钟摆回到起头：人族和神族"靠着同一个母亲呼吸"。

---

① 《劳作与时日》，行 102；亦参忒奥格尼斯，行 160。

"同一个母亲"的寓意由此得以显明。神有稳靠的住所（"青铜般的广天"），而人呢？仅仅是虚无飘渺的世间过客？并非如此！人也有自己的稳靠住所，这就是人身上远离大地的"超迈心智"或"大器天性"，它有如神们拥有的"青铜般的广天"。

说到底，人是靠着"超迈心智"或"大器天性"，才得以最终维系与神的关系。就现世而言，如此关系就体现为高贵的出身（家族血脉）：在赛会上得第一的健儿们，血液里流淌着的其实是追求伟大和崇高的心智和天性。但如此心智和天性并非向上飞升的愿望，而是在此世取得骄人成就的作为，这就是品达所理解的人身上"惟性所宅"的 arete［美好品德］。品达强调人族与神族"靠着同一个母亲呼吸"，显得是要激发人去葆有和发扬自己身上的这份内在的神圣。

这首凯歌的得主是少年阿尔基米达（Alkimidas），他得了本届竞技冠军，他父亲从不曾赢得过，但他爷爷普拉克希达玛斯（Praxidamas）曾经是竞技冠军，尽管爷爷的父亲又不是。序歌的寓意忽此忽彼，两度逆转，然后说到竞技健儿的"高贵血脉"。诗人似乎想要表明，尽管兴衰、枯荣、变迁支配着人世生活，高贵的血脉总不会断绝。兴衰、枯荣不过是大地的悠悠天钧，体育健儿家族的隔代兴衰自有其节律：一个荣耀的大家族看似衰微，其实自有高贵的种子蛰伏着。如果把我们中国文明比作一个高贵的大家族，那么，无论怎样一度衰微，高贵的种子总会再度尽得风流。

品达诗的音乐性

品达凯歌就是如此"匪神之灵、匪机之微",诗句看起来无不似图像般明晰,实际含义却"俱似大道,妙契同尘"。品达说希腊人很 asaphēs[朦胧、晦涩],用这个语词形容他的作品倒非常贴切。

品达凯歌还有很强的音乐性,毕竟,凯歌这种体裁本身就是节庆时或乡亲们欢迎体育竞技英雄时唱的合唱歌,格律受伴奏乐器(比如里拉琴、箫)以及合唱曲调限定。只是今人无从了解这些乐器,也无从了解当时的曲调,要把握品达诗句的曲调韵味几乎没有可能,遑论把捉品达诗的出神韵律和半明半暗的锤炼风格。

音乐在时间中展现和消逝,不像文字可以固定下来。如今我们已经没法听到品达凯歌的唱法,其音乐性也就只有通过某些诗句来感受。《皮托凯歌》第一首序歌头四行算得上典型例子:

> 金色的弦琴哦,阿波罗和紫罗兰卷发的
> 缪斯们属己的宝器啊! 舞步倾听着你,华典伊始,
> 歌手们紧随你的音符,
> 当你奏起合唱引曲的前奏,缭绕缠人。

构成古希腊音乐的三大元素在如此华典场景中逐一出场:弦琴、舞蹈、合唱。弦琴的主导地位意味着它是音乐的基础,所以诗人说,弦琴是阿波罗和缪斯共同专有的天器。乐

师甚至诗人自己也弹奏弦琴(比较《奥林匹亚凯歌》1.18),但他们懂得这乐器本来属于神们所用。

这段序歌图像性很强。在图像表层,我们看到"舞步倾听着你",表明舞蹈与音乐紧密相连,可谓"载要其端"。接下来的"歌手们紧随你的音符"句表明,人声歌咏受悠悠天枢引领,可谓"载闻其符"。弦琴—舞步—歌咏徊互交织,缠绕在一起:舞步和歌手与引曲前奏配合默契,可谓"来往千载"。

最后一行的"你奏起"与开首呼语"金色的弦琴哦"遥相呼应,短短四行诗句便织成"超超神明,返返冥无"的场景。既然弦琴是阿波罗和缪斯共同专有的天器,当我们读到"舞步倾听着你","歌手们紧随你的音符",人和神在音乐中达到的默契不也"载瞻星气,载歌幽人"?

说到品达诗的音乐性,值得提到品达诗的残篇。与萨福残篇一样,品达诗作的残简断句也非常珍贵。凯歌四卷都如此精美,其他诗作当然也不在其下,比如:

> ……杳然无际的幽暗在那儿浮泛
> 深幽的夜流缓缓而来。(夜流《残篇》,131)

这是一首抒情合唱挽歌中的残句,诗人以其惯用的繁复重彩笔法,把我们带入一个全无光明却充满生息的幽冥世界:"幽暗"与"夜流"、"杳然无际的"与"深幽的"有如叠词;"夜的溪流"用了复数;"浮泛"和"缓缓而来"使得这深渊般的幽暗显得并非因为缺乏光明,而根本就是此世的基质,在此世下方的幽暗中,生息在涌动,从世界幽深的怀中漫生、翻腾上来。如此形成的"幽暗"虽无边无际、无从把捉,品达却给它一个冠词,使之有了某种程度的确实性。

"人乃魂影之梦"

如此幽暗究竟是什么? 人世本相。这两句读来让人联想到最具品达味的那句诗,即《皮托凯歌》第八歌中的"人乃魂影之梦"。这首凯歌被视为品达的天鹅绝唱,其时品达已72 岁高龄。品达中年时已名满天下,虽然年岁增长,他的创作才华却丝毫未减,反倒更显精致气象。因此,晚期品达诗向来是品达研究中的重点项目。

《皮托凯歌》第八歌作于公元前 446 年,题献给自己家乡的少年阿里斯托墨涅斯,此少年是当年赛会的摔跤冠军。品达热爱家乡,曾为这个多里斯小岛上的少男少女写过好些"意象欲出,造化已奇"的诗章,奉献过自己最为幽深的心思。

这首凯歌中的神话故事述说忒拜的伟大,诗的主题是: "后辈们"('Επίγονοι)的伟大源于父辈们的伟大:

> 通过天性,高贵的生命
> 从父辈流入儿子们身上。(行 44 – 45)

少年阿里斯托墨涅斯得了摔跤第一名,证实他有高贵的血统。凯歌开始的序歌显得"真力弥满,万象在旁":

> 宜人的安宁呵,正义
> 的女儿,你使得城邑巍巍,
> 无论决议还是战争

你都手握最后的钥匙，

[5]请替阿里斯托墨涅斯接受皮托竞技赛上赢得的
光荣吧！

竞技者赢得的胜利被归功于安宁女神（'Ησυχία），接受荣誉的当是"安宁"女神，而非阿里斯托墨涅斯。这段序歌显得是赛后人们为得胜者举办庆典进场时唱的，内容是吁请埃基那（Aigina）城民接受自己儿子赢得的胜利。但诗人没提埃基那这个城邦名，而是直接吁请护佑城邦的"安宁"，并把"安宁"人身化为正义的女儿，从而实际上成了"安宁"祷歌。

古希腊诗人喜欢把抽象语词人身化，"安宁"这个语词的人身化乃品达所为，这表明了"安宁"在品达心目中的地位。据说，品达的每首诗里都要在对应的行数和诗节的押韵处重复一到多个关键词，倘若留意这些关键词，就能找到他思想上的秘密（亦参《皮托凯歌》1.71）。

这个语词的本义是"内在的安宁"，引申到政治上指安宁的生活状态：这位正义之女要求各色人克制肆心，由此才会出现真正的"和谐社会"。但诗人说，"安宁"也掌握着战争的密钥，难道这位女神也可以发动战争？的确如此！"安宁"是城邦生活的基础，外敌威胁就是对城邦"安宁"的威胁，这片土地上的人们有充分理由抗击任何威胁到共同体"安宁"的外敌。在接下来的诗行中，品达就说到"安宁"对敌人会采取严厉的行动。这意味着"安宁女神"通过战争带来"安宁"。

由此看来，"安宁"女神才是这个城邦最高的政治权力，尽管它本是纯粹的精神，却宛若"城邦"的灵魂；至少，它高于城邦，无论在内政（"决议"缘于内在争纷）还是在针对外敌的战争上，"安宁"都拥有最后决定权，毕竟"安宁"女神是

"正义"的女儿。然而,"安宁"这个语词本身又无比温婉,从而融合了温柔和坚硬:既是战争中的力量,也是和平中的力量,既是政治性的,又是非政治性的。①

这首凯歌以祷歌起头、以祷歌结尾。在结尾的祷歌中,品达提到了家乡的城名:

> [98]埃基那,亲爱的母亲,在自由的航程中
> 引领着这城邦,与宙斯一道
> 还有忒拉默尼以及阿基琉斯。

"自由的航程"就是父神宙斯为城邦人民开启的生活方式,在这种方式的生活旅程中,城邦人方能生活在"神给予的自由"中(《涅嵋凯歌》1.61)——这不就是对"安宁"的"生气远出,欲返不尽"之相的具体描述么?

在这段结尾祈祷之前,诗人唱道:

> [95]活在时日中的我们啊!谁算个什么?谁又不算?
> 人乃魂影之梦。一旦天神赐予的澄辉蔼蔼,
> 明媚的扶光委照正气之人,今生光阴何其甜美!

这三行诗句非常有名,几乎被视为诗人一生人世体认的结晶,只是如何理解这三行诗句,一直让古典语文学家们伤透脑筋。

整段诗文明显分为两个意群,前一个意群到"人乃魂影

---

① 超乎政治的灵魂安宁,比较赫西俄德《劳作与时日》行 226 – 229 对"正义"的描述。

之梦"为止。这句诗直译当是"人无非一个影子的梦":主词是"人",表语性谓词是"梦","影子"修饰"梦"。影子虚无飘渺,它的梦就更为飘渺虚无,这无异于说,人的生存并不实在,比影子还要飘渺。但诗人笔锋一转,引入灿烂般的幸福和明亮的生存情调:阳光不仅与梦影构成强烈对比,而且与凯歌开始时的进场歌形成呼应。

"活在时日中的"(ἐπάμεροι)是个复合形容词,意为"一天的、每天的;短命的",由介词 epi[朝向、在……之上]加名词"日子、时日"(ἦμαρ)复合而成,即"时日基于什么"或"日子所承载的"。由于这个形容词在这里实际上作名词,句子省略了系词"我们"。诗人似乎在发出这样的生命感叹:"活在时日中的我们"的一生不过就是一天,或者说"我们的"一生仅仅凭付一天的时日,朝生夕死、转瞬即逝(柏拉图的《斐多》采用了类似的意象)。

"一天"意味着时日受到某种东西支配,这东西就是时间;"一天"仅仅是当下的时间,"我们的生命(一生)"不过就是当下的时间而已,或者说,转瞬之间的一天就是人的生存品质。[①] 如此说法未必就是所谓悲观情绪的表达,因为人的生存与转瞬的时日相互依存。人的生命固然在时日中生息,但时日的交替、转换、来去亦由人的生息来承载,没有人的生息,时日的交替、来去都没有任何含义。

人的生命随时日的流转而消逝,因此诗人接下来问:"谁算个什么? 谁又不算?"诗句的主词从复数的"我们"转换为单数,年过古稀的诗人仿佛在问:我自己的时日(一生)究竟凭付在哪里? 此时诗人的思绪不大可能还在想生命的日子

---

① 品达亦有"颠簸的时日[复数]"的说法;参见《伊斯忒墨凯歌》3.19。

朝向什么,而更可能是在想自己所过的一生凭靠的是什么,毕竟,自己的生命年轮就要终止。

从字面上看,随后的"人乃魂影之梦"与"活在时日中的我们"在义涵上没有断裂或跳跃,虽然主词从复数变成了单数,但"谁算个什么"的主词已经变成单数。只不过,单数进一步抽象化为"人",似乎诗人从个体的生存现象转向了人的抽象在世含义。在这种转变中,没变的是人生在世的虚幻不实性质——无论"影子"还是"梦",都虚幻不实。这让人联想到《涅嵋凯歌》之六第三行说的,人彻底"什么都不是"。然而,也许恰恰凭靠如此虚无,人的生息才获得了一切在世性质,因为"影子"一词还可以有另解——比喻灵魂。

倘若如此,那么人身上最为虚幻不实的东西,恰恰也是人身上最为要紧的东西。荷马笔下的奥德修斯曾讲述"我的伴侣的魂影在我对面絮絮述说"(《奥》11.83),以及这"魂影"如何想要拥抱已经故去的母亲的魂灵,三次向她奔去想要抱住她,而母亲却"三次如虚影或梦幻从我手中滑脱"(《奥》11.207)。

在荷马笔下,影子般的存在就是灵魂离开身体之后(人死后)的所在,因为灵魂没有自己的实在——但不等于没有形相。荷马在这里的说法是以"虚影或梦幻"选择性并举来比喻灵魂,表明"虚影"或"梦幻"是一回事。品达则把"虚影或梦幻"变成所属界定关系,从而,"人乃魂影之梦"与其说在暗示人的一生"比虚幻还要虚幻",不如说在暗示人的一生有如魂影的梦想:人生的属灵性质处于人的生息的中央,成为人的生存的内在品质。正因为有如此寻梦的魂影,人的生息才获得了在世品质。

后一句表面看来像是在欢庆竞技胜利,但由于前面有了

"人乃魂影之梦","宙斯赐予的澄辉"就不仅仅属于竞技得胜者了。"明媚的扶光委照正气之人"与"活在时日中的我们"构成呼应,"澄辉"带有恩惠的含义,包含着美惠女神给人们带来的生命喜悦——通过宙斯赋予的"澄辉",人与神的距离靠近了。

前后两句除了生存情调的转变,还有哲学到政治的转变:从个人转向城邦共同体。前一句中的"人"用的是不定代词"谁",后一句中的"人"用的则是复数"男儿们"。这是否意味着,人的生命就"个体"而言微不足道,甚至是虚幻的,只有作为共同体的"人"才活在阳光下,从而,家乡少年阿里斯托墨涅斯的竞技胜利只有在城邦这个母体中才有意义?这是否也是诗人品达对其诗作的自我理解呢?

结尾祷歌中对神赐澄辉的盼望,的确也就是自己城邦的盼望。何况,序歌祈祷的对象是"安宁"女神,与结尾的祷歌提到城邦相呼应,序歌也提到"安宁"女神会护佑城邦强盛。现在可以看到,"安宁"并非抽象的概念,而是可见的形象——"澄辉"。①

"大器的天性"

"人乃魂影之梦"与"宙斯赋予的澄辉"对比,意味更深长:影子与澄辉对比、影子的软弱无力和天神给予的能力对比,隐含着人与神之间"要路愈远,幽行为迟"的关系。"宙

---

① 品达有过"安宁的时日"的说法,与这里的"今生光阴何其甜美"相对应的则是"苦涩的冤仇";见《奥林匹亚竞技凯歌》2.8 – 9。

斯赐予的澄辉"作为恩典,还不是后来基督教式的不分贵贱
的普泛恩典,因为宙斯的恩典是有条件的,它仅仅给予灵魂
有所"梦想"的人。用《涅墨凯歌》之六的说法,仅仅给予"超
迈的心智"或"大器的天性",因为"凭靠自然(天性)形成的
东西最强有力"(《奥林匹亚凯歌》9.100)。

"大器的天性"最为接近诸神,这是基于自然基质而突出
地生长出来的东西,或者说自然品质的突出扩展——体育健
儿"了不起的体魄"不过是其象征。当然,"宙斯赐予的澄
辉"句也表明,诗人最终没有抹去神与人的界限。"澄辉"的
赐予性,使得再怎么"超迈的心智"或"大器的天性",最终都
得凭靠宙斯的恩典才能沐浴"澄辉",尽管宙斯仅仅将"澄
辉"赐予"超迈的心智"或"大器的天性"。毕竟,好的自然基
质(天性)也是命运给的,用品达的诗句来说,是"随同命数
出生的"(《伊斯忒墨凯歌》1.39)。

"自然基质"既是自然原则,又是个体化原则,自然天性
的不平等是命数造成的——"天性使得我们有差异,每个人
各不相同"(《涅墨凯歌》7.54—55)。说到底,"宙斯赐予的
澄辉"永远不会光顾"浑浑噩噩的人"(《涅墨凯歌》3.41)。
由此可以理解,"人乃魂影之梦"的"人"用的是 anthropos,宙
斯的扶光,委照的却是"堂堂之人"(andrōn)。

看来,经常被独立引用的诗句"人乃魂影之梦",在这里
的确起着枢纽性的转承作用:"活在时日中的我们","谁算
个什么"呢? 由此"魂影之梦"才成了沐浴着宙斯赐予的"澄
辉"之人。从实质上讲,品达的凯歌无不都是有"魂影之梦"
者的在世诉歌。

《皮托凯歌》第八歌用雕刻般的笔法刻写了希腊古风精
神的要核,即基于人生短暂的意识对人的崇高能力的信赖,

从而是脆弱与奋争的混合。即便"人乃魂影之梦"意味着人生什么都不是、什么都不值(因此不可肆心张狂),"明媚的扶光"(直译"温柔的永息")毕竟洒落在瞬息人生的世界。

这当感激宙斯,因为宙斯愿意把澄辉赐予有"魂影之梦"者。反过来说,人只要通过现世勤劳追求崇高,成就了自身的 arete[美好品德](《奥林匹亚凯歌》9.100),就会沐浴"明媚的扶光"。"立德、立功、立言"的人生才是自我珍重的人生,因为受"明媚的扶光委照"意味着,在美德的荣誉中永生。

沐浴着"宙斯赐予的澄辉"的人间景象是怎样的呢? 品达描绘过这样一幅生活景象:

> 太阳的光芒照耀着他们,
> 这儿下面却是黑夜茫茫,
> 在绯红的玫瑰草场,他们的城邑
> 没药树成荫□□□
> [5]缀满金色的果实。□□
> 喜悦在心头,有人骑马,有人练身,
> 有人对弈,有人操琴,
> 他们身上个个满溢着幸福自足,喜乐盛开。
> 这迷人的处所呵,馨香四散,
> 袅袅不息……各色祭品与照向远处的香火
> [10]在神们的祭坛上迷迭难分。(《残篇》129)

"炳焉与三代同风"——摔跤、拳击、投掷标枪、赛跑、骑马或对弈,这些本是现世中的高雅闲暇。在品达笔下,享受如此闲暇之人"步屧寻幽",置身极乐世界,"神出古异,澹不可收"……

城邦航船及其舵手

近半个世纪前,神州大地曾流行一首名为"大海航行靠舵手"的革命歌曲,好几亿人在唱,而且一唱就好多年。歌名出自第一句歌词,它隐含着一个比喻:国家有如大海中的航船,能否穿越惊涛骇浪,全靠英明舵手。这句歌词表明,20世纪的中国革命与古希腊产生了具有世界历史意义的内在关联。

"黑色的航船"

两千五百多年前,古希腊诗人阿尔凯俄斯(Alcaeus of Mytilene,约公元前 630 – 前 590,约周襄王二十二年至周匡王二十三年)曾写下这样一首诗:

我搞不懂这动乱的风暴;

　　　　浪头一会儿从这边扑来，一会儿从

　　　　那边扑来；而我们穿过风浪中心，

　　　　乘着这黑色的航船。

　　阿尔凯俄斯出生于勒斯波斯岛首府米提勒涅（Mytilene）一个贵族世家，与著名女诗人萨福既是同乡，又是同时代人，在古希腊抒情诗人族中辈分很高。由于记叙了那个时代的革命风暴，阿尔凯俄斯的诗被后人题为 Stasiotika（《动乱集》）①——如今应该译作《革命集》，可惜已佚。"革命"在近代才开始流行，古希腊语汇中没这个词。古希腊文 stasis 的原义是"竖立的石柱或岗位"，引申为"另立派别、闹分裂；内讧、倾轧"。由于诗中所谓 stasis 的确喻指当时针对传统政体的革命，因此也可以译作"我搞不懂这革命的风暴"。

　　在修昔底德、柏拉图、亚里士多德等雅典民主政制时期的经典作家笔下，stasis 成了常见词，以至于直到现在，stasis 仍然是西方政治思想文献中的经典语汇。由于是"乘着黑色的航船"穿越革命风暴的第一人，阿尔凯俄斯也成了西方思想史上最早的反革命诗人，堪称法国大革命之后涌现出的诸多反革命诗人（如夏多布里昂、诺瓦利斯、柯勒律治）的先驱。

　　　　stasis 这个词始自柏拉图（《智术师》，249 – 254；《理想国》卷五，16、470），中经新柏拉图主义者尤其普洛丁流传到希腊教父和经师们那里；从 stasis 一词中，发展出一种带有张力的辩证法矛盾。stasis 首先意味着：平静

---

　　①　M. Treu 编，*Alkaios*，München，1959 / 1980；E. M. Voigt 编，*Sappho et Alcaeus*，Amsterdam，1971。

（Ruhe）、平静状况（Ruhelage）、立足点、状态（status）；相对的概念则是 kinesis（运动）。但 stasis 其次还意味着（政治上的）不平静（Unruhe）、运动、反叛和内战。大多数希腊语词典把两种对立的含义简单地相互并列，没有尝试加以解释，人们也不应该期望这些词典来解释。①

与 stasis 同样具有政治思想史意义的是：由于"黑色"可以理解为土地，"黑色的航船"后来成了西方政治思想史上非常著名的"城邦"喻，一直沿用到现代。按照更多靠海洋为生的希腊人的生活经验，航船出海必有各种人分工作业，船上还承载着所储备的各种食品和生活物品，有如一个政治共同体或国家。

航船出海遇上风暴是常事，对希腊人来说也是很容易理解的危难时刻。不用说，穿越风暴渡过危难全靠船长，整个航船共同体的生命都在他那双掌舵的手中：

> 掌舵人，你要让船只远离那边的烟雾和波澜，靠近这边悬崖，切不可漫不经心地把船只驶往那里，把我们抛进灾难。（《奥》12.219 – 221）

事实上，诗人荷马已经用海上风浪来比喻政治危难。在描绘特洛亚军队向阿尔戈斯人发起攻击时，荷马形容他们：

> 有如辽阔的海上一个巨浪咆哮着，

---

① 施米特，《政治的神学续篇》，见施米特，《政治的神学》，刘小枫编，刘宗坤、吴增定等译，上海人民出版社，2015，页210 – 211。

> 被强风推动滚涌，
> 凶猛地扑过船舷。
>
> （《伊》15.381 – 383，王焕生译文）

阿尔凯俄斯用海浪倾覆航船的意象来比喻革命，可以说是典出荷马。

尽管革命更多指国家遭遇的内在危难，但也有好些国内革命其实是异国扑来的大浪引起的。肃剧诗人埃斯库罗斯《七雄攻忒拜》中的七雄攻忒拜事件就有如一场革命战争：

> 大海掀起滚滚险恶狂涛，
> 一落一涨，三层叠垛，
> 波光闪烁，在城邦舵手周围喧嚣。（行757 – 761）

幸好有英明的"城邦舵手"，

> 城邦平安，经受住风暴的猛烈打击，未渗进一点儿海水。（行795 – 796；王焕生译文）

这里的"海水"与荷马笔下的"巨浪"是一个意思。而在索福克勒斯笔下，新王克瑞翁在演讲中说：

> 男儿们，诸神才使得城邦事务在经历过巨浪颠簸之后再次平稳下来。（《安提戈涅》，行162 – 163）

在欧里庇得斯笔下，我们还能看到类似的比喻：

　　那个时候,战神阿瑞斯用他的风暴,不断袭击这大
片土地的风帆。(《瑞索斯》,行 322 – 323)

在柏拉图笔下,阿尔凯俄斯的"黑色航船"获得了最为透
彻的政治哲学解释。按苏格拉底的理解,航船喻的重点不在
航船与风浪的关系,而在船长[舵手]与全体船员的关系,或
者说王者与城邦民的关系。

　　一个船长在体形和力量方面超过船上所有的人,
[488b]但他耳朵有些聋,眼睛也看不太清楚,懂得的航
海知识也和前两者一样有些缺陷,其他船员为了掌舵的
事而相互争执不休,每个人都认为必须由自己来掌舵,
尽管他从来没有[5]学过这一技术,也无法指出他自己
的老师是谁或什么时候学过航海。不仅如此,他们还声
称,这并不是一门能被教会的技术……
　　他们一直[488c]簇拥在那个船长周围,缠着他不
放,千方百计地迫使他把船舵交托给他们。有时,当其
中一些人说服不了他,而另一些反倒说服了他,前者就
把后者杀了,或把他们从船上抛入水中,接着,用曼德拉
草,[5]或用酒,或用其他什么东西弄倒了高贵的船长,
然后开始统治全船,享用起船内装载的东西,又是喝酒,
又是大摆宴席,按这号人的习惯驾船航行……(《王制》
488a8 – c9,王扬译文)

苏格拉底讲的航船故事寓示的问题是,政治共同体(国
家)应该由什么样的人来掌舵(掌权)。什么样的人为城邦
航船掌舵,就会有什么样的政制,所以,苏格拉底的"航船喻"

暗含不同政制的比较。值得注意的是,此前苏格拉底已经说到过城邦安危与"浪潮"的关系:

> 在我还没有完全躲过前面两个浪潮之时,你现在又向我推来势头更大、最难对付的第三个浪潮。(《王制》5.472a1－4)

有理由推断,苏格拉底所讲的航船上的夺权事件,是在影射雅典民主制。一个有力的佐证是,珀律比俄斯(Polybios)后来把雅典民主制比喻为"没有主子的航船"(《罗马兴志》6.44),依据的就是柏拉图的这段笔墨。[①] 苏格拉底说,船长虽然"在体形和力量方面超过船上所有的人",而且懂得航海术——似乎指懂得统治术的古老王者——但他毕竟老啦,有如王政毕竟老了,何况,王政并非一点儿缺陷没有。

换言之,似乎苏格拉底也认为老船长应该交出手中的舵把,因而他并非保皇派。然而,同样明显的是,即便苏格拉底不认为古老的王政是最佳政制,他也并不认为民主政制就是应然的政制。理由有两点:首先,船员(民众)从未学过航海术(统治术根本不可教),完全不懂得如何驾驭航船,遑论对付风浪。其次,绝大多数船员(民众)关心的是自己的享乐,

---

① 近代西方政治作家所用的"航船"喻,大多依据拉丁语大诗人贺拉斯的用法(*carm.* 卷一,14)。参见 H. Quaritsch, "Das Schiff als Gleichnis", 见 H. P. Ipsen / K. H. Necker 编, *Festschrift R. Stödter*, Heidelberg, 1979, 页 251－286。晚近具有政治哲学意味的航船喻,著名的例子可以提到梅尔维尔和康拉德的小说。参见李小均编/译,《梅尔维尔的政治哲学》,北京:华夏出版社,2010;康拉德,《康拉德海洋小说》,薛诗绮编,上海文艺出版社,2012。

而非整个航船的安危——苏格拉底让我们看到，民众一旦统治全船，就开始酗酒。相反，老船长虽然已经昏聩无能，但他毕竟关切整个航船的安危，是"高贵的船长"。反过来说，不关心国家利益的人算不上"高贵"。

还有一个细节值得注意：有的船员希望通过说服让老船长退位，另一些船员却把这些已经成功说服老船长的船员统统杀掉——用阿尔凯俄斯的说法，船上发生了"动乱"，用我们的话说，革命派杀掉了改良派。

不仅如此，[448d]他们还吹捧其中一人为航海家，称他是舵手、熟悉船上一切的专家，因为这人在谋事方面特别出色，使他们说服或征服了船长，以至于他们控制了全船，指责一个没有这种能力的人为无用的蠢货。他们并不了解一个[5]真正的舵手的本质，真正的舵手必须集中精力研究一年的日期、季节、天空、星座、气流以及一切与这门技术密切相关的东西——如果他想在本质上真正成为一船之长，以至于他能充当舵手，[448e]不管一些人愿意还是不愿意。因为那些人不相信，这方面的技术和研究能使他拥有这种能力掌握舵把和航海的艺术。当船上发生了这类事情，你不认为这么一个真正的舵手实质上[489a]会被那些受到如此管理的船上的船员们称作天象的观赏者、喋喋不休的智术家、不中用的家伙？

可以推知，一个"在谋事方面特别出色"的人能够成功利用民众，让他们相信，由于自己拥有丰富的自然知识，所以他才是真正的航海家，应该当舵手。我们可以推断，这个人就是自然哲人,也就是后来蒙田所说的"善于谋划的头脑"。[①]
显然,在上述情形下,这个自然哲人成了僭主。按苏格拉底
的推论,民主革命成功之后,接下来就是僭政。

在阿尔凯俄斯的时代,勒斯波斯岛之所以动乱频仍,恰
恰因为出现了僭主。先是一个名叫墨兰德若斯(Melandros)
的人在民众拥戴下当了僭主,后来,公元前 612 年,阿尔凯俄
斯所属的保守集团把此人赶下台,又冒出一个名叫密尔梭洛
斯(Mursolios)的新僭主。[②] 阿尔凯俄斯不得不流亡,直到密
尔梭洛斯遭谋杀才回到家乡:

> 如今,个个都得烂醉,拿起权力(之杯)
> 狂饮,在密尔梭洛斯丧命之后。

阿尔凯俄斯曾与密尔梭洛斯展开激烈较量,流亡异国时
还组建流亡政府,企图推翻僭政。亚里士多德曾以此为案
例,说明僭政有如王政的反面,但就僭政有时经过选举产生
或受到民众拥戴而论,它又像是君主制的样式($εἶδος$,《政治
学》1285a35 – 1285b3)。

在阿尔凯俄斯时代,人们对政制样式的认识并不像后来
那么清楚。阿尔凯俄斯仅仅把僭主视为朋党之争,并没有把
僭主当政看作一种新的政体类型,或者说还没有意识到君主
制与僭主制的区别。毕竟,"僭主"(tyrannos,在印欧语中写
作 koiranos,意为"城堡主人")和"王者"(basileus)都是古希
腊语中的外来词,原指"靠自己的力量和完美成为统治者"的

---

① 《蒙田随笔全集》,下卷,陆秉慧、刘方译,桂林:广西师范大学出版社,
1996,页 350。

② 比较第欧根尼·拉尔修,《名哲言行录》1.74。

人。在阿尔凯俄斯时代,tyrannos 还没有完全脱离"王者"的正面含义。密尔梭洛斯的副手皮塔科斯本来与阿尔凯俄斯同属保守的贵族集团,后来也当了王,阿尔凯俄斯骂他是僭主,但他却在历史上留下圣王美名,成为著名的七贤之一。[①]

无论如何,在苏格拉底看来,城邦航船的掌舵者必须是高贵的人。我们迄今很难设想,为城邦航船掌舵的可以是众人或随便什么人。在阿尔凯俄斯笔下,"乘着这黑色的航船"穿过风浪中心的"我们",指的是诗人自己所属的贵族群体(参见残篇 6 和 208),这意味着当时为城邦航船掌舵的是贵族,城邦政体是贵族制。

据说,当时在小小的勒斯波斯岛有两个贵族青年团体,一个是以萨福为中心的女子团体,一个是以阿尔凯俄斯为中心的君子团体——前者崇尚高贵的情爱,后者则把捍卫高贵的政制视为自己的人生使命。阿尔凯俄斯是个如今所谓的政治活动家,写诗是其政治活动的副产品。19 世纪末(1881年)有个叫 Lawrence Alma-Tadema 的画家画过一幅油画,题为"萨福与阿尔凯俄斯":萨福以手支颐,两眼火辣辣地凝视着阿尔凯俄斯……其实,萨福在诗中表达情爱时大胆洒脱,在生活中却十分羞怯。再说,萨福诗作志不出情爱,主题较为狭窄,比萨福年长的阿尔凯俄斯却是如今所谓战斗的诗人。

不过,Alma-Tadema 的这幅画虽然明显具有维多利亚风格,却并非信笔瞎作,而是在摹写一幅古代陶瓶画(今存慕尼黑博物馆,编号 2416)。也许我们可以这样来理解"萨福与阿尔凯俄斯"的关系:多情而又高贵的萨福能够爱上的只会

---

① 参见第欧根尼·拉尔修,《名哲言行录》1.74 –81。

是阿尔凯俄斯这样的贵族男子（比较萨福残篇 137 和阿尔凯俄斯残篇 384）。

"贵族"是一种灵魂类型

何谓"贵族"？尼采在《论道德的谱系》中告诉我们，最早正确界定何谓"贵族"的是古希腊的麦加拉（Megara）诗人忒奥格尼斯（Theognis，约公元前 585—前 540）。① 正是这个忒奥格尼斯第一个发展了阿尔凯俄斯的"航船"喻，他进一步强调，航船穿过风暴需要英明舵手，城邦从动乱回归秩序也需要英明领袖（参见《忒奥格尼斯集》，行 673）。

与阿尔开奥斯一样，忒奥格尼斯也是如今所谓的反革命诗人。置身革命时代的忒奥格尼斯宣称"我要给这片父辈的土地建立秩序"（行 947）——这里的"我"指代"贵族"。

忒奥格尼斯的诗作为双行体诉歌，传世作品远比阿尔凯俄斯多，今人发现的最早辑录本为公元 10 世纪的 Theognidea，即《忒奥格尼斯集》，共有 1389 行。② 据考订，其中所收诗作原是忒奥格尼斯在贵族人士会饮场合的诗体讲辞。

由于诗中经常出现"居尔诺斯"（Kyrnos）这一呼语，明显是为了教诲而作，因此这些诗也被视为西方文学史上最早的教诲诗。"居尔诺斯"并非指某个年轻人，而是诗人对心目中理想读者的呼语，由此开启了西方文学史上所谓"诗意的虚

---

① 尼采，《论道德的谱系》，谢地坤译，桂林:漓江出版社,2000,页 14。

② Theognis, *Frühe griechiche Elegien*, Martin Hose 辑校, Dirk Uwe Hansen 德译、笺注,希德对照本,Darmstadt,2004;Th. J. Figueira / G. Nagy 编,*Theognis of Megara*,Baltimore / London,1985。

拟称呼"的先河。若非诗人自己交待该称呼是他为自己的诗作所加的 sphragis[火漆封印],那么,当今具有人类学习性的古典学家就会推测,"居尔诺斯"八成是诗人的同性恋人。

忒奥格尼斯对革命的思考远比阿尔凯俄斯的更为深刻:革命与其说意味着社会的变迁,不如说意味着道德秩序的崩溃,因为革命的必然后果是抹杀"好人"与"坏人"、"高贵者"与"低劣者"的区分。

> 居尔诺斯呵!城邦虽然还是城邦,可民人已经变样,
> 从前,他们既不知道风尚,也不知道礼法,
> [55]两肋四周的山羊皮破烂不堪,
> 犹如城邦外面游荡的鹿群。
> 而今他们成了好人,孩儿呵!从前贵
> 如今贱。看到这,谁忍受得了?
> 他们相互嘲笑相互欺骗
> [60]根本就不懂得区分好坏善恶。

诗人的笔端带着愤懑,显得是针对一场僭主革命的后果而作。如果把这几行诗与卢梭在《爱弥儿》中对大革命的预见对起来看,当会更好地理解其中的含义:

> 你想依赖社会的实际秩序,却不知道这个秩序要遭受不可避免的革命(sujet à des révolutions inévitables),而且,你也没可能预料遑论防止这场革命影响到你的孩子。大人物要变成小人物,富人要变成穷人,君王要变成臣民——你以为自己是能凭靠计算避免命运打击的罕有之人么?

我们已经临近危机状态(l'état de crise)和革命时代
(siécle des révolutions)。谁说得上来你那时会变成什么
样呢?凡是人为的东西,人就能够毁掉;只有大自然刻画
的特征才不可磨灭,然而,大自然从来不制造什么国王,
什么富翁,什么大老爷儿们。当初你只教这位总督追求
伟大(pour la grandeur),将来沦为卑贱时他该怎么办?①

不过,关于即将来临的大革命必然带来什么结果,卢梭
仅仅提到社会身份的平等,没有提到道德秩序的平等——
"卑贱"获得了与"高贵"平等的政治地位。也许正因为如
此,尼采才对卢梭愤懑不已。革命会摧毁高贵的德性,却不
会建立高贵的德性,因为革命的基本诉求是政治上的平等。

事实上,法国大革命爆发前后,英国的启蒙思想家们就
提出了史称"功利主义"的道德学说(从亚当·斯密到斯宾
塞),像忒奥格尼斯一样愤怒的尼采在《论道德的谱系》中对
此给予了尖锐批驳。我们如果熟悉忒奥格尼斯的诗,就不难
体会到,《论道德的谱系》题为"善与恶"和"好与坏"的第一
章显得是在模仿忒奥格尼斯:

> 我根本不懂城民们的心思;
> 因为,无论我做好做坏,都无法讨他们欢心。
> 众人都谴责我,无论贵贱,
> 可那些没脑筋的人没谁能模仿我的样!
>
> (行 367 – 370)

---

① 卢梭,《爱弥儿》,李平沤译,上册,商务印书馆,1981,页260(译文据原
文略有改动)。

萨福与阿尔凯俄斯

（Lawrence Alma-Tadema，1881）

用现代语汇来讲,这里的"城民们"指的是革命之后新生的人民,因为第369行的"众人"明显包含"劣人"(κακοί)和"高贵之人"(ἐσθλοί)。言下之意,过去的少数贵族本来应该有别于"众人",如今却成了"众人"中的一分子。这无异于说,革命的真正起因并非民众的造反,而是贵族阶层的堕落。

"那些没脑筋的人没谁能模仿我的样",句中"模仿"一词让我们想起亚里士多德的《诗术》;或者说,亚里士多德把诗术的本质界定为"模仿",有助于我们理解忒奥格尼斯。在亚里士多德看来,"模仿"首先是人的自然习性,无论自然习性的模仿还是诗艺的模仿,都有高尚与低俗之分——肃剧模仿高尚的行为,谐剧模仿低俗的行为,正如生活中有人模仿高尚的行为(向英雄学习),也有人模仿低俗的行为(如今所谓向小品演员看齐)。

由此来看,忒奥格尼斯的意思是,贵族之士本来应该模仿高尚之人,如今却变得来模仿低俗之人。

> 居尔诺斯!高贵的人有总是稳当的洞见,
> 无论置身于逆境顺境都果敢勇为;
> 即便神会让品性坏的人发迹和发财,
> 也没法移去没脑子人的低贱本性。(行319–322)

四行诗句揭示了一个在近代商业化文明中才变得显眼的社会情形:本属"众人"品性的人,由于突然获得财富而摇身一变成为新的"贵族"。这里再次表明,第369行的"众人都谴责我,无论贵贱"中的所谓"众人"并非指百姓,而是类似于卢梭所谓的"资产者"。他们跻身贵族阶层,使得本来的贵族之士也变得"没脑筋",竟然以为拥有财富就等于成了"贵族"。诗人明告诫居尔诺斯,不可信赖那些一夜暴富的新贵,他们善于搞诡计、耍阴谋,不分好坏善恶(行 66 – 67)。

由于贵族阶层的普遍堕落,忒奥格尼斯觉得,必须重新界定何谓"贵族":"个个男儿都是好人,居尔诺斯呵,只要他正派"(行 148)——为人正派、行为高尚者才是贵族,高贵不在于拥有财富,而在于有高贵的见识(参见行 145 – 148)。

因此,尼采在《论道德的谱系》一开始就写道:忒奥格尼斯早就教我们懂得,既不应该根据政治权力来界定"贵族"——比如把主人、领主视为贵族,也不应该根据拥有财富来界定"贵族"——比如把富人或有产者视为贵族。"贵族"意味着具有高贵德性的灵魂类型,与财富、出身、社会身份没有必然联系——按照忒奥格尼斯,ἐσθλοί[贵族]指的是"经过一种主观转变"而变得真诚的人。

> 社会等级意义上的"高尚""高贵"等词汇到处都成为基本概念,由此必然演化出"精神高尚"、"高贵"意义上的"好",即"精神贵族"、"精神特权"意义上的"好"。一种演化总是与另一种演化并行发展,这就是"平庸""俗气""低级"等词汇最终演变成"坏"的概念。(《论道德的谱系》,前揭,页 12 – 13)

"坏"的希腊文是 kakos,而 esthlos 则是 agathos[好]的变体。尼采的这段说法,几乎可以看作对上引忒奥格尼斯诗段的解释,因为忒奥格尼斯的诗句表明,他正是从"精神"德性来理解"高贵"与"坏"的区分。

在大革命的浪潮席卷城邦之时,忒奥格尼斯挺身捍卫高贵的德性,谴责贵族模仿低俗品性,言辞之锐利令人咋舌,而堕落的贵族人士却因此而指责他孤傲、自大、疯狂⋯⋯如果我们想到尼采《善恶的彼岸》最后一章的标题是"何谓高贵",那么,尼采在 20 世纪被读书人指责为孤傲、自大、疯狂也就不足为奇,倒是可以视为对忒奥格尼斯的模仿。

大海航行靠舵手

据考订,忒奥格尼斯的这四行诗很可能不是出自他的手笔,而是援引梭伦的一首箴言诗。前两行突显高贵之士的智识,后两行突显暴发新贵没有头脑的本性,像这样以对称手法强调人的贵贱之分在于有无智慧,的确像是梭伦箴言诗的风格。倘若如此,忒奥格尼斯就算得上是梭伦的学生。事实上,《忒奥格尼斯集》援引梭伦绝非仅此一例。

出身雅典贵族世家的梭伦(Solon of Athens,约公元前638—前559)是双行体诉歌诗人的老前辈,比忒奥格尼斯年长好多。然而,梭伦以立法者的身份留名青史,伟大事功掩盖了他的诗名。其实,青年梭伦在展露政治才干的同时,就已经展露出自己的诗才。

据说,梭伦还是个小伙子时,麦加拉人占据着阿提卡的前卫岛屿萨拉米(Salamis),扼住雅典对外贸易的出口。雅典人多次向麦加拉开战企图夺回萨拉米岛,不仅没有成功,反倒大伤元气,最终厌倦了与麦加拉争夺萨拉米岛,干脆禁止任何人再提萨拉米岛,否则处以死刑。有一天,年方 28 岁的梭伦出现在嘈杂的雅典集市,他随口念道:

　　让我们奔赴萨拉米,为岛屿而战,

　　洗去那可爱的岛屿身上不该有的耻辱!

　　仅仅凭靠口占两行诉歌,梭伦就成功动员雅典人再战萨拉米岛,并夺回控制权——这则著名传说未免夸张,却表明梭伦在雅典人心目中不仅是伟大的立法者,也是且首先是出色的诉歌诗人。

　　梭伦并无诗集传世,由于雅典民主时期的经典作家如希罗多德、修昔底德、柏拉图、亚里士多德不时援引梭伦诉歌,今人才得以见到出自古典学家辑录的残篇——令人遗憾的是,由于梭伦政治事功的巨大历史影响,他的诉歌几乎只在西方政治思想史领域被视为珍贵文献,搞文学史的少有问津。①

　　虽然与阿尔凯俄斯和忒奥格尼斯一样置身革命[动乱]年代,但梭伦看到,新生的平民与旧贵族之间的冲突使得固守古传的贵族政制已经没有可能,必须通过创制性立法来平衡并规范新的冲突。梭伦是伟大的立法者,而非统治者——真正的航船舵手[伟大领袖]是优良政制的创制者,而非统治者。

---

　　① E. Ruschenbusch, *Σόλωνος νόμοι. Die Fragmente des Solonischen Gesetzeswerks mit einer Text – und Überlieferungsgeschichte*, Wiesbaden, 1966; Emily Katz Anhalt, *In the Tracks of a Fox: A Study of Solon's Poetry in the Context of Archaic Ethical and Political Thought*, Uni. Microfilms, 1990; Joseph A. Almeida, *Justice as an Aspect of the Polis Idea in Solon's political Poems*, Leiden, 2003。普鲁塔克,《梭伦传》,见《希腊罗马名人传》,上册,黄宏煦主编,北京:商务印书馆,1999。梭伦的政治思想及部分诉歌的中译,参见林志纯主编,《世界通史资料选辑:上古部分》,北京:商务印书馆,1974;涅尔谢相茨,《古希腊政治学说》,蔡拓译,北京:商务印书馆,1986,页 21 – 26;亚里士多德,《雅典政制》,颜一译,北京:中国人民大学出版社,1994,页 6 – 15;盛志光,《梭伦》,商务印书馆,1997。

梭伦的创制事功已载于史册(亚里士多德,《雅典政制》5–13),他的创制理念则见于他的传世诉歌,比如著名的"城邦诉歌"(3D)。这首诉歌的篇名为后人所加,来自诉歌的起首句:

> [1]我们的城邦绝不会因宙斯的命定而毁灭,
> 也不会因为有福分的、不死的神们的安排而毁灭,
> 因为雅典娜在天上悉心护佑着它。
> 毁掉这伟大城邦的只会是雅典人
> [5]自己的愚蠢,因为他们贪恋钱财,
> 民众领袖的心是不义的,他们注定
> 要因胆大包天的肆心而吃尽苦头。

古希腊政制原则的最早表述者是神话诗人赫西俄德。在赫西俄德那里,政制观念明显具有神学前设,这意味着古希腊人的政治秩序是宙斯神族的创制。因此,著名古典学家耶格(Werner Jaeger)提出,梭伦政治思想的历史意义首先在于,他取消了赫西俄德笔下的正义原则的神学前设,并基于城邦本身来确立城邦的"正义"。① 用现代的说法,梭伦使得神性的正义变成了自然的正义。更为新派的古典学家甚至认为,梭伦是现代意义上的民主政治原则的第一位表述者,因为梭伦最早提出,城邦人应该自己来承担对城邦的责任。

从"城邦诉歌"的开首八行可以看到,梭伦的确显得把城邦人的作为(第4行)与神的命定(第1行)对立起来。城邦遭受厄运,只能归咎于城邦人自己,每个城邦人都应该对城

---

① 参见 Werner Jaeger, *Scripta minora*,卷一,Rom,1960,页 315–317。

邦的兴衰承担责任。城邦是"我们的城邦",城邦的命运不在天神手中,而在城邦人自己手中。然而,如果我们从这些诗句引申出现代民主政治原则的起源,恐怕就过于现代化了。

荷马笔下的宙斯在《奥德赛》刚一开场就说:

> 唉,世人总喜欢埋怨天神,说什么灾祸
> 都是我们降下的;实际上他们总是
> 由于自己糊涂才遭到命数之外的灾祸。
>
> (1.32–34,杨宪益译文)

两相对比,我们不是也可以把梭伦的诗句看作用典吗?当然,类似的话在梭伦笔下是梭伦自己在说,在荷马笔下是宙斯在说,梭伦的用典无异于让自己取代宙斯对城邦人发出警告。虽然如此,为什么不可以说,在荷马那里,宙斯就已经把人世的兴衰交到了世人手上呢?人会"因胆大包天的肆心而吃尽苦头"也是肃剧诗人、纪事家甚至哲人的口头禅,我们显然不能说,这些人都已经具有民主政治观念。

西方古典学诞生于现代自由民主的历史进程之中,古典学家把梭伦的观点视为现代民主思想的"诞生时刻",也并不奇怪。因为古典学家一旦信奉了现代民主,就难免把自己的信念挪到古人身上——尼采提醒过我们,不能以为凡古典学家或古史学家关于古人的说法都是历史事实。毕竟,古人是高个儿,我们是矮子,要接近高古的见识并不容易。梭伦在诗中明明写道,"民众领袖的心是不义的"——仅凭这一句就没可能把梭伦看作现代民主政治的先驱,也无法把他看作现代式的革命立法者。

梭伦不是人民的代言人,也不是民主政治观念的创始人。诚然,雅典民主政制的某些形成因素可以溯源到梭伦的某些具体立法举措,但也恰恰由于后来的僭主废置并取消梭伦的立法,才使得雅典最终走向民主政制(参见亚里士多德,《雅典政制》,6、22)。无论对于古希腊还是现代民主政制,政治自由和政治平等都是首要的政制原则(参见亚里士多德,《政治学》1291b30 – 38)。而在梭伦的创制中,首要的政制原则是实现城邦的正义,亦即通过正义的立法使得"所有人各安其位、各得其所"。"城邦诉歌"这样结尾:

> [32]礼法让所有人各安其位、各得其所;
> 而且,经常给不义者戴上脚镣。

梭伦心目中的最佳政制原则看上去更像是一种法律正义至上论,而非自由民主的个人权利至上论。倘若如此,最佳政制的关键就端赖于谁是立法者。既然梭伦认为城邦不应该期待从天神那里得到正义原则,正义原则就属于城邦人自己通过探求得来的一种政治知识,或者说必然预设了城邦人应该懂得何谓城邦的正义。

显然,获得这种知识需要城邦人有致力于寻求正义的意愿和智性,懂得什么是正义、什么是不义。由于不可能设想所有城邦人都具有这种意愿和理智德性,为城邦立法就不可能是全体人民的事情,而只可能是极少数高贵的智慧之士的职责。如卢梭所说:

> 立法者在一切方面都是国家中的一个非凡人物。如果说由于他的天才而应该如此的话,那么,由于他的

职务也同样应该如此。①

在柏拉图的《王制》中，苏格拉底对并无政治抱负的格劳孔说，走出洞穴的人如果再回到洞穴，应该做的事情就是立法：

> [519e]法[立法]所关心的根本就不是城邦中的某类人如何特别突出地过得幸福，而是如何在整个城邦让各类人都过得幸福，用劝服和强制调和邦民，让他们彼[520a]此分享好处，每个好处都有可能带来共同福祉。礼法在城邦中造就这种人，为的不是让每个人自己想去哪里就去哪里，而是用他们将城邦凝聚起来。（刘小枫译文）

这段话不仅可以看作对立法者的德性品质规定，甚至可以看作对梭伦的立法者品质的恰切解释。第一，立法者应该是个热爱智慧之人或者说哲人；第二，立法者必须考虑整个城邦的共同利益，而非某一部分人的利益；第三，立法者应该懂得"用劝服和强制调和邦民，让他们彼此分享好处"。城邦由各类人自然地构成，各类人之间的冲突就是城邦的"自然"性质，因而，为了实现城邦的整体利益而平衡冲突，此乃立法的关键。

可以看到，梭伦作为立法者满足了这三项条件。第一，梭伦首先是个热爱智慧之人或者说哲人，然后才是立法者。②

---

① 卢梭，《社会契约论》，何兆武译，商务印书馆，1980，页55。
② 参见第欧根尼·拉尔修，《名哲言行录》卷一，3.55–67。

第二,梭伦的立法原则是让各类人"各安其位、各得其所",而非像自由民主原则那样,"让每个人自己想去哪里就去哪里"。梭伦说,城邦人的不义行为不是天降厄运或灾祸,责任全在自己,这话与其说应该理解为城邦正义不再带有神性色彩,不如说应该理解为要用"礼法"来规定城邦人的义务。

第三,就"用劝服和强制调和邦民,让他们彼此分享好处"而言,梭伦立法显得最富创意。在显贵与平民之间的冲突日益加剧,或贫富差距日益加剧的时代,梭伦的创制性立法着眼于实现城邦的正义,而非实现无论政治还是经济上的平等:

> 我给民人的东西适可而止,
> 我不会剥夺民人的尊严,但也绝不抬高。
> 有钱有势的人固然让人艳羡,
> 我也绝不会让他们拥有不义之财。
> [5]我手持坚盾站在双方之间,
> 绝不让任何一方不义地得胜。(7D)

在梭伦看来,对弱势群体犯下不义,会让整个城邦受到惩罚,但也不能因此而给予弱势群体不恰当的权力。换言之,实现城邦的正义不应着眼于个人的政治法权(现代民主理论所谓每个人的自然权利),而是城邦共同体的政治法权。因此,梭伦总是小心翼翼让自己与任何阶层或政治集团保持距离。他曾在一首诉歌中写道:

> 所以,我与四面八方战斗,简直就像一条狼,被一群狗团团围住打转。(24D)

可以想见,梭伦难免经常处于举步维艰的政治处境。尽管如此,梭伦始终相信:

> 乌云聚起雪和冰雹的力量,
> 撕裂天空的闪电引来炸雷,
> 城邦毁于显贵,最终是独夫当政
> 民众因愚蠢而沦为奴隶。(10D)

这首箴言诗让我们看到,梭伦似乎既不赞同单纯的君主制,也不赞同单纯的民主制,而是倾向于贵族制与民主制的混合。因为,城邦中最重要的其实是两类人:少数"贤良方正"之人($\alpha\varrho\iota\sigma\tau o\iota$,忒奥格尼斯定义的"贵族")和多数民人。前者之所以重要,因为他们有美好的德性;后者尽管普遍缺乏超出个人眼前利益的见识(梭伦所谓的"愚蠢"),毕竟是城邦中的大多数。[1]

因此,实现两者的平衡才是优良政制,用我们中国的古话说:

> 贵贱不相逾,智愚提衡而立,治之至也。(《韩非子·有度》)

可以说,混合政制堪称梭伦立法的伟大创举——法国大革命爆发仅仅五年之后,诗人夏多布里昂就提请法国的革命家们反思梭伦立法,并富有睿见地说:

---

[1] 比较卢梭《社会契约论》,前揭,页52。

混合政体或许是最佳政体，社会状态下的人本身就是一个复杂的混合体，需要强大的力量来约束其泛滥的激情。①

言下之意，现代大革命的立法者已经抛弃了梭伦的伟大见识。

这首箴言诗的前两行是自然描写，后两行则是表达政治见解，如此对举让有的古典学家认为，梭伦把正义的惩罚与不义行为之间的关系类比为自然的因果关系，从而再次证明梭伦的立法没有诉诸神性的力量。可是，在古希腊人看来，"撕裂天空的闪电引来炸雷"很可能正是宙斯的显身。随希腊雇佣军远征的色诺芬身处重重困境时得过一梦，从闪电中"恍然觉得看到来自宙斯的光芒；可他转眼又害怕起来，因为他觉得，这梦来自宙斯大王，而且觉得雷火让四周烧了起来"（《居鲁士上行记》3.1.13）。

倘若如此，这首箴言诗的前两行也可以理解为替作为立法原则的后两行提供神意支撑：既不可信任显贵，也不可信任民人。如卢梭所说，必须约束那些连人的审慎也无法打动的人，而睿智的立法者会求助于上天的干预，把自己的决定托于诸神之口。②

但既然建立良好的秩序不是神们的事务，而是城邦人自己的事务，那么，建立混合政制的关键就在于，具体立法时必须把握好尺度和分寸。梭伦充分认识到，立法时把握好恰如

① 夏多布里昂，《试论古今革命》，王伊林译，北京：华夏出版社，2015，页51。

② 参见卢梭，《社会契约论》，前揭，页57-58。

其分的"度"实在不易：

> 就认识而言，最难的是把握不可见的
> 尺度，可它仅仅在万物的终点。（16D）

在古希腊人眼中，梭伦是实实在在的圣王，而非理想中的圣王。两行诉歌让我们看到，这位圣王最突出的领袖品质兴许就在于善于把握分寸和行事有度。与梭伦相比，现代自由民主制的立法者们显然过于自负了，他们相信，自己已经把握了"不可见的尺度"，这就是所有人的自由或平等。

我们在梭伦诉歌中能够读到的几乎只有政治，阿尔凯俄斯和忒奥格尼斯的诗作也大抵如此。在 20 世纪的文学史家们看来，诗人应该只谈情说爱，否则就算不上诗人，至少算不上杰出诗人。西方学人写的古希腊文学史教科书谈及早期抒情诗时，对梭伦、阿尔凯俄斯和忒奥格尼斯要么一笔带过，要么不屑于提及，不足为奇。①

也许正因为如此，虽然四十多年前我们的一份重要历史文献已经说过，20 世纪的文化大革命是继雅典革命、文艺复兴革命和巴黎公社革命之后世界历史上的第四次伟大革命，我们却一直不清楚，第四次革命与第一次革命之间究竟有怎样的承继关系。

---

① 参见默里，《古希腊文学史》，上海译文出版社，1982；芬利主编，《希腊的遗产》，张强等译，上海人民出版社，2004；多佛等著，《古希腊文学常谈》，陈国强译，北京：华夏出版社，2012。

舵手的智慧

热爱智识的人在人生中最看重的是"安宁"（εἰρήνη），因为"安宁"不仅对个人生活十分重要，对城邦来说同样如此——所谓国泰民安。在梭伦看来，"安宁"是一种享受生命的感觉，但却是有分寸的享受。毕竟，与神们不同，人终有一死，能享受的只会是大千生命中的片刻时光。

尽管仅是片刻，却是幸福的唯一来源，人应该充分享受这一片刻，不要妄想通过享有这一片刻就拥有大千生命本身。每个人在生活中对于物质财富都要安于自己的"命"，人生最重要的财富其实是自己的生命感觉：享用自己的"天命"。

> 这就是凡人的福乐！即便拥有多得不能
> 再多的财富，也没谁能带着去冥府。（14D）

梭伦的人生智慧很早就成了希腊人宝贵的精神财富。希罗多德记叙过下面这一段轶事。吕底斯王克洛伊索斯在被居鲁士大王生俘的当儿，连呼三次梭伦的名字，居鲁士感到好奇，问梭伦何许人也。听克洛伊索斯讲述梭伦当初如何教导自己之后，居鲁士说：

> 只要这人能与所有的王谈谈，我愿付出大笔财富。
> （希罗多德，《原史》1.86）

梭伦给克洛伊索斯讲的不过是日常生活中的政治美德：

某人辛劳一生最终却战死沙场,某个年轻人为了母亲的一次例行公事而累死。在梭伦眼里,此二人都是幸福之人。克洛伊索斯听了心里有些窝火,因为梭伦谈的都是普通人的生平,而他是个王者,怎么能与常人相提并论呢?梭伦看出了他的心思,于是说"神非常嫉妒,并且很喜欢干扰人间的事情",何况命运无常(《原史》32.1 –4)。

命运无常我们可以理解,但与神们的嫉妒有什么关系?再说,这话本身就让我们感到好奇:古希腊的神难道会嫉妒人?其实,荷马笔下就出现过这样的说法:

> 你们太横暴,神们啊,喜好嫉妒人。(《奥》5.118)

"嫉妒"本义指看到别人比自己好运而产生的"不是滋味的感受"。在《尼各马可伦理学》中,亚里士多德这样来区分"妒忌"、"义愤"和"幸灾乐祸":

> 妒忌的人比义愤的人更痛苦,别人所有好过他的地方都让他感到痛苦。(1108b2 –5)

既然如此,神难道会嫉妒人?难道人身上会有胜过神的地方?希腊诸神也有似人的脾性,但这并不能解释神为何会嫉妒人。

其实,神嫉妒人不是说人有胜过神的地方,而是说神不允许人因自己有好运而得意忘形、忘乎所以。换言之,神的嫉妒是一种必要脾性,以便打击人的忘乎所以,免得任何人妄自尊大。如赫西俄德所说,宙斯"能轻而易举地打压显赫者、提携低微者"(《劳作与时日》行6)。

据传说，有一次喀隆（Chilon）问伊索"宙斯正在干嘛？"，伊索回答说，"他正在使高贵者低贱，使低贱者高贵"（《名哲言行录》1.3.69）。这种观念一路传到古罗马诗人那里，贺拉斯唱道：

> 女神啊，是你统治美丽的安提乌姆，
> 是你在一旁庇佑，将我们的肉身凡躯
> 自卑贱的地位擢升，是你把骄傲的
> 凯旋变成死亡的悲剧。（《颂歌》1.35.1－4）①

甚至基督教作家也化用这种说法：

> 他叫有权柄的失位，
> 叫卑贱的升高。（《路加福音》1:52）

不过，柏拉图笔下的苏格拉底切除了神身上的嫉妒脾性，他说"神们的歌队中没有嫉妒"。② 为什么在苏格拉底看来神没有嫉妒？亚里士多德有关哲人品性的说法也许透露了个中缘由。按诗人的说法，自然的秘密只许神知道，人不可上窥天机，因为神喜欢嫉妒。倘若有人因智慧忒高而窥探自然的秘密，进而泄露天机，他就必然遭遇不幸。亚里士多德却对诗人的这一说法表示异议：

> 神不可能嫉妒，毋宁说，如谚语所讲的那样，诗人多

---

① 《贺拉斯诗全集》，李永毅译，前揭，页85。
② 《斐德若》247a；比较《蒂迈欧》23d，29e；《克里提阿》109b－c。

谎话。(《形而上学》983a1 – 5)

看来,之所以在哲人眼里神已经丧失嫉妒脾性,是因为哲人的天性就是要上窥自然奥秘,而且要泄露天机。因此,人生是一帆风顺,还是成败盛衰相交,对哲人来说都不相干,哲人的人生似乎已经超逾了岁月车轮的转动。

诗风日下

班固的《两都赋》在昭明太子编的《文选》中位列首篇，说的是迁都的事情，起兴第一句却是对"赋"的解释：

> 赋者，古诗之流也。昔成康没而颂声寝，王泽竭而诗不作。

古之"诗"被总括为"颂"，作为"古诗之流"的"赋"是"颂声寝"的结果。这是在说如今所谓的文体流变？的确，李善征引典实的注释称：

> 毛诗序曰：诗有六义焉，二曰赋。故赋为古诗之流也。诸引文证，皆举先以明后，以示作者必有所祖述也。

可是，"作者必有所祖述"仅仅指文体有所传承？第二句明明说的是政体变迁：王道已逝，"颂声"才消失。如李善所注，"言周道既微，雅颂并废也"。《两都赋》起首的这两句明显是连带一起的，文体变迁显得是政体变迁的写照："诗不作"乃因"王泽竭"，从而才有"赋"之兴。

古"诗"的基本性质是颂王，但一说到颂王，今天的知识分子就会皱眉头，甚至会说当时的知识分子没骨气。可是，古人为什么要颂王？因为真正的王者是"仁义所生"（《乐稽耀嘉》），颂"王"实际上是颂"仁义"，从而"诗"之"颂"与"王泽"有着内在的血脉关系："止乎礼义，先王之泽也。"李善探录语源的注释引《毛诗序》曰：

> 颂者，以其成功告于神明者也……然则作诗禀乎先王之泽，故王泽竭而诗不作。

援据切当的李善也没忘记提到，孟子已经有言在先："王者之迹息而诗亡。"①

看来，在古人眼里，"诗之流"绝非单纯文体问题，而毋宁说首先是政体问题。翻开今人注释的《文选》，仅见对作为文体的"赋"说之颇详，政体变迁问题以及文体与政体的关系却不见了。② 怎么会这样呢？原因很简单，政体变了。如今我们摹仿的是西方现代政体的文教制度，这种制度的奠基者主张文学与政治分家。于是，今人甚至对同一个作家的作品也要划分"文学类"与"政治类"，如果古代文学作品中说到政治的事情太多，就会被我们批评为"削弱了作品的审美价值"。

---

① 高步瀛，《文选李注义疏》，北京：中华书局，1985，第一册。
② 参见《昭明文选译注》，陈宏天等主编，长春：吉林文史出版社，1988，第一册，页24。

　　荷马和赫西俄德之后,古希腊诗风大变——史称到了古风抒情诗时代。然而,抒情诗与叙事诗仅是文体上的差异?不错,荷马和赫西俄德的叙事诗吟咏大故事(《神谱》和《劳作与时日》其实吟咏的也是大叙事),篇幅往往较长,抒情诗则相对短得多。然而,叙事诗与随后的抒情诗的根本差异不同样是因为"王者之迹息而诗亡"吗?

　　王道既微,叙事诗废也……

黏糊糊的情绪

　　荷马诗作的总体精神是王者气概以及对英雄名望[荣誉]的追求,如此气概和追求基于一种崇尚"仁义"的王政。抒情诗人出场时,如此气概和追求已然显得失去了内在动力。荷马诗作并非没有看到人世间的沧桑本相,但所表达的在世生命感觉,总的说来相当豪爽。

　　古风抒情诗一出场就带有一种黏糊糊的情绪。比如,公元前 7 世纪下半叶的著名抒情诗人阿基洛科斯(Archilochos,约前 680—前 630)也写英雄,但他笔下的英雄却不再向往荷马笔下的英雄所追求的荣誉。且看下面这首非常有名的"别气馁罢"(fr 128.1):

　　　　心志呵心志,你被无奈的忧虑搞得心神不定,
　　　　振作起来罢,顶住敌人! 对诡诈的攻势要
　　　　挺起胸膛! 逼近敌人摆好架势,
　　　　坚定起来! 倘若胜了,别喜形于色高声欢叫,
　　　　[5]要是败了,也别在家里神情沮丧地悲嚎!

> 对喜悦的事别太高兴,对倒霉的事
>
> 也别太悲戚;要懂得人有怎样的节律。

一开头的"心志呵心志"用的是呼语格式,读起来还以为是在鼓起心志,随之却被告知是"被无奈的忧虑搅得心神不定"。接下来的两个命令式"振作起来""顶住敌人",听起来很勇敢,其实不过是要稳住心志的"心神不定"。

全诗用了好多命令句式:要面对"逼近的敌人"坚定地"摆好架势",一副竭力鼓起勇气的样子。其实,如此语式已然表明,这位英雄身上缺乏的恰恰是勇敢美德。在荷马笔下,勇敢是优秀之人本有的品格,这里诗人却让我们看到如此品格正在丧失。最后一句命令式"要懂得人有怎样的节律",听起来就像如今所谓"某零后"的说法:时代变啦,伦理也得跟着变呵,咱们应该重新把握自己的命运,没必要再按老掉牙的传统伦理来看待自己的生命……

这首抒情诗的历史意义首先在于:一种新的道德观念悄然登场。我们知道,道德观念的变化往往是政体移祚的结果。这位诗人出生在 Paros 岛一个贵族世家,但母亲据说是外地来的打工妹,于是有人解释说,这种混合出身是阿基洛科斯与贵族传统伦理关系不太牢固的原因。诸如此类的说法其实都是瞎扯,凡事都是个人天性使然。

阿基洛科斯当过兵,经历丰富,诗作反映的生活面相当广。但他的诗作喜欢说风凉话,显然并非由于当过兵、见多识广,而是个人精神气质所致,其诗作的风凉品格毋宁说是传统贵族精神的庄重品格的反面。且看下面这首不妨题为"去它的罢,盾牌"的抒情诗如何歌咏英雄豪情:

　　有个萨伊人竟然羡慕我的盾,在丛林中

　　我丢下的盾,刀枪不入的盾噢,真不情愿丢下;

　　但自己毕竟捡回命一条呵! 这盾与我何干?

　　去它的罢! 我再弄来个不比它差的。

　　按照古老的英雄伦理,战场上为了逃跑方便而抛弃盾牌算是奇耻大辱,可以想见,这位诗人写下如此诗句本身就需要有一种新的勇气。诗的主题实际上是盾牌(象征英雄的荣誉)与性命哪个更重要,或者说要性命还是要荣誉。

　　诗中的英雄选择了要自己的性命而非自己的荣誉,"刀枪不入的家什"是荷马笔下的英雄喜欢用的一个富有自豪感的语词,这里变成了扔掉也没什么所谓的东西。"我再弄来个不比它差的"一句中的动词"弄来"有"买来"的含义,这无异于说,盾牌丢掉后还可以再买一个,性命丢掉了哪里还买得来哩?

　　最妙的是结尾的比较:拿来比较的是"更差"而非"更好"的品质——荷马时代追求"争当第一",这里却是"不比它差"就行。灵魂中已经没有了向上的渴求,就是新的政体引出的伦理结果。

　　逃跑受到诗人歌咏,难免让人怀疑当时的武士们是否还葆有英雄精神。当然,在荷马笔下,从战场上逃跑并非就等于失掉荣誉或丢面子:奥德修斯和狄俄墨德斯(Diomedes)都想过逃跑,却无损其光辉形象。[①] 在城邦时代或以重步兵为主体的社会中,丢掉盾牌才是大耻,可以告到法庭让人吃官司(参见《吕西阿斯集》,10.16)。可问题是,描写丢掉盾牌

---

　　① 《伊利亚特》8.94,8.153,11.404,11.408。

与赞颂丢掉盾牌，毕竟不是一回事。这首抒情诗挑明的问题是：精神品质应该更靠近奥德修斯还是"后现代"。

这首诗的写法清楚表明，诗人宁愿远离荷马精神，甚至有故意反叛英雄伦理之嫌。所以，阿基洛科斯的诗作喜欢说风凉话，绝不仅仅是风格嬗变问题，而更多是伦理气质的嬗变。读读下面这首刻薄攻击大将军的打油诗，我们就可以看到，在这位诗人眼里，对人的道德评价已然发生了何等巨大的变化：

> 我实在讨厌那个大将军，讨厌他趾高气昂的派头儿，
> 讨厌他自鸣得意的卷发、刮得光光生生的腮帮；
> 我宁可要小人物，虽然他看起来是个
> 罗圈腿，却脚跟站得稳，勇气十足。

这首诗一褒一贬，褒的是外表的丑，甚至是"罗圈腿"。弯曲的腿不妨看成隐喻，指善于曲迎：人家虽然是"小人物"，却有勇气。在王道时代，传统贵族观念相信，高贵的品质与干净的外表应该是一致的，尽管如此理想太高——没错，柏拉图和色诺芬笔下的苏格拉底外表丑，内在却很美，但那已经是民主政体时代的顶峰。这首诗有可能是在具体讽刺某个指挥官，但诗人的写法已然表达出不屑于自己所属的身份，瞧不起古老伦理和美的观念。

诗人对时代的道德变迁总是十分敏感，阿基洛科斯的诗作实际上预示了即将到来的公元前 6 世纪至前 5 世纪时希腊世风的大转变。如此转变依托于政体的转变：贵族政体逐渐式微，民主政体逐渐浮出水面。阿基洛科斯说自己的"心志""被无奈的忧虑搅得心神不定"。在古风抒情诗时代的

诗作中，"无奈、棘手"（ἀμηχανία）不仅是个如今所谓的"关键词"，也是个常见词——贵族诗人在无法改变的命运前面显得莫可奈何。

高贵伦理命若琴弦

当然，我们不能以偏概全，说那个时候的诗人千篇一律，都是阿基洛科斯的样儿。实际上，也有贵族诗人把让人"无可奈何"的逆境当作奋争动力，仍然坚信王道政制，守护传统的伦理纲常。问题是，如果我们要把握住古风抒情诗的基本品质，就得注意政体嬗变这一根本背景，不然的话就很难理解何以那个时候不少诗人显得心绪晦暗，甚至有希望自己不曾投生到世上的生存感觉。

忒奥格尼斯的诗作不时发出尖利的叫声，恰恰表明高贵伦理已经命若琴弦。对这位诗人的生平和写作年代，古典语文学家迄今多有争议，但没有争议的是，他的诗作是贵族政体危机最后的尖锐体现。与积极面向新的政治伦理的诗人偶泰俄斯（Tyrtaios，公元前7世纪）或梭伦不同，忒奥格尼斯的诗作坚定地（我们喜欢说"顽固地"）持守贵族伦理——在他那里，这种伦理的要核就是差序身份伦理和划分敌友的政治原则。

尼采念研究生时以忒奥格尼斯诗做论文，显得像是年逾千载的心性契合。[①] 忒奥格尼斯的诗作与其说是在致力挽回

---

① Nietzsche, *On Theognis of Megara*, R. Cristi／O. Velásquez 编, University of Wles Press, 2015。

并巩固高贵的精神,或者思考和表述高贵伦理值得葆有的理由,不如说是在发泄对即将来临的劣人伦理的愤懑。在尼采看来,忒奥格尼斯力图把被颠倒了的价值再颠倒过来——他决意在自己的时代模仿忒奥格尼斯。

今人能够看到的忒奥格尼斯诗作的最早抄本,已经是公元 10 世纪的编本。这些双行体诗作(共 1389 行)是否全部出自忒奥格尼斯的手笔,很难说清。据古典文献家考释,这部诗集很可能原本是为一些会饮场合写的诗体讲辞,因为,大约在公元前六百年间,这类讲辞一下子流行起来——诗人的生平年代也由此推断出来。

《忒奥格尼斯集》中最显眼的,就是这位诗人的愤愤然情绪。为何愤愤然? 因为世风逐渐变得来与我们眼下这个时代差不多:高贵的理想已经逝去,正义和高尚颜面扫地,金钱(财富)获得了最高的尊荣(参见行 53 – 58)。有政治抱负的人整天想的是如何激发多数人(πολλοί)起来推翻优良王政。

也许由于意识到民主政治的趋势不可逆转,忒奥格尼斯甚至产生出"最好没出生过"的念头,他为此写下的诗行成了西方文史上的千古名句:

> 对寄居尘世者来说,首先是最好没出生过,
> 没瞧见过明亮的太阳铺洒的辉光;
> 一旦已经出生,便要飞快抵达冥府之门,
> 躺在堆起来的重重黄土之下。
>
> (《忒奥格尼斯集》行 425 – 428)

人最好不要来到此世,万一不幸来了,也应当尽可能快点离世——这样的念头其实在荷马诗作中已经出现过,后来

的合唱抒情歌诗人巴克基里德(Bakchylides,约公元前505—前450)也写过,似乎是一种希腊人古传的生存感觉。不过,这种感觉出现在忒奥格尼斯的诗作中,却显得多少有些不协调,因为其诗作大量吟咏的主题是"出生""财富""尺规""正义"等等,如此心灰意懒的生存感觉,无异于给这些重大主题涂上了悲观色彩。

这种极度悲观的生存情绪从哪里来的? 来自目睹高贵的伦理已然遭到遗弃,对与错、好与坏的尺规不再有生存效力,人与诸神的关系今不如昔,诸神对个人的在世生命不再有什么积极的意义。

> 没有谁,居尔诺斯哦,自己能承担好坏,
> 好事坏事都归咎于神。
> 没有哪个人做事情时心里清楚
> 最终结果究竟是好还是坏。
> 人经常做了高尚的事却自以为错,
> 也常做了坏事而自以为高尚。
> 没有哪个人会心想事成:
> 愿望总是束手无策,无可奈何地收场。
> 我们人因什么也不知道而承认无聊;
> 神们却按自己的心思达成一切。
>
> (《忒奥格尼斯集》行 133 – 142)

这些诗行表明,诗人已经对时代的道德状况深感失望。人天生欠缺道德认知能力,这一说法已见于荷马,但在古风抒情诗时代却渐渐成了一个文学主题。对于忒奥格尼斯来

说,这意味着人在道德问题上需要神们的扶助。① 可是,自然哲人却认为,人在道德问题上拥有自律能力。于是,到了肃剧诗人如索福克勒斯、欧里庇得斯那里,人的道德能力问题甚至成了一个哲学问题。

诗人与声名

诗歌是政治共同体精神状况的重要标志之一,无论在哪个国家、哪个时代,我们都可以通过诗歌——如今是通过影视——大致感受到那个政治共同体的基本精神脉动。因此,当我们以忒奥格尼斯的诗歌作为背景,读到另一位大诗人西蒙尼德(前557—前468)的铭体诗时,就可以知道民主政体基本上已经在古希腊某个地区成气候了。

西蒙尼德在古代的名声比后世要大得多——这里说的"名声",不是荷马意义上的荣誉,而是我们今天所熟悉的民主时代中的"名气"。当时有个名叫斯科帕斯(Skopas)的富豪,因西蒙尼德的名气,就把他请到自家豪宅,好吃好住,而作为回报,诗人得作诗颂扬此公。问题来了:此公身为豪强氏族,但人品实在很不咋地,不过有钱有势而已,诗人该颂扬什么呢?

关于斯科帕斯这家伙的人品,我们可以从西塞罗在《论演说家》(De oratore,2.352)中借笔下人物之口记叙的轶事见得一斑。② 斯科帕斯宴请西蒙尼德,诗人当场作诗,没想到

---

① 比较 *Theognis*,164,171.2,381.2,405.6。

② 西塞罗,《论演说家》,王焕生译,北京:中国政法大学出版社,2003,页487。

斯科帕斯听后竟然霸道十足地对西蒙尼德说,他只付约定款额的一半,因为西蒙尼德在诗中提到了别人,所以剩下的一半西蒙尼德得去找他们讨。

西蒙尼德正气得不行,突然听说门外有两个年轻人想拜见他,于是出门去见年轻人。西蒙尼德刚迈出大门,斯科帕斯的豪宅就塌了,一家子全死在废墟中,个个面目全非,认不出个谁是谁。西蒙尼德竟然记得每个人用餐时坐哪儿,把死者一个个指认出来。

西塞罗记叙这事,看起来是要说明西蒙尼德记性忒好,我们则由此得知西蒙尼德开了为钱写诗的新风尚。因此,西方历史称西蒙尼德为第一个"职业诗人"——只要付钱,什么都能写。

亚里士多德的一段记载可为佐证:有个赛手在骡车赛中赢了第一,要西蒙尼德为他写首凯歌,后者嫌钱给得少,就说骡子非驴非马,怎么称颂呢。那人说加点钱如何,西蒙尼德马上应承下来,随即作诗称颂那骡子"有如骏马"(《修辞学》1405b25)。写作对这位诗人来说,无关乎道德,挣钱而已。

西蒙尼德(比品达稍为年长)生活在贵族政制风雨飘摇的时代,那个时候,僭主忒多,他的诗人生涯始于雅典僭主希帕科斯(Hipparchos)的宫廷,终于僭主希耶罗(Hieron)的宫廷。色诺芬著名的对话作品《希耶罗抑或僭主》,记叙的就是这位诗人与僭主希耶罗的对话,虽然是虚构,但至少让人觉得会是真事。

无论西塞罗还是亚里士多德所讲的西蒙尼德的事情,显然都是听来的,可见西蒙尼德在当时和后世的名气。为什么非常出名?西蒙尼德与智术师一样,像个"世界人",满希腊跑,四处题诗留句,讲述自己所到之处感受到的东西。不过,西蒙尼德之所以非常出名,恐怕更多原因在于他捕捉到了众人的意趣,或者说把到了民主文化的启蒙脉搏——18世纪的古典文史学家莱辛眼力就非同一般,他说西蒙尼德算得上是"古希腊的伏尔泰"。①

在西蒙尼德眼里,荷马的诸神世界已经遥远得很了。僭主希耶罗有一次问这位诗人神是什么,西蒙尼德请求大王让自己想些日子再回答,但他越想就越想不清楚(参见西塞罗,《论神性》1.60)——因为西蒙尼德已经想不起宙斯,而"神"是个什么样的又的确想不出来。

西蒙尼德在当时名气大得不行,不过其诗作却没有哪怕稍微完整的集子流传下来,现在我们读到的都是后人的辑语。最著名的,当属写给被房子塌下来压死的富豪斯科帕斯的宴饮酒歌。这首诗由于柏拉图在《普罗塔戈拉》中全文引用,几乎得以完整流传下来,而柏拉图为什么在自己的这部作品中偏偏援引这首诗,本身就颇能说明这位诗人的道德品质。

我们由这首诗可以看到,西蒙尼德的才华的确非同一般,既能写传统风味的凯歌,又能写"新诗"——不仅形式新颖,更重要的是精神上的新颖:生活伦理是相对的,传统的道德尺度根本就没可能达到。当然,这样的"新颖"在今天的我们听起来已经不新颖了,那不过就是牛津大学哲学教授伯林的"消极自由论"而已,早已成了广大知识分子的常识。

在柏拉图的《普罗塔戈拉》中,智术师普罗塔戈拉与苏格拉底就美德是否可教的问题争执起来。这场发生在雅典一个朋友家里的争辩是否真有其事,无从考索,我们宁可把柏

---

① 莱辛,《拉奥孔》,朱光潜译,北京:人民文学出版社,1988,页2。

拉图的《普罗塔戈拉》作为文学作品而非纪实来读。不过，普罗塔戈拉在论争中援引的这首西蒙尼德的诗却是真的，并非柏拉图杜撰，它非常符合普罗塔戈拉这位以"人是万物的尺度"之说闻名的启蒙哲人的身份。这首诗颇具时代特征，突出体现了公元前 6 至 5 世纪的道德嬗变。西蒙尼德站在即将来临的启蒙和民主时代的大门口，兴许正因为如此，柏拉图才让这首诗入文成为苏格拉底与智术师交锋的材料。

向低处看齐的伦理

我们不妨来品味一下这首时代杰作，同时想想我们今天的诗文在多大程度上已经实现了西蒙尼德的主张。让我们回到前面的问题：既然斯科帕斯人品实在不咋的，不过有钱有势而已，诗人该如何颂扬他呢？

[1] 一方面，要成为一个好人，真的难啊，
无论手、足，还是心智，
都要做到方方正正，无可指责。

第一句开宗明义："成为一个好人"太难。为什么太难？不是因为"成为"好人难免会有艰难过程，而是因为"好人"这个传统的道德目标太过完美。何谓"真正"的"好人"？西蒙尼德没提具体的道德品质，而是说"无论手、足，还是心智，都要做到方方正正"。传统的优良伦理中的"好人"的确必

须身心两方面都好,缺一方面都不行。① 所谓身心两方面都好,指不仅内在品质好,还要看外在行为:"好人"是"做"出来的,这就是高尚的人的含义。② 所以,忒奥格尼斯要求自己的学生绝不可与坏人(kakao)、"不咋地的人"(deiloi)厮混,而要向历史上的高尚者学习、看齐。

西蒙尼德为什么如此表述呢?"方方正正"本来指几何学上的成品和表达式,直译就是"像个四四方方的东西"。忒奥格尼斯的确用它来比喻过品德端正的人,③西蒙尼德却好像是故意这么说,带有鸡蛋里挑骨头的意味,他以抬高好人标准的方式质疑传统的"好人"观:"真的""完美"得"方方正正""无可挑剔",怎么可能? 因此诗人说,要成为这样的人太难,实际上根本就没可能。

接下来有七行,普罗塔戈拉没有引,因此也就没能留存下来。据文史家们考索,既然是给斯科帕斯的献诗,已佚的几行很有可能是直接对斯科帕斯说的:

> 正如你看到的那样,斯科帕斯呵,大家认为的好人实际上不是缺这就是缺那,哪里谈得上绝对完美;甚至像你这样的人,斯科帕斯呵,也难免遭受指责哦。

由此看来,开头三行的意思就更为明显。西蒙尼德一上来就提好人标准,不过是为了以实际上不可能达到为理由抛弃这样的标准,进而为斯科帕斯这人品不咋地的人的生活方

---

① 比较荷马《伊利亚特》15.642 以下,品达《涅嵋凯歌》8.8,《皮托凯歌》1.42。

② 比较《忒奥格尼斯集》,行 31–35。

③ 比较《忒奥格尼斯集》,行 805。

式提供辩护。这意味着，"做好人难"是为否弃传统的"做好
人"和向上追求的意愿找到的第一个理由。

在忒奥格尼斯(行 683 – 686 及 695 以下)甚至同时代的
诗人品达那里，aretē［美德］的基本含义仍然是对优秀和成
为优秀的热情，斯科帕斯天生没这种热情并不让人惊讶，让
人惊讶的是，诗人西蒙尼德在这里表明，没这种热情倒值得
赞颂。

> [11]我可不觉得匹塔科斯的话中听，
> 尽管话是一位智者说的，
> "难呵，"他说，"做［是］一个高贵者。
> 唯有神恐怕才有这种好彩，
> [15]男子汉哩，没法不做［是］坏人，
> ［一旦］让人束手无策的厄运击垮他。"

历史上的高尚者是高贵政治伦理的楷模，也是后人学习
的榜样，比如这里提到的七贤之一匹塔科斯。他曾经说过
"做好人很难"，意思是"做好人"需要付出巨大的道德努力。
匹塔科斯生于公元前 651 年，年轻时为了挽救王道政制，与
一些个贵族青年组织过同仁团体——著名诗人阿尔凯俄斯
也在其中，尽管两人性情不合。后来僭主当政，匹塔科斯潜
心修炼，既没参与推翻僭主的密谋，也没去帮衬僭主做事。
僭主死后，匹塔科斯被推举为执政官(公元前 598 年)，当政
十年后，见政治秩序已经恢复，便主动让出王位。匹塔科斯
被尊为七贤之一，就与他的政绩和自动禅让有关。"做好人
很难"据说就是匹塔科斯自动禅让时说的，后来被梭伦化用

为格言:"美好很难。"①

在这里,西蒙尼德以轻蔑口吻提到匹塔科斯,无异于鄙视历史上的道德典范。他提到匹塔科斯的话"做好人很难",不过是为了反其义而用之:没必要努力做好人,倒是应该放弃这种道德努力——为什么呢?

真正的完美只有神才可能做到,人没法做到。这理由其实前面已经说了,只是没拿含糊的神来对比而已。这里为富豪斯科帕斯提供的进一步辩护是:倘若人遇到"莫可奈何的困厄",就"没法不是坏人"。这是什么理由呢?

实际主义的理由:生存的实际处境具有最终的道德强制力,困厄使人最终没法成为道德上优秀的人。凭靠这个理由,做人这件事情就从"做坏人"与"做好人"的对立中摆脱出来,或者说从"好"与"坏"的区分中摆脱出来。只有做"神"才会有"好"与"坏"的区分,对做人而言,无所谓道德意义上的"做好人"或"做坏人"。所谓的"做坏人",意思不过是指"没能力"应付困厄而已。

西蒙尼德真聪明,不是吗?然而,在《普罗塔戈拉》中,柏拉图笔下的苏格拉底坚持说,即便"没能力"也与"好"对立,因为"好"的意思本身就包含"有能力"向善。

西蒙尼德这位时代诗人进一步展开自己的道道:

> 毕竟,[若走运]事情做得好,个个都是好男子,
> 但若[事情]做得坏,[个个]都是坏人。
> 长远来讲,好人甚至乎最优秀的人始终是

---

① 柏拉图在《克拉底鲁》384b1、《王制》435c8 及 497d10 都引用过;亦参《希琵阿斯前篇》304e8。

[20]那些为神们所喜爱的人。

前面说,由于"莫可奈何的困厄",没谁做得成好人;现在反过来说,要是走运,谁都做得成"好人"。"做好人"哪里像古代圣贤所说的"很难"哩,传统所谓的"好人",不过因为"[走运]事情做得好"。诗人讲究用词,"事情做得好"在这里带被动含义,言下之意,人本来没有做好人的能力,"做得好"不过是因为成了"神们所喜爱的人"。运气好当然就是神们眷顾的结果。总之,"做好人"并不取决于人的内在心志和品德修炼,更谈不上苏格拉底所理解的"正确地行事"。

把第11行到这里所说的连起来看,诗人其实都是在解释开头十行对斯科帕斯的劝导:没必要去追求"做好人"。在这位诗人看来,匹塔科斯的话不对,因为他自己就并非真正的好人,他被尊为贤人不过因为走运,有诸神帮忙。说到底,只有神们才会真正地"好",但那不过是因为神们从来不会置身困境,而人恰恰总是置身实实在在的困境之中,无所救助,难免做错事情,因此没法成为好人。

[21]正因为如此,我绝不去寻求,
没可能的这种成为,白白地
把咱一生的命扔进不切实际的希望,
[寻找]方方面面无可指责的人,
[25]他摘取丰硕大地的实果;
倘若找到[他]我会告诉你们。

诗人在这里的调侃让自己的劝导又迈上一个台阶:"好"品质是"根本没可能有的东西"。由此得出一条伦理原则:绝对没必要把自己的有限生命献给"做好人"的道德理想。而绝不会把自己生命的份儿扔进没指望实现的希望,意味着"绝不去寻求"不可能有的东西,这无异于说,"寻求"做好人就是"虚掷光阴"。

> [27]我倒是愿意称赞并喜爱所有人,
> 无论谁,只要他不做
> 一点儿丑事;即便神们也不
> [30]与必然斗。
> ……

由于对人来说高尚或做好人没可能,所以就不应该对人提出完美的要求。诗人先是否定了向高处看齐的道德追求,主张没必要浪费生命寻求根本就没有的东西,然后才提出了向低处看齐的道德原则:"自愿地不做一点儿丑事。"这话是什么意思呢?

形容词"自愿的"(ἑκών)语法位置很含混:要么可能修饰"我称赞而且喜爱"的主词"我",从而意味着"我愿意称赞并喜爱……不做一点儿丑事的人";要么作副词修饰"不做丑事",从而意思是"我称赞并喜爱……愿意不做一点儿丑事的人"。前一种可能性按常理说得通,因为没谁会"自愿地做丑事",因此称赞"自愿地不做丑事的人"这一说法显得很奇怪。

倘若我们没有忘记这里的文脉——西蒙尼德是在宽慰斯科帕斯这类不咋地的人,那么,后一种可能性就更大。因为,西蒙尼德说自己称赞"所有自愿地不做丑事的人",无异于表明自己就属于这类人,从而把自己摆到与斯科帕斯同一类人中去,而非高高在上地评价这类人,以便让斯科帕斯彻彻底底感到舒服。

　　的确，倘若"自愿地不做一点儿丑事"也可算一种道德原则，实在让人费解，那么反过来理解也没有什么让人想不通的：做丑事（不道德的事情）只要不是出于自愿，就是"好人"，说得更直截了当些，被迫做丑事也算得上"好人"。因为人没法与"必然"的强制力斗（马基雅维利在《君王论》中把这道理讲得更为透彻），甚至诸神也不会如此自讨苦吃——这里再次出现第 16 行提到的现实必然性。

　　这样的说法之所以称得上是一种道德主张，乃是因为，它提出的毕竟是对人来说值得去"愿欲"的东西，而且对于这个愿欲的领域（通常所谓的道德域），这位诗人还愿意承担起堪称康德式的自律责任，无需听凭自然的必然性或机运的变幻莫测支配。

　　　　[33]我觉得已经够喽，谁只要不坏，

　　　　　　或太过没出息，多少

　　　　[35]懂得有益于城邦的正义，为人通达。

　　　　　　我不会指责[他]；

　　　　　　我可不是好责备的人；

　　　　　　毕竟，一代代蠢人不可数。

　　　　　　所有东西都美着哩，

　　　　[40]并没有羼杂丑的东西。

　　西蒙尼德还希求自己主张的"道德人""懂得对大家有益的公正"，然而，这话说了等于白说。谁敢指望好坏不分的人"懂得对大家有益的公正"？兴许西蒙尼德自己都觉察出这一点，所以他马上补充说，重要的是"为人通达"。

最后这段诗句刚好与开头提到的匹塔科斯的话针锋相对："做好人"的道德理想不可企及，因此需要用非常实际的道德观取而代之。一个人只要不是完全没能力（"没出息"），什么事情都不会做，就算是有道德的人——斯科帕斯恰恰非常"有能力"。

至于道德品质，前面已经说过了：无所谓好与坏的道德区分。由于西蒙尼德在人身上根本看不到完美的好，所以对他来说，一个人能做到不是太过令人失望就得啦。西蒙尼德不会去谴责反而会赞颂这样的人，这无异于说：凡不是丑的、坏的、道德上可疑的，就都是好的（美的）。

整首诗起先谴责传统的好人，然后称赞新式的"好人"，这本身就是在作道德评价——对道德评价重新作出道德评价。奇妙的是，这种道德评价要做的恰恰是勾销"美德"，勾销可以用来评价一个人是好是坏的道德尺规——这样一来，如此谴责和称赞的基础又是什么呢？无论称赞还是谴责，都得先有确定的道德尺规才行呵。

这首诗道出了新的道德原则和新的政治伦理，通过赞美"有出息"而非卓越，过去崇尚优良的政治伦理被扫进历史的垃圾堆。卓越与是否"好"相关，"有出息"却无所谓好坏，只要"有出息"就算好人，民主的"自由伦理"气息已经扑面而来。传统的"优秀"观念一开始被抬得很高，只是为了让人们因可望不可及而心安理得地不去向往。

好"德"抑或好"个人权利"的热情

前面说过，这首诗因柏拉图的记叙得以传世，然而，柏拉

图在自己的作品中引诗都自有妙计。比如,当引到西蒙尼德
贬低匹塔科斯的说法时,柏拉图停了下来,让苏格拉底与普
罗塔戈拉展开了一番论辩。普罗塔戈拉认为,西蒙尼德说
"做好人很难"与匹塔科斯本人的说法实际上没什么差别,苏
格拉底则嚷嚷起来:差别大着呢! 随即,他引用赫西俄德的
诗句来解释"做好人很难":

> 在好人面前,永生的诸神铺下了
> 艰辛,通往好人的路又长又陡,
> 通达顶点艰难曲折;一旦抵达顶峰,
> 道路从此变得平坦,无论前路多么艰难。
>
> 　　　　　　　　　(《劳作与时日》,行289－292)

"好人"(ἀρετή)在这里有两个意思:好人和美德。也就
是说,既指作为外在目标的"好",又指"成为好人"的内在过
程。"做好人"因此意味着走向美好的高处,在这一"走向"
的过程中,自己才成为"好人"。

苏格拉底引用这几行古诗,同时击中了西蒙尼德和普罗
塔戈拉的要害:神们只是"在好人面前……铺下了艰辛"。这
里的"好人"指有向善的天性、对"好"有热情的人;换言之,
神们并没有给"不好的人"(没有向善的天性、对"好"没热情
的人)铺设艰辛。言下之意,西蒙尼德对"好"没热情——既
然追求美德基于向善的天性,对没有如此热情的人,主张美
德可教的普罗塔戈拉能教会这号人美德吗?

柏拉图笔下的普罗塔戈拉为什么会引述西蒙尼德这首
诗呢? 当时他提到的理由是:要像传统教育那样通过"叙事
诗"来谈美德教育(《普罗塔戈拉》339a)。然而,普罗塔戈拉

并没有引荷马或赫西俄德,而是引西蒙尼德,但西蒙尼德的这首诗并非"叙事诗"。非常聪明的普罗塔戈拉就这样不动声色地让西蒙尼德取代了传统。幸好柏拉图笔下的苏格拉底眼睛雪亮,他通过引赫西俄德的诗句暗中将了普罗塔戈拉一军:你在蒙咱们啊!西蒙尼德的"叙事诗"与传统"叙事诗"难道是一回事?

我们不禁想起孔夫子的话:"吾未见好德如好色者也。"尽管民主精神的时代已经来临,西蒙尼德的精神趣味获得了所谓"文化霸权",但说到底,这其实并非因为传统的优良伦理被彻底相对化是什么"历史的必然",毋宁说,有的人天性本来如此。

阿基洛科斯诗作的风凉品格并非因为伯林所谓"人们终于发现,绝对的完美是不可能的",而只是他"个人天性"如此而已。同样,无论王道是否衰微,无论在哪个时代,西蒙尼德这样天性的诗人都与精神高尚无缘。

贵族政制向民主政制转变过程中伦理标准的"下降"或沦落,不是政体问题,而是"个人天性"问题。毕竟,每个时代都可能有如此"天性"的人,完全无关乎"时代精神"。

需要补充的是,正因为如此,文体流变远不如政体流变更值得关注。因为,在优良政制的时代,西蒙尼德这种天性的人就不大可能有机会成为名气旺盛的诗人。反过来看,在我们热切追求的政制中,这样的人则会成为文化名人,倘若他有那么一点儿文字天赋的话。

雅典民主时代的言辞

希罗多德的"原史"笔法

　　早在罗马共和时代,希罗多德(Herodotus,公元前484—前425)就已经有了 pater historiae[纪事之父]的大名(西塞罗,《论法律》1.1.5)。

　　希罗多德的生平后人所知极少,仅知道他出生在小亚细亚多里斯人的哈利卡尔纳索斯(Halikarnassos,今土耳其境内的 Bodrum),父辈是当地名门。希罗多德年轻时曾跟随一位长辈参与推翻僭主吕格达米斯(Lygdamis)的政变,事败后流亡萨摩斯(Samos)岛,在那里学会了伊奥尼亚方言(因此他的九卷史书用多里斯方言和伊奥尼亚方言混合写成)。

　　后来,希罗多德做生意游历地中海东岸和南岸,北至马其顿,南至埃及,向东远至黑海沿岸,体察各地民风和政治生活。四十多岁时,希罗多德来到文化名城雅典,并很快与人民领袖伯利克勒斯、戏剧诗人索福克勒斯等名流混得很熟。

　　当时,伯利克勒斯正计划在意大利南部被毁的西巴里斯城旧址图里俄伊(Thourioi)建一个殖民城,还委托大名鼎鼎的普罗塔戈拉起草了"宪法"。希罗多德对这个殖民计划十分感兴趣,在公元前444年迁居图里俄伊,成为那里的移民,开始撰写九卷纪事书 *Historiē*,①直到去世前不久才回到雅典,当时,雅典与斯巴达的战事已起。

何谓"原史"

在亚历山大时期,希罗多德的九卷书已经成为经书,有 Aristarch 的注疏。希罗多德给九卷书所冠的书名转写成拉丁字母即 historiē,也就是英文的 history,译为中文自然就成了"历史"。②

其实,historiē 源于"目击者/见证人"(histor / ἴστωρ),原义指法官为搞清楚事情原委询问见证人,以便形成判决。由此引申出 historiē 的源初含义即"探询、考察",所谓 historikos(ἱστορικός)即"探询者"。希罗多德在卷二中写道:

> 以上所述(λέγουσα)乃是基于我自己的所见、看法和
> 探究,接下来,我会按[我的]所闻讲述埃及的历年事件,

---

① 今人的考订注疏本连绵不断:H. Stein, *Herodotus*, Erklärt, 5 卷, Berlin 1818–1856, Zürich, 1969 重印;W. W. How and J. Wells, *A Commentary on Herodotus*, 2 卷, Oxford, 1912 / 1928;B. A. van Groningen, *Herodotus Historien*, *Einleitung*, *Text und Kommentar*, 5 卷, Leiden, 1946–1955;W. Frause, *Herodotuskommentar*, Darmstadt, 1975;David Asheri / Alan B. Lloyd / Aldo Corcella, *A Commentary on Herodotus I – IV*, Oxford, 2007。

② 希罗多德,《历史》,王以铸译,北京:商务印书馆,1959 / 1983(修订版)。

当然,也会添加一些我自己的[亲眼]所见。(2.99.1)①

这段说法非常著名,它让我们看到,希罗多德给其九卷书所冠的 historiē 这个书名的含义究竟是什么。

首先,historiē 呈现为关于人世经历的"记叙"(λέγουσα);其次,这些"记叙"乃是基于"所闻"(κατὰ ἤκουον),甚至"自己的[亲眼]所见"(τῆς ἐμῆς ὄψιος);最后,这些"记叙"带有记叙者自己的"看法和探究"。可以说,"所见"(ὄψις)、"看法"(γνώμη)和"探究"(ἰστορίαι)这三个语词的连用最为关键(比较 2.19.13)。

汉语的所谓"历史",既指共同体或个人的在世经历,又指对这种经历的"记叙"或记忆,即所谓"史书"或口述"历史",西文中的 history 则还有"史学"含义。因此,如今的 history 首先指人们实际经历过的事情,其次还指把人的经历转换为一种知识或学问即"史学"。

由于希罗多德的 historiē 用法的基本含义是"探究",有古典语文学家认为,径直写作 historien 不对,最好译作 Inquiries。根据这一建议,historiē 较为稳妥的中文译法应该是"原史":"原"者,穷究本源也。在我国故书中,《吕氏春秋》有《原乱》,《淮南子》有《原道》,韩愈有《原毁》,无不具有"探究"本源的含义。

希罗多德的 *historiē* 开创了一种写作类型,即散文体的"记叙",带有非常通俗的讲述性质,近似于如今的小说。毕

---

① 本稿所引希罗多德《原史》,均出自笔者自己的译文(随文注希腊文编本标准编码)。译文依据 Josef Feix 希德对本译(München,1963),笺释依据 D. Asheri / A. B. Lloyd / A. Corcella, *A Commentary on Herodotus I–IV*,前揭;参考 W. W. How / J. Wells, *A Commentary on Herodotus*,前揭。

竟,在希罗多德的《原史》中,满篇都是各种故事。后来的修昔底德刻意避免用 historiē,因为这个语词在当时已经有编故事的虚构含义。

与修昔底德不同,后来的好些希腊语和拉丁语作家都喜欢给自己的纪事书冠以 historien(ἱστορίαι)之名。把这类书名一律译作"历史"的话,容易引致误解,起码让人不知所云。何况,汉语的"历史"与 historien 并不对应。所谓"历史"基本上是个现代汉语语词,即便"历"和"史"两字联属出现得不算晚,实际上也很少见。

"历"意为经过、越过、遭遇,也用于史书名篇(如《吴历》《晋历》)。"史"在上古指掌管祭祀、星历、卜筮和记事的官员,引申为记事的书。从而,史官与 historikos[探究者]有显而易见的差异。毕竟,"史"不带动词意味,historien 则来源于"见证"和寻找蛛丝马迹的探寻,有动词意味。

再说,我国先秦时期的史书多不用"史"名篇,而是以"春秋"或"志"名篇。用"纪事"来对译 historien 较为妥帖。因为,"纪"通"记","记述"古作"纪述":所谓"纪事之文,非法象之言也"(《论衡·正说》);所谓"世之论文者有二,曰载道,曰纪事。纪事之文当本之司马迁、班固"(明·宋濂《文原》)。作为一种文体,"纪"主要记载帝王生平事迹,所谓"古之帝王建鸿德者,须鸿笔之臣,褒颂纪载"(《论衡·须颂》),这与希罗多德的 historien 及后来诸多罗马纪事家的作品相符。

汉语的"纪"字还有更为重要的含义。"纪"本为"丝"的别字,引申为丝缕的头绪(部首"己"象形十干),所谓"纪者,端绪之谓也",由此引申出与形而上之"开端"的关联:

> 物之终始,初无极已;始或为终,终或为始,恶知其纪。(《列子·汤问》)

> 微妙在脉,不可不察,察之有纪,从阴阳始。(《素问·脉要精微论》)

按我国古人的思想经验,"纪"所蕴涵的形而上的关联意为政治共同体的"治理"应该贯通天地。《诗》中有言,"勉勉我王,纲纪四方"(《大雅·棫朴》)。由此,"纪"不仅有"记叙"的含义和形而上学的"端绪"含义,还用于政治上的"法度、准则"。所谓"必知不言无为之事,然后知道之纪"(《管子·心术·上》),所谓"义也者,万事之纪也"(《吕氏春秋·论威》),所谓"礼义以为纪"(《礼记·礼运》)——凡此用法都令人印象深刻。

在我国故书中,这种用法不仅源远而且流长:

> 古者圣王为五刑,请以治其民,譬若丝缕之有纪,网罟之有纲。(《墨子·尚同上》)。

> 夫礼者,民之纪,纪乱则民失,乱纪失民,危道也。(《晏子春秋·谏下第二》)

> 明君守始以知万物之源,治纪以知善败之端。(《韩非子·主道》)。

由此引出一个问题:记叙人世经历的"纪事"与维系人世生活的纲纪有何关系? 这个问题涉及对"史书"乃至"史学"的理解:纪事或探究人世过往的经历究竟是为了什么?

希罗多德在《原史》开篇第一句说:

　　这里展示的是哈利卡尔纳索斯人希罗多德的探究，为的是人世间发生的事情（τὰ γενόμενα ἐξ ἀνϑρώπων）不致因年代久远而泯灭，一些由希腊人、一些由异邦人表现出来的值得赞叹的伟业（ἔργα μεγάλα τε καὶ ϑωμαστά）不致磨灭，尤其是他们相互争战的原因。

希罗多德"展示［自己的］探究"（ἱστορίης ἀπόδεξις），首先是为了让后人记住值得记住的往事。后世的所有史书无不如此：记叙过去，着眼的却是将来。可是，希罗多德随即补充说，他尤其探究了希腊人与异邦人（βαρβάροισι）即波斯人"相互争战的原因"（αἰτίην ἐπολέμησαν ἀλλήλοισι）。

希罗多德要"探究"希波战争的起因，但他一开始记叙的却是特洛伊战争的起因：腓尼基人抢走伊欧丝（Ious）、克若特人（Krētes）抢走欧罗菔（Eurōpēn）、希腊人（Hellēnes）抢走美狄亚、普里阿摩斯人（Priamou）抢走海伦（Helenēn），最终引发希腊人捣毁特洛伊城的战争（1.1 – 5）。这无异于说，特洛伊战争起因于争夺漂亮女人。

结束劫女事件的记叙后，希罗多德笔锋一转：

　　关于这些［事情］的说法，我不想去说事情究竟是这样还是那样，而是想要指出那个人，据我所知，正是他率先对希腊人做出不义之举。然后我会接着讲下去，以同样笔墨详述人世间大大小小的城郭。毕竟，从前曾经伟大的城邦，如今有许多已经变得渺小，在我的时代了不起的城郭，过去却微不足道。由于我相信人世间的幸运（εὐδαιμονίην）绝不会在此留驻，我将一视同仁地忆述大小城郭（的命运）。（1.5. 3 – 4）

在希罗多德看来,关于特洛伊战争源于抢漂亮女人的这些"说法"(περὶ μὲν τούτων ἐρέων),仅仅是些"说法",引发战争的真正原因其实并不清楚。"原因"(αἰτίην)这个语词还有"罪过"的含义,引发战争的行为当然算得上人类的罪过。问题在于,究竟是谁的罪过,往往很难说清。直到今天,人们不是还在为世界历史上某些战争的"归罪"问题争执不休么?环环相扣的劫女事件也许透露了这样的意思:战争的真正起因是不义的夺取造成的欠负。一个欠一个,牵扯的因果链条太长,以至于搞不清楚究竟谁欠谁。

日本人会把 1941 年偷袭美国珍珠港,说成对佩里上校率领黑船舰队打开日本国门的回报,美国人会把对东京的毁灭性"战略轰炸"以及在广岛和长崎投下原子弹,说成对日本偷袭珍珠港的回报。最终,日本人因自己吃了原子弹,对自己犯下的所有不义概不认账。

希罗多德的这段说法让笔者想起荷马《奥德赛》的开篇。荷马说,他要讲述奥德修斯"如何历经种种引诱,在攻掠特洛伊神圣的社稷之后,见识过各类人的城郭,懂得了他们的心思"(《奥德赛》1.1 – 3)。希罗多德要"以同样笔墨详述人世间大大小小的城郭"(ἄστεα),明显是在模仿荷马笔下的英雄,要"见识各类人的城郭",并懂得各类人的"心思"。当然,希罗多德关注的是波斯帝国从前如何伟大,如今如何变得渺小,而雅典城邦过去如何微不足道,当今如何变得了不起。

希腊化晚期的著名史家狄俄多儒斯(Diodorus Siculus)称希罗多德为"勤勉者"(ὁ πολυπράγμων),并说所有人都应该对这种人心怀感激。因为,纪事家用自己所付出的辛劳来帮助世人理解"共同的生活"(τὸν κοινὸν βίον),为后人提供有益的教诲：

> 史家通过探史(διὰ τῆς ἱστορίας)给读者留下最好的经验(ἐμπειρίαν)。尽管这种从经验而来(ἐκ τῆς πείρας)的学习在任何情况下都伴随着重重艰难，但它能使人区分每一种益处(τῶν χρησίμων ἕκαστα)；由于这个原因，诸英雄中经验至为丰富的人就伴随着重重不幸——"见识过许多民族的城郭以及[他们的]思考"。这种通过探史存留下来的对他人失败以及成功的理解，包含着完全不诉诸[读者]经验的关于邪恶事情的教诲。①

从荷马到狄俄多儒斯，希腊人经历了长达六百多年的历史。荷马的两部史诗当之无愧是古希腊 pater historiae[纪事之父]，他确立了"见识各类人的城郭，懂得他们的心思"这一"原史"法则。

特洛伊战争是希腊人的内战，"见识各类人的城郭，懂得他们的心思"还仅限于分散的诸城邦。希波战争则是异族政治体之间的战争，此时"见识各类人的城郭，懂得他们的心思"已经越出同质的文明共同体，从而开启了西方人意义上的西方—东方文明冲突的认识史。

在狄俄多儒斯时代，罗马已经崛起，这个大帝国所囊括的异质政治体之多史无前例。狄俄多儒斯的史书名为《史籍》(*Bibliothēkē Hisrorikē*)，堪称最早的世界通史之一，涉及

---

① 狄俄多儒斯，《论共通史》(顾枝鹰译)，见刘小枫编，《西方古代的天下观》，杨志城等译，北京：华夏出版社，2018，页7。

"各类人的城郭"更多,而且采用了编年体。尽管如此,他仍然秉承荷马的"原史"法则。

直到两千多年后的 19 世纪,中国文明体才开始去认识遥远的地中海周边复杂多样的异质政治体,这种认识同样以一系列战争为媒介。但直到今天,我国的世界史研究显然还谈不上在致力于"见识各类人的城郭,懂得他们的心思"。

"历史的闺房"

《原史》以关于特洛伊战争起因的说法开篇,表明希罗多德承认荷马是他的老师。时代变了,人世经历变了,智识人的视野扩大了,但荷马确立的"原史"法则仍然有效,甚至堪称亘古不移。当然,"见识各类人的城郭,懂得他们的心思"不是一句空话,必须见诸行事。希罗多德说,吕底亚国王克洛伊索斯"率先对希腊人做出不义之举",当时他的王国面临正在崛起的波斯王国的威逼:

> 克洛伊索斯是吕底亚人,阿律阿忒之子,哈率俄斯河以东诸族人的僭主。(1.6.1)

一个简单句把名字、地方、来源、权力范围统统都交待了。我们本指望希罗多德继续讲下去,说说克洛伊索斯如何行不义,他却笔锋一转,说起了克洛伊索斯的前身——僭主坎道列斯。看来,"见识各类人的城郭,懂得他们的心思",首先指认识王者这种类型的人,因为,任何政治共同体的品质,无不由打造城郭的王者形塑而成。

希罗多德模仿荷马不在于外在形式。荷马用韵文体写作，希罗多德用散文体写作。所谓散文体，即日常口语，如布克哈特所说，"希罗多德记录的是口头叙述，他的叙述往往是口语性的"。①希罗多德的散文叙述天然凑泊，似乎不讲究文字技巧，信笔而至。其实，任何文体都不是自然而然的，而是出自灵魂的刻意所为。按著名史学史家汤普森的说法：

> 作为一位说故事的人，希罗多德从来还没有被别人超过。他和史诗时代很接近，所以他保持了诗歌的朴素、自然和魅力。他不但是一位纪事作家，还是一位诗人。他以伊奥尼亚方言从事写作；他的词汇清晰简洁，字里行间富有宗教色彩和诗意。他的文笔流畅、亲切而优雅。正如他是纪事之父，他也是散文之父。②

汤普森的这一说法未必周全，因为人们显然不能说希罗多德超过了荷马。何况，汤普森没有提到，希罗多德何以堪称讲故事的高手。西塞罗说过，希罗多德的纪事由诸多自成一体的叙事构成，而我们应该知道，这正是希罗多德善于模仿荷马的结果——从希罗多德到普鲁塔克，古希腊纪事作家的楷模都是荷马。

希罗多德懂得，荷马史诗的叙述诀窍在于设计故事情节的妙想能力。据说，希罗多德笔下的故事几乎完全靠对话来推展情节。尽管写的是"史书"，情节却未必是所谓历史的真

---

① 比较莫米利亚诺，《史学的书面传统和口述传统》，见刘小枫编，《西方古代的天下观》，前揭，页17－26。

② 汤普森，《历史著作史》，第一分册，谢德风译，北京：商务印书馆，1999，页33－34。

实。毋宁说,所谓"情节"无不是作者依据史实精心编造而成。亚里士多德在讲授"诗术"时一开始就说,要做好诗,就得考虑"必须如何编织情节"(πῶς δεῖ συνίστασθαι τοὺς μύθους)。在这里,"情节"与"神话/故事"是同一个词:mythous。

没有情节也就没有故事,故事与情节是一回事。我们不必追究故事的细节是否具有历史的真实,而是要思考作者为什么这样设计情节——或者说,编故事如何服务于"见识各类人的城郭,懂得他们的心思"这一"原史"目的。

希罗多德笔下的巨吉斯(Γύγης)故事(1.8 – 12)短小精悍,脍炙人口,久传不衰。这个小故事涉及克洛伊索斯王的前身——坎道列斯王,从叙事结构来看像是一段离题话。

> 这个坎道列斯现在迷恋上自己的女人,迷恋得甚至乎相信,他拥有的简直就是世上最漂亮的女人。于是,坎道列斯在如此以为的当儿,便把最重大的政务托付给巨吉斯——也就是达斯库洛斯的儿子巨吉斯,最受他宠信的贴身侍卫之一——大肆夸耀自己的女人的模样。

这段记叙看似平常,其实不然。首先,坎道列斯是个君王,但他"现在迷恋上自己的女人"。一个男人"迷恋上自己的女人"非常自然,任何女人都希望自己的男人如此。但作为君王,坎道列斯"迷恋上自己的女人"就有问题了。希罗多德说,坎道列斯把"最为重大的事情"(τὰ σπουδαιέστερα τῶν πρηγμάτων)"托付"(ὑπερετίθετο)给自己的仆从,我们以为,这样的事情必定是国家大事。但希罗多德让我们看到,坎道列斯"托付"巨吉斯的"最为重大的事情"竟然是"大肆夸耀自己的女人的模样"(τὸ εἶδος τῆς γυναικὸς ὑπερεταινέων)。

巨吉斯是坎道列斯的贴身侍卫,用今天的话说即贴身保镖。作为政治符号,他与属于坎道列斯的女人有一种隐喻关系:保镖贴身一如女人贴身。坎道列斯的贴身保镖不止一个,但他最喜欢这个巨吉斯;属于坎道列斯的女人也不止一个,但他最迷恋这个女人。

坎道列斯实在太"迷恋自己的女人",有一天他终于禁不住对巨吉斯下达了指令:

> 巨吉斯,我看啦,说说我女人的模样,你只怕是不会信我的——对人来说,耳闻恰好不如眼见——想个法子吧,去看看她的裸体!

坎道列斯怂恿自己的贴身保镖设法偷看他的女人的身体,即便在今天的传媒意识形态看来,也太过离谱——女性主义论者会认为,漂亮女人展示自己天造地设的身体属于自己的自然权利,但是否在选美舞台上展示自己的身体,得由自己决定。希罗多德笔下的巨吉斯听了坎道列斯的话大感惊骇,禁不住叫喊起来:

> 主人,你说的是什么话,有毛病吧,竟然吩咐我看我女主人的裸体? 女人一脱掉内衣,不就把羞耻一起脱掉了么?

巨吉斯并非没有看漂亮女人裸体的自然欲望,但这种欲望受到双重限制:第一,"女主人的裸体"不能看;第二,女人不应该随意展示自己的胴体。坎道列斯太"迷恋自己的女人",他的爱欲冲破礼法的限制,达到了肆心的地步。坎道列斯甚至给巨吉斯出主意,建议他躲在自己女人的寝宫门背后,偷窥她脱衣。

坎道列斯毕竟是国王,他的建议无异于政治指令,巨吉斯被迫按指令行事。可是,就在巨吉斯偷看到王后的玉体后想要赶紧溜走的那一刻,王后瞧见了巨吉斯,不过她却未露一点儿声色。

第二天一大早,王后把巨吉斯叫来,以令人胆寒的冷静逼这个男人选择:

> 我给你两条道路供选择,随你选哪条:要么杀掉坎道列斯,拥有我,并拥有吕底亚王权,要么你自己就得马上死在这儿,这样你才会懂得不要什么都听从坎道列斯,去看你不应当看的。要么那个家伙得死,因为他居然想出这种主意;要么你得死,因为你看了赤裸的我,做了礼法所不容的事情。

这段言辞是整个故事的关键看点:王后说出了吕底亚王国的王者品性与迷人的女人身体的内在关联。坎道列斯的肆心无异于在向巨吉斯传授僭主心性,但巨吉斯始终没有明白,王后的这番话则无异于点拨巨吉斯。

巨吉斯苦苦恳求免了这可怕的抉择,要他杀死自己的主人实在太难。但王后说,他已经没有退路。巨吉斯只好问怎样下手。王后回答说:

> 就在同一个地方下手,就在那个家伙让我被人瞧见裸体的地方,在他睡着的时候下手。

巨吉斯选择了"活着但谋杀",让自己成了僭主。接下来,希罗多德讲述了巨吉斯的后继者们的故事(1.15–25),亦即展示吕底亚这个城郭的品质,最后回到起头的克洛伊索斯(1.26)。如果说,由克洛伊索斯框住的这个故事可以称为"僭主克洛伊索斯的起势",那么,巨吉斯偷看王后裸体的故事就不能算"离题话"。毋宁说,这个僭主故事系列有如一部僭主史。如果我们熟悉美式民主孵化出来的印尼开国总统苏加诺(1910—1970)或"二战"后菲律宾的开国总统马科斯(1917—1989),那么,我们就会知道,坎道列斯"迷恋上自己的女人"的事情,并非古代才有。

巨吉斯的故事是坎道列斯遭殃故事中的一个小故事。希罗多德在表现坎道列斯对妻子的迷恋时用了"爱欲"这个词,这意味着坎道列斯遭殃的原因是爱欲与肆心的粘合,由此引出了仆人违法的爱欲。王后逼巨吉斯作出受死抑或当僭主的选择,很难说是以违法的方式报复不义。

这个著名的故事有"历史的闺房"之称:希罗多德进入历史的"深宫"去"见识各类人的城郭,懂得他们的心思"。希罗多德的《原史》以这则爱欲故事开头,结尾时讲的则是克尔克瑟斯(Xerses,旧译"薛西斯")对自己兄弟之妻的爱欲,从而,爱欲是整部《原史》的框架。如此框架与作者的写作意图之间的关系,便是政治与哲学之间的差异。

纪事与道德教益

从结构上看,《原史》明显分为两大部分。第一部分以波斯帝国的兴起和对外扩张为主线(卷一至5.28),逐一述及吕底亚、墨多斯、波斯、巴比伦、埃及等地的政制状况,内容庞杂,其中有不少可独立成章的小故事。第二部分(5.29 至结尾)集中叙述希腊—波斯战争的经过(从公元前 449 年伊奥尼亚人反抗波斯统治起,到公元前 478 年希腊人占领色雷斯的赛司托斯城),叙事连贯,较少插笔。

《原史》记叙的历史事件距希罗多德生活的年代已经相隔百年上下,据他自己说,他凭靠的"史料"完全来自"听闻",似乎这是他所依傍的"史学原则"。问题是,希罗多德并非"所见"必录、"所闻"必记。他特别申明:

> 我的义务是记叙人们讲述的一切,当然,我没义务什么都信;这个说法适用于我的全部叙述。(7.152)

所有的"叙事"都是"说法",叙事不在于所讲的事情是否真实,希罗多德要我们对整部《原史》的叙事都抱持如此态度。但在实证史学观念占据支配地位的今天,史学家面临两难:一方面,希罗多德在文史上的辈分很高,人们不得不尊他为"史学之父";另一方面,对不少现代的史学家来说,希罗多德的史书写作还不成熟。据说,希罗多德对 history 的理解,与科学的"史学"相去甚远——除了卷七第 96 节开头的那个段落。

尽管如此,由于《原史》记叙了大量生活在地中海周边的各类人民的生活方式,希罗多德仍然被视为西方第一位"人志学"家或人类学家。由此引发的问题是:今天的我们应该如何阅读《原史》呢?

回答这个问题,取决于人们是否理解希罗多德所秉承的"原史"法则:若要"见识各类人的城郭,懂得他们的心思",

人们首先得认识自己的"心思"。在卢梭看来,我们如果在阅读《原史》时只想着故事是否真实,就会失去受教的良机:

> 古代的史家所描述的事实即便是假的,他们的许多见解仍然可供我们采纳。其实,我们大都不善于认真利用历史;人们注意的是那些引经据典的评论;似乎要从一件事实中得出有益的教训,就一定要那件事情是真的。明理的人应当把历史作为一系列寓言,其寓意非常适合人的心理。①

卢梭还反对让小孩子去读所谓能够提供真实史实的史书,因为,知道史实不等于理解历史——正如今天的实证史学家熟悉历史文献档案,却未必能理解文献档案所反映的历史事件本身。

> 更可笑的是,你叫孩子们学历史;你想像地以为,孩子们能够理解历史,因为历史收集的全是事实。但"事实"这个语词应当怎样理解呢?你认为决定历史事实的种种关系很容易理解,但孩子们心中能毫无困难地形成相应的观念么?你认为对事件的真正了解可以同对事件的原因和结果的了解分开,历史涉及道德的地方非常少,但不懂道德的人也可以学会历史么?(同上,页123–124)

---

① 卢梭,《爱弥儿》,李平沤译,北京:商务印书馆,1981,页199(译文据法文版有改动)。

卢梭懂得,希罗多德的《原史》有如肃剧作品,其写作是为了让人们在道德教育方面获益。他在《致达朗贝尔论戏剧的信》中提到希罗多德绝非偶然。

《原史》第一卷看起来拉拉杂杂,实际上仍然有一条主线贯穿始终,这就是克洛伊索斯的教育。被波斯大王居鲁士生俘时,克洛伊索斯连呼三次梭伦的名字,让居鲁士感到好奇,便问梭伦何许人也。

原来,克洛伊索斯有一次把梭伦请到自己的王府,想同他聊聊人生幸福问题。克洛伊索斯首先向他展示自己的财宝,指望梭伦说他是世上最幸福的人。梭伦通过列举一些人的例子告诉克洛伊索斯,他在幸福方面还不如普通人。梭伦首先提到一位名叫 Tellos 的雅典普通人:他亲手把自己的儿孙抚养大,让他们受到良好的教育,生活得很好,自己后来却在保卫家乡的战斗中壮烈牺牲。

随后,梭伦又对克洛伊索斯讲了阿尔戈斯(Argos)女祭司的两个儿子克勒俄比斯(Kleobis)和倪雍(Niyon)的故事。两兄弟长得俊美强壮,都在运动会上得过奖。有一次,阿尔戈斯人举行盛大祭典,他们的母亲一定要乘牛车去神殿,碰巧他们的牛在地里干活,来不及牵回来,两个儿子就用自己的双肩驾轭,把母亲坐的车拉去四十五程外的神殿……

梭伦是这样讲的:

> 他们做的这些,所有来朝拜的人都看在眼里,随后,他们的一生就这样极为美好地结束了。在这两个人身上,神清楚地表明,对人来说,这样死去比活着要好。阿尔戈斯的男人们围着站在那儿,称羡两个青年的力气,阿尔戈斯的妇女们则称羡生了这样一对好儿子的母亲。

对于这件事以及来自神的夸赞,母亲欣喜不已,她走到神们祭像面前,为如此孝敬她的两个孩子克勒俄比斯和倪雍祈祷,乞求女神赐给他们世人所能得到的最美好的东西。祈祷过后,两个孩子就献祭、吃斋饭,随后他们在这同一座神庙里躺下睡着了,再也没有起来,离开了人世。阿尔戈斯人为他们俩造了立像,立到德尔斐神殿里去,让这两个青年成为最优秀的人的榜样。(1.31)

通过这些故事,梭伦告诉克洛伊索斯:活得善良、勤劳、勇敢、正派就是幸福。在前一个例子中,老人辛劳一生,最终却战死在沙场;在后一个例子中,年轻的生命为了母亲的一次例行公事而死。在梭伦眼里,他们都是幸福之人。然而,他们都是普通人。

王者克洛伊索斯听了心里有些窝火,梭伦见状便对他说:

你所问的是关于人间的事情的一个问题,可是我却知道神非常嫉妒,并且很喜欢干扰人间的事情。悠长的一生使人看到和体验到他很不喜欢看到和很不喜欢体验到的许许多多的东西。我看一个人活到七十岁也就算够了。

倘若有这七十年的话,就会有两万五千二百天,还没计算闰月在内。倘若每隔一年都有一个月份长些(闰月),以便季节适逢其时地相交,那么,在七十年运程中,就会多出三十五个这样的月份,从这些月份中会产生出一千零五十天。这七十年的所有日子是两万六千二百五十天,其中每一天的事情绝对不会完全一样。如此一

来,克洛伊索斯,人世真的无从预料呵。(1.32.1 - 4)

通过"人世真的无从预料"的教诲,梭伦教育克洛伊索斯要树立达观的人生观,即便他是王者。毕竟,

> 我知道神灵多妒忌,我宁愿有成败盛衰交错的人生,也不愿有万事顺遂的生涯。(3.40.2)

听克洛伊索斯讲述梭伦当初如何教导自己之后,居鲁士说:

> 只要这人能与所有的王谈谈,我愿付出大笔财富。(1.86)

居鲁士征服吕底亚后(公元前547年),克洛伊索斯成了战俘,本来要被处以火刑,已站到了柴堆上,居鲁士却让他下来,将这位败将招为谋士,还让他参与枢密会议。居鲁士不"妒忌",他希望克洛伊索斯能为他的帝国梦想提供建言。但克洛伊索斯对居鲁士说:

> 我遭遇的那些事情就是得来的悲惨教训。倘若你自以为并非凡人,又统领着这样一支大军,你就大可不必把我给你提出的看法放在眼里;倘若你已经认识到,自己不过是个凡人,你所统领的其他人也不过如此,那么首先便要懂得,人间万事如转轮($\dot{\omega}\varsigma\ \varkappa\dot{\upsilon}\varkappa\lambda o\varsigma$),这转轮不会让同一些人总是好运($\varepsilon\dot{\upsilon}\tau\upsilon\chi\acute{\varepsilon}\varepsilon\iota\nu$)。现在呢,关于摆在面前的这件事,我的看法与先前那些[波斯]人的看法

相反。(1.207.1–3)

克洛伊索斯所说的"悲惨教训"(ἀχάριτα μαϑήματα)指自己当年到德尔斐神庙求签,问是否应该向波斯人开战。当时他得到的回答是:"你要是越过哈利斯河(吕底斯东部界河),你就可以捣毁一个大国。"这里的"大国"指波斯,克洛伊索斯于是决定向波斯开战,这才导致自己的王国被灭。居鲁士大王听取克洛伊索斯的告诫与克洛伊索斯听取德尔斐神谕,带有某种比喻关系,这就是希罗多德的笔法。

看来,荷马所说的"见识各类人的城郭,懂得他们的心思"的"原史"法则,关键在于认识各类人的伦理性情。希罗多德讲述各种故事,目的正在于培养人们辨识人性差异的能力。基于这样的纪事传统,苏格拉底—柏拉图打造出一种伦理学传统。

希罗多德的 historiē 不是史官笔下的编年纪事,而是对希波战争这样的历史大事件的"探究"。在我国故书中,这种类型的纪事作品出现得很晚,而且并不多见。若将希罗多德的 historiē 译作"历史",难免让我们的年轻人以为他写的是中国史书式的"通史"。

通过文学笔法探究历史大事件以教化我们的年轻人,迄今是我国史学需要学习的任务。毕竟,"见识各类人的城郭,懂得他们的心思",是后现代处境中的中国所面临的刻不容缓的课题。无论对于日本,还是对于美国抑或欧洲大国,我们都不能说已经认识这些城郭,懂得了"他们的心思"。

希罗多德的做戏式"欺骗"

史学史家汤普森说,希罗多德"不但是一位历史家,还是一位诗人"。[①] 对我们现代人来说,很难理解希罗多德何以能够同时是史家和诗人:如果他是诗人,那么他笔下的纪事何以算得上史实,《原史》(旧译《历史》)何以算得上史书?

但对于古希腊人来说,似乎没有这样的问题。柏拉图的同时代人伊索克拉底传授的修辞术,就包括如何用作诗(尤其肃剧诗)"技艺"来写史。在亚里士多德眼里,希罗多德是个擅长"讲传说故事的人"(myth - teller,《动物的生殖》756b7)。但亚里士多德认为,讲述者应该避免不妥当的修辞风格,比如不要含混,除非有意为之。他举希罗多德为例:《原史》描述克洛伊索斯在决断是否奔赴战场时得到神谕,但神谕颇为含混。既然希罗多德许诺要"探究"过去的事情,就

---

① 汤普森,《历史著作史》,第一分册,谢德风译,北京:商务印书馆,1999,页33。

不应该含混,似乎希罗多德在这里的含混并非有意为之。①
在亚里士多德的讲稿中,直接提到希罗多德有 7 次,间接提
到的地方很多,大多带有批评之意。对亚里士多德来说,《原
史》属于作诗式的故事作品(poetic – mythic),而非实证性史
书。②

早在古代晚期,就已有人质疑《原史》乃是凭靠叙事笔法
建构(或虚构)故事,而非在纪事。狄俄多儒斯就说过,希罗
多德的《原史》是为了娱乐读者,他不顾真相,杜撰怪异传说
和神话。言下之意,与其说希罗多德是纪事家(如今称史
家),不如说他是诗人。③

从今天的史学眼光来看,《原史》记叙的许多事情当然是
瞎编,但直到如今,史学界人士仍然很难把希罗多德视为"诗
人"。现代式实证史学专业的压力太大,即便当代极为聪明
且能不被意识形态牵着鼻子走的古史学家,也不敢越过雷池
一步,至多越过半步溜达溜达。④ 如果不受现代史学专业的
掣肘,那么,我们实在有必要提出这样的问题:希罗多德是诗
人吗? 他写《原史》是在作诗吗?

这一问题牵涉到另一个迄今没有定论的争议,即希罗多
德是不是雅典民主政治的鼓吹者。学界公认,《原史》中最具
争议的文本莫过于卷三中那场著名的所谓"政体论辩"。古

---

① 亚里士多德,《修辞学》1407a39,苗力田主编,《亚里士多德全集》,卷
八,北京:中国人民大学出版社,2009。
② 参见巴特基,《史与诗之争》,刘小枫编,《古典诗文绎读·西学卷/古代
编》,上册,北京:华夏出版社,2008,页 200 – 204。
③ 沃尔班克,《纪事与肃剧》,刘小枫编,《西方古代的天下观》,杨志城等
译,北京:华夏出版社,2018,页 59。
④ 比较莫米利亚诺,《现代史学的古典基础》,冯洁音译,北京:三联书店,
2009,页 43 – 50。

典学家各显神通,给出种种解读,但争议仍然得不到解决。①
有趣的是,如此争议恰恰因希罗多德的作诗笔法所致。

　　《原史》宣称要探究一件历史大事:希腊人与波斯人为何
以及如何打了一场战争。希罗多德的探究由诸多大故事构
成,每个大故事包含若干子故事,子故事又夹杂小故事,各种
层次的故事纵横交错地勾连在一起,其间还有不少所谓"离
题话"。若说希罗多德的纪事笔法师承荷马诗作,《原史》中
又并没有中心人物,而是呈现了众多各色人物,从而明显与
《伊利亚特》或《奥德赛》不同。

　　"政体论辩"出现在"大流士当王"的故事之中,这个故
事占 28 节篇幅(3.61-89),只能算子故事,"政体论辩"又
仅占其中 3 节(3.80-82),只能算其中的一个情节。显然,
要理解"政体论辩",不可能将这个文本从其故事织体中抽取
出来孤立地看待。可是,古典学家的解读往往偏偏如此,而
他们这样做又并非没有理由。

奇怪的论辩

　　简扼来讲,事情是这样的。大流士当王之前,以波斯老
贵族欧塔涅斯(Otanēs)为首的反叛集团在政变得手后开会
商讨,新波斯国应该采用何种政体。欧塔涅斯首先发言,他
猛烈抨击君主制,把君王都说成坏人,然后提出,波斯应该从
此废黜君主制,实行民主制。欧塔涅斯说,民主政治的好处

---

　　①　相关文献评议,参见汤普森《政体论辩与波斯人的政治身份》,吴小峰
编/译,《希罗多德的王霸之辩》,北京:华夏出版社,2011,页 250-270。

在于:

> 首先,多数人统治(πλῆϑος ἄρχον)有天底下美好的声
> 名(οὔνομα πάντων κάλλιστον),即平等议政的权利;其次,
> [这种统治]不会做君主(ὁ μούναρχος)才会做的那些事
> 情。(3.80.2)

欧塔涅斯还具体提到,"多数人统治"意味着政治职位靠
抽签决定,偶然中签的任职者对统治承担责任,所有决议均
交付"公共"(τὸ κοινὸν)讨论。在今天看来,欧塔涅斯的主张
是典型的直接民主观,对于克莱斯忒涅(公元前570—前
508)执政以来的雅典人来说,这种主张耳熟能详,而且在希
罗多德时代已经是雅典的政治现实。但如今人们会感到不
可思议的是:雅典人的民主观怎么会跑到波斯贵族嘴里去
了? 在人们的印象中,波斯王国可是东方专制主义的代表。

欧塔涅斯的发言满嘴雅典民主政治修辞。比如,他把掌
握国家大权的君主都说成"僭越者"(ἄνδρα τύραννον):霸占所
有财富,"凌驾于公民之上","妒忌优秀的人","喜欢卑劣的
人,还好听谗言"(3.80.4)。"公民/城邦民"(τοὺς πολιήτας)
也是典型的雅典民主时期的城邦语汇,波斯人并不这样称呼
百姓。最重要的是,"平等议政的权利"(ἰσονομίην)出现于公
元前510年克莱斯忒涅执政时期,而大流士出生于公元前
550年,按希罗多德在这里的说法,似乎雅典的激进民主观是
波斯贵族的发明。

希罗多德下笔时也许已经料到,读者会对欧塔涅斯发言
的真实性产生怀疑。因为,在记叙这场"政体论辩"之前,他
特别说了这么一句:

> 他们有过[下面]这些说法(λόγοι),可有些希腊人
> 就是不信,但他们的确说过。(3.80.1)

这句话非常著名,直到今天,仍然有实证史学家凭此坚
持认为:希罗多德几近于发誓,三位波斯人确实说过他转述
的话。何况,相隔三卷之后,就在读者几乎已经忘了这事时,
希罗多德突然重提:

> 玛尔多纽斯(Mardonius)沿着亚细亚海岸航行抵
> 达伊奥尼亚后,我要说一件伟大而又神奇的事情
> (μέγιστον θῶμα),这对那些希腊人来说尤其如此,因为他
> 们不愿相信,按照当时波斯七君子中的欧塔涅斯的见解,波
> 斯有必要实现民主化(ὡς χρεὸ εἴη δημοκρατέεσθαι Πέρσας)。
> 玛尔多纽斯的确废黜了伊奥尼亚[地区]的所有僭主
> (τοὺς τυράννους πάντας),并在这些城邦建立起民主政体
> (6.43.3)。

照此说来,波斯王国并不敌视民主政制。倘若如此,希
腊人与波斯人相互厮杀,究竟为了哪一桩?

听信希罗多德的信誓旦旦之辞的实证史学家们致力挖
掘史料,力图证明他没说假话,但他们使尽浑身解数,仍然没
法解决两个问题。首先,迄今没有任何文献证明,波斯王国
在大流士当王之前经历过一场革命或政制选择;其次,希罗
多德并没有给出进一步证据,让雅典人相信确实发生过他讲
述的这场论辩。难道希罗多德看似信誓旦旦,其实是在骗
人?这种情形在《原史》中并不少见,比如,按照现代实证史

学的研究成果,希罗多德关于居鲁士的生平记叙几乎完全是虚构。

如今,古典学家大多同意,希罗多德笔下的这场"波斯人的论辩"(Persian Debate)出自虚构。这样一来,人们就有理由从"大流士当王"的故事中把这场"政体论辩"抽取出来单独看待,即把这段文本视为所谓"离题话"。政治哲学路向的古典学家把这场"论辩"视为希罗多德的"政治理论"加以阐发,甚至认为,欧塔涅斯的发言表明,希罗多德关于"人性"的看法与洛克和亚当·斯密差不多。① 可是,如果这段对话文体的"论辩"出自虚构,那么,我们就没有理由认为这里是希罗多德在表达自己的政治观点。文本清楚表明,希罗多德仅仅让三位波斯贵族依次发言,而未加任何评议。三位发言人的"说法"(λόγοι)也颇为简略,除非过度诠释,否则没可能引申出什么"政治理论"。

看来,将这场"论辩"从"大流士当王"的故事中抽取出来,并不能解决这段"题外话"的识读问题。毕竟,即便作为"题外话",三位波斯贵族的言辞仍然是雅典式的,而问题恰恰在于:波斯贵族何以可能讨论雅典民主政制中的政治人才会热议的政制话题?

希罗多德动笔写作《原史》大约是在公元前440年前后,即伯利克勒斯(公元前495—前429年)推行激进民主之后。当时雅典城邦仍在继续革命,并引发了激烈的政治争议:不仅有民主派与仇视民主政体的寡头派之间的党争,民主派内

---

① 欧文,《民主的起步:从〈原史〉卷三80–87看希罗多德的政治学》,刘小枫编,《古典诗文绎读·西学卷/古代编》,上册,前揭,页191。

部也有温和派与激进派之间的党争。① 因此,有古典学家认为,希罗多德笔下这场"波斯人的论辩"很能是在影射当时雅典的政治争纷。毕竟,在如此政治语境中,希罗多德如果想要再现雅典正在发生的政治争议,那么,他不直接记叙发生在雅典的政治冲突,而是放到波斯国中去演义,这并非不可思议。倘若如此,希罗多德特别强调"可有些希腊人就是不信,但他们的确说过",也就无异于刻意欺骗:恰恰是在真实性明显不可信的时候,希罗多德强调他讲的是真事。

这种推想有道理,因为即便在民主的雅典,有些话题也是禁忌。比如,人们不便谈论雅典的民主政权来自一场类似僭政的血腥革命。何况,伯利克勒斯的民主政权也管控意识形态。苏格拉底就提醒过初来乍到的普罗塔戈拉:在雅典说话要小心,不能得罪民主观念。② 但是,即便如此,把雅典政争放进"大流士当王"的政变中来呈现岂不会严重变形? 我们怎么能说,希罗多德是伯利克勒斯的支持者?

史家还是诗人

看来,我们仍然得面对这样的问题:希罗多德是史家还是诗人?《原史》是纪实性史书抑或作诗? 从头到尾读完"大流士当王"的故事,我们很难不同意一位古典学家的说

---

① J. A. O. Larsen, "The Judgment of Antiquity on Democracy," *Classical Philology*, 59 (1954): 1 – 14; Patrick Brannan, "Herodotus and History: The Constitutional Debate Preceding Darius' Accession," *Traditio* 19 (1963): 427 – 438.

② 比较 J. Ober, *Mass and Elite in Democratic Athens. Rhetoric, Ideology, and the Power of the People*, Princeton, 1989。

法:希罗多德的记叙有太多让人生疑的地方,明显带八卦色彩,滑稽甚至搞笑的细节迭出——尽管人物的言辞非常严肃,尤其是希罗多德以类似如今直接引语来表达的言辞。

通篇来看,"大流士当王"的故事亦庄亦谐,但总体上还是呈现出谐剧色彩,无论如何不是纪实风格。既然如此,我们也很难让其中的"政体论辩"褪去亦庄亦谐色彩。希罗多德刚刚让自己的雅典听众听了一耳朵既荒唐又离奇还很血腥的波斯国政变故事,然后,突然之间又让他们看到一场严肃的"政体论辩",他们发现自己耳熟能详的政治观点居然原模原样出现在波斯人嘴里,难免觉得不可思议。也许雅典读者能够心领神会,希罗多德的"但他们的确说过"云云,不过是谐剧式修辞,而我们则应该看到,这种修辞与整个故事的谐剧基调相吻合。

说希罗多德记叙"大流士当王"的故事是在作诗,把过去发生的事当作诗的素材,也并非不可思议。雅典戏剧诗人所采用的作诗题材有两类:传说中的故事和过去发生的事情。化用晚近发生的事情为作诗素材,在肃剧和谐剧中都不少见。埃斯库罗斯的传世剧目中既有《七将攻忒拜》,又有《波斯人》。有的时候,这两类题材还混在一起,很难分清,比如埃斯库罗斯著名的《俄瑞斯忒亚》。我们应该注意到,埃斯库罗斯完成这部剧作那年(公元前458年),雅典公民大会取代卫城山议事会,获得了掌控城邦的实际权力,史称激进民主的标志。在当今的实证史学家眼里,这一事件足以与17世纪英国革命相比较。[1]

---

① 戴维斯,《民主政治与古典希腊》,黄洋、宋可即译,上海:上海人民出版社,2010,页 61–62。

《原史》排除了神话传说,仅仅记叙人们口中传说的[历史]故事,这并没有排除诸神会参与人世的政治生活。在希罗多德笔下,人世间的生存遭遇、行动、幸运与不幸,都跟诸神的意旨、神谕乃至各种难以用神意来解释的异常事件联系在一起。①希罗多德与雅典戏剧诗人的差异主要在于,《原史》用散文体叙事,而非如戏剧那样用诗体念唱叙事——用今天的话说,《原史》是所谓"历史小说"。我们倘若把《原史》当史书来读,遇到荒诞不经的细节或与如今的实证史学研究不相符的地方——笺注家经常指出这类细节——难免会说希罗多德搞错了,甚至会指责他搞欺骗。但若把《原史》当诗作来阅读,我们就不能这么说了:说谎或欺骗不过是作诗的技艺。

倘若如此,解决"政体论辩"的释读就需要提出这样的问题:为什么希罗多德要让只可能出现在雅典的政治论辩发生在波斯王国,而且放在"大流士当王"的故事中而非别处?波斯七君子搞政变,仅仅是为了废黜冒名顶替的王者,政变成功之后应该直接商量由谁接掌王权,可为何希罗多德突然引出选择何种政体的问题?这个问题怎么会产生出来?

无论如何,希罗多德的作诗笔法刻意把雅典城邦走向民主政治的经历与大流士当王的经历叠合在了一起。这仅仅是为了娱乐,让雅典人听一个张冠李戴的故事好玩?

采用谐剧式叙事不等于涉及的事情不严肃,雅典谐剧就既搞笑又无不涉及城邦共同体的重大问题。如果确如诸多古典学家所说,这场关于三种政体孰优孰劣的论辩堪称《原

---

① 梅耶,《古希腊政治的起源》,王师译,上海:华东师范大学出版社,2013,页374、381。

史》中的枢纽文本，那么，我们兴许可以说，"大流士当王"的故事表明，希罗多德关切一个属于人世的永恒问题，即王者问题：政治共同体必须有王者吗？倘若必须有王者，那么，如何区分王者与僭主？僭主也有好坏之分吗？[①]

显而易见，"大流士当王"的故事涉及世袭君主制的一个普遍难题，即王权如何才能正当延续。开国君主大多不乏卓异德性，但他们的儿子往往又并不具备君王品质，该怎么办？世界历史充分证明，世袭君主政体迟早会因不肖子孙而遭遇政治危机。

希罗多德的这个谐剧式故事，未必意在提出他自己解决这一问题的方案。他不过是在讲故事或者说以诗人身份制作，同时呈现一个严肃的政治哲学问题。我们即便不能从中引出什么政治哲学结论，也能从中看到严肃的问题，这样他的谐剧就算达到了目的。倘若如此，我们就值得关注，希罗多德如何以作诗的方式来呈现严肃的政治哲学问题，而这与关注他作为诗人如何写史是一回事。

真假王太子

波斯立国凭靠居鲁士的功绩，因此，居鲁士堪称波斯王国的国父。按照世袭君主制，居鲁士驾崩后，他的儿子有权利继承父亲的王位，但儿子未必有继承王位的德性。居鲁士的长子冈比瑟斯（Cambyses）性情残暴乖戾，不仅派亲信杀死

---

① 参见弗洛瑞，《自由与法纪：残暴僭主与哲人王》，吴小峰编/译，《希罗多德的王霸之辨》，前揭，页 112 – 130；比较 Stewart Flory, *The Archaic Smile of Herodotus*, Detroit, 1987。

自己的胞弟司墨尔狄斯(Smerdis),还肆意要娶自己的亲姐妹为妻(3.30 – 31)。希罗多德说,这个家伙"肯定疯了"($\dot{\varepsilon}\mu\dot{\alpha}\nu\eta\ \mu\varepsilon\gamma\dot{\alpha}\lambda\omega\varsigma$),不然的话,他绝不会蔑视"虔敬和习俗"($\dot{\iota}\varrho o\tilde{\iota}\sigma\dot{\iota}\ \tau\varepsilon\ \varkappa\alpha\dot{\iota}\ \nu o\mu\alpha\dot{\iota}o\iota\sigma\iota$,3.38)。"大流士当王"的故事,就发生在冈比瑟斯统治时期。

冈比瑟斯继承王位后出征埃及,七年之后,他在王城苏撒的管家帕提策忒斯(Patizeithes)成功策动了一次政变,此人是一位墨多斯玛戈。墨多斯人(Mēdos,旧译"美地亚")曾是波斯的统治者(1.102),居鲁士让波斯从墨多斯王国的统治下解放出来,让波斯人成了"自由人"($\dot{\varepsilon}\lambda\varepsilon\dot{\upsilon}\vartheta\varepsilon\varrho o\iota$),而他自己却死于扩张波斯治权的征战(1.127,214)。所谓"玛戈"(magos)是希腊人对墨多斯的拜火教祭司或巫师的称呼——如今的韦伯所谓的担纲者阶层。从前他们是统治波斯的主子,现在是波斯人的仆人。

其实,墨多斯人做波斯人的主子之前,曾受亚述人(Assyrians)奴役,直到墨多斯的民族英雄戴欧克斯(Deioces)让他们成为"自由人",而戴欧克斯则成了僭主(1.95 – 96)。

说来凑巧,这位帕提策忒斯有个玛戈兄弟,不仅名字与居鲁士的次子司墨尔狄斯同名,样子也长得像。由于冈比瑟斯远在国外,而且其胞弟司墨尔狄斯已死的事情一直没有对外宣布,帕提策忒斯就心生一计,让自己的这位玛戈兄弟冒名顶替,以冈比瑟斯胞弟司墨尔狄斯的身份宣布接掌政权。随即,他得到波斯人民拥戴(3.61)。

希罗多德的叙事非常简略,并未交待在我们看来颇为关键的细节。比如,即便有个玛戈与居鲁士的儿子同名,样子也长得像,历史上有这样的巧合也不奇怪,但冒名顶替有那么容易吗?王宫内部上上下下都认识居鲁士的儿子司墨尔狄斯啊。希罗多德对这些可能的质疑未置一词,似乎他很清楚,自己的读者不会像今天的我们那样,把他讲的故事当史书来读,不会去追究故事中的情节或细节是否真实。

帕提策忒斯马上派使者前往正在远征途中的冈比瑟斯军营,直接宣布夺权:今后军队一律听从国王司墨尔狄斯调遣。冈比瑟斯懵了,难道他当初派去杀死其胞弟的亲信普热克萨斯珀斯(Prexaspes)没下手,而是欺骗了他?

冈比瑟斯马上把普热克萨斯珀斯找来问个究竟,后者向他发誓,自己绝没欺骗他,并建议主子盘问帕提策忒斯派来的使者,他是否真见过司墨尔狄斯。使者老实说,自己的确没见过司墨尔狄斯。看来,这位使者从前见过真的司墨尔狄斯,能区分真假司墨尔狄斯。

普热克萨斯珀斯还提醒冈比瑟斯,他委托代理国内政务的帕提策忒斯有个玛戈兄弟也叫司墨尔狄斯。冈比瑟斯这才回过神来:一定是帕提策忒斯趁自己不在国内,搞了一场冒名顶替的政变(3.62 – 63)。

希罗多德的叙述接下来出现突转:冈比瑟斯这时想起,自己早前曾梦见其胞弟继承父位当王。现在,墨多斯的玛戈冒名顶替接掌政权,证明所梦不虚。即便他杀死胞弟也白搭,终归会有人以司墨尔狄斯之名继承王权。想到这些,冈比瑟斯"为司墨尔狄斯失声痛哭"(ἀπέκλαιε Σμέρδιν),惋惜自己的胞弟白白死在自己手中。

希罗多德的雅典读者听见这样的故事细节会怎么想,我们不知道,至少,在笔者听来,一个生性残忍的家伙这样惋惜自己的胞弟非常滑稽。

接下来还有滑稽的事情:冈比瑟斯哭够之后,决定赶回国去惩罚篡权的玛戈。他跃身上马时,佩刀刀鞘的扣子突然松开,刀刃直接刺中他的臀部,而这正是他曾刺伤埃及神阿匹斯(Apis)的部位。冈比瑟斯由此才想起,神谕曾预言,他老了会死在墨多斯一个名为"阿格巴塔纳"(Agbatana)的地方,而眼下他正在叙利亚的一个同样名为"阿格巴塔纳"的地方。冈比瑟斯猛然醒悟到:神谕的意思其实是,他将死于眼下所在的叙利亚的"阿格巴塔纳"(3.64)。

一个人凭靠梦或神谕来解释自己所遭遇的事,是一种古老的迷信,这意味着个人并不能完全掌握自己的命运。其实,直到今天,我们虽然不信神谕,但有的时候还是会对自己的一些个梦感到好奇,似乎它肯定预示了什么。

事情真有那么凑巧?两个同名的"司墨尔狄斯",两个外表长得一模一样的异国人,两个同地名但属于不同国度的"阿格巴塔纳",还有两个同名但属于不同人身的身体部位——臀部。即便这些都真有其事,听起来也太搞笑了。不过,接下来冈比瑟斯做了一件出人意料的事情,却并不搞笑:他把手下要人召集起来开会,对他们发表了一通演说,公开承认自己杀害了胞弟司墨尔狄斯。这篇演说文字不短,而且颇有意思。

冈比瑟斯说,他在埃及时曾梦见家里来的一位使者告诉他,胞弟司墨尔狄斯会当王,因为他头能"触天"——这证明他有真正的王气。由于害怕胞弟得到王位,他就派普热克萨斯珀斯把司墨尔狄斯杀了,而现在他才明白,那个梦并非预言自己的胞弟会当王,而是一个名叫司墨尔狄斯的墨多斯玛戈会篡夺王位。冈比瑟斯表示,自己非常后悔,而且现在还意识到,这件事情远比他想象的复杂。因为墨多斯玛戈实现了一个更大的冒名顶替:先王居鲁士征服了墨多斯,如今,墨多斯的玛戈冒名顶替居鲁士之子司墨尔狄斯施行统治,这意

味着墨多斯人成了波斯人的实际统治者。因此,冈比瑟斯的
演说最后呼吁波斯人起义,用暴力手段推翻墨多斯玛戈的冒
名统治,否则,波斯人永远不得"自由"(ἐλευθέροισι, 3.65.7)。

冈比瑟斯有疯子国王之称,从他嘴里听到"自由"这个语
词,我们难免会觉得滑稽。其实,同一个"自由"语词,可以有
不同的含义。比如,摆脱他国的支配就叫作"自由",也就是
希罗多德所说的政治体的"独立自主"(αὐτονόμιη)——用今
天的话说,就是获得国家主权(1.95–96)。对于雅典人来
说,"自由"指不受主人支配,甚至有"平等参政的权利"。而
冈比瑟斯在这里所说的"自由",则指波斯人支配其他民族或
政治单位的权力,如大流士的父亲对居鲁士所说:

> 是你让受人奴役的波斯人成了自由人,是你让臣服
> 于别人的波斯人成了所有人的统治者。(1.210)[①]

与"自由"相关的语词在《原史》中共71见,主要指民族
或政治单位的"独立自主",即不受别的民族或政治体支配。
名词ἐλευθερίη[自由]共15见,用于如今所谓"个人自由"含
义仅1见(7.135,出现3次);用于政治含义的有14见,其中
用于对外关系即民族或政治单位的"独立自主"的有11见,
用于共同体内部含义的有3见。名词ἐλεύθερος[自由人]有
36见,用于个人含义仅5见,用于政治共同体有30见,剩下
的一次用法是"直言不讳"。

作为动词的ἐλευθερῶ[自由]有20见,用于个人含义仅2

---

① 比较阿沃瑞,《希罗多德笔下的居鲁士》,吴小峰编,《希罗多德的王霸
之辩》,前揭,页195–196及其注释。

见(与"奴隶"相对和摆脱债务),涉及民族或政治单位的"独立自主"的有 18 见。希罗多德的笔法告诉我们,同一个语词的含义,在不同的人那里会有所不同。反过来看,相同人名、相同地名、相同身体部位名称的实际所指大相径庭,一点儿都不奇怪。

当代日本学界最著名的左翼文学批评家柄谷行人说,古希腊人往往把 Democracy 与 Isonomia[平等参政权]搞混,甚至"在《原史》一书中使用了 Isonomia 这一概念的希罗多德也同样不例外"。他的依据是阿伦特的如下观点:

> 自希罗多德以来,"自由"一直意味着这样一种政治组织的形态,即市民不分统治者和被统治者,在一种并无支配关系的状态中共同生活。①

倘若阿伦特的说法可信,那么,希罗多德笔下"自由"一词的"个人自由"含义如此之少,又该如何理解? 尤其是,冈比瑟斯嘴里的"自由"又该如何理解? 看来,无论阿伦特还是柄谷行人,都没有认真读过希罗多德,而是习惯于凭道听途说信口开河。

冈比瑟斯发表演说后就气死了,而听演说的波斯人没谁相信他说的是真话,反倒认为冈比瑟斯在欺骗他们,想让他们卷入冈比瑟斯与其胞弟的王位之争。波斯人不相信居鲁士的儿子司墨尔狄斯已经死了,而这时普热克萨斯珀斯也换了口风,矢口否认他干过杀害冈比瑟斯的胞弟这件见不得人

---

① 柄谷行人,《哲学的起源》,潘世圣译,北京:中央编译出版社,2015,页 18–19。

的事情(3.66－67)。

故事讲到这里,一个关键词已经浮现出来:欺骗。冈比瑟斯首先搞欺骗,悄悄杀死兄长自己当权;墨多斯玛戈帕提策忒斯正是借助这一欺骗搞冒名顶替的欺骗;冈比瑟斯怀疑普热克萨斯珀斯欺骗了他;而冈比瑟斯自己说出真相时,波斯人民却认为他在搞欺骗。我们是否可以说,这个故事隐含的主题是政治"欺骗"呢?

倘若如此,政治"欺骗"就是《原史》的重大主题之一。《原史》卷一讲述的庇希斯特拉图起势,就是靠欺骗。希罗多德后来谈到雅典人时曾说过一句妙言,恐怕也与此相关:

> 显然,欺骗多数人比欺骗一个人要容易得多(*πολλούς γὰρ οἶκε εἶναι εὑπετέστερον διαβάλλειν ἤ ἕνα*)。(5.97.2)

希罗多德讲"大流士当王"的故事给雅典人听,是否与他认为雅典公民被欺骗有关? 如果这说得通,那么,有意思的问题就来了:雅典公民被谁"欺骗"或被什么"思想"欺骗? 看来,"政体论辩"被安排在这个故事中,的确不是偶然。毕竟,希罗多德的《原史》是写给雅典公民看的,而非给波斯人看的——他要告诉雅典人,他们被民主政治修辞欺骗。

密谋推翻冒名顶替的王权

冈比瑟斯死后,冒名顶替的玛戈司墨尔狄斯得以名正言顺地以居鲁士之子的名义执政,尽管仅仅执政七个月就被推翻了。希罗多德说,在此期间,玛戈司墨尔狄斯对待臣民"非常仁慈”（$εὐεργεσίας μεγάλας$, 3. 67. 3），以至于在他死于非命之后，亚细亚各族人民都想念他——只有波斯人除外，因为他骗取了波斯人的王权。

这段说法看起来不经意，却很值得注意，因为，墨多斯人司墨尔狄斯靠欺骗获得政权，算是典型的僭主行为，但希罗多德却说他得到人民爱戴。这一说法模糊了雅典人关于僭政的看法。毕竟，当王的墨多斯玛戈是以居鲁士之子的名义实行统治，在他治下，人民得到“仁慈”对待，甚至有内在的“自由”。要不是接下来的一场政变推翻了墨多斯玛戈的冒名统治，波斯帝国及其所征服的地区都会享有和平和安宁。

冒名顶替的司墨尔狄斯施行统治的第八个月，一个名叫欧塔涅斯的波斯老贵族第一个开始怀疑，这个司墨尔狄斯有可能是假的，因为他总躲在宫里不露面。事有凑巧，欧塔涅斯的女儿斐杜墨（Phaidymē）曾是冈比瑟斯的女人[之一]，冈比瑟斯死后，冒名顶替的司墨尔狄斯又把她纳为自己的女人[之一]。欧塔涅斯派人去问自己的女儿，是否曾给居鲁士的儿子司墨尔狄斯伴睡，斐杜墨回答说，从未见过居鲁士的儿子司墨尔狄斯，也不知道自己伴睡的究竟是谁。

针对“欺骗”的调查开始了。欧塔涅斯虽然没有能够凭靠女儿的身体确认司墨尔狄斯的真假，似乎身体凭靠感觉再怎么也无法确知物自身，但他没有放弃。欧塔涅斯吩咐女儿，夜里同床时寻机摸摸司墨尔狄斯是否有耳朵，若没有耳朵，他必定是假的居鲁士之子。

原来，这位玛戈司墨尔狄斯曾因犯大过被割掉了耳朵。这事在今天看来实在不人道，但对于惩罚罪犯倒不失为行之有效的手段，否则，眼下欧塔涅斯真还不容易坐实这个司墨尔狄斯的真假。

斐杜墨觉得这太危险,一旦被发现搞侦查,她就没命了。父亲鼓励女儿说,这事可不是个人问题,而是国家大事:如果这个司墨尔狄斯是假的,那么,他玷污的就不仅是你斐杜墨的身体,也玷污了我们波斯的王位(3.68-69)。斐杜墨不负父亲交付的使命,夜里伴睡时摸了摸:这个司墨尔狄斯真的没耳朵哦。欧塔涅斯随即联络两位波斯老贵族,他们也已经开始怀疑司墨尔狄斯的真实身份。欧塔涅斯告诉他们,自己已经查证落实,这个司墨尔狄斯肯定是假的。于是三人决定,各自再邀约一位贵族精英,六人一起商讨该怎么办。这时,贵族出生的大流士碰巧来到苏撒城,由于他父亲是居鲁士大王手下的重臣,欧塔涅斯便邀请他加入,六君子变成了七君子(3.70)。

希罗多德接下来讲述了七君子的第一次秘密会议(3.71-73),后来所谓的"政体论辩"其实是第二次会议。关于这次会议,希罗多德花费的笔墨不少,而且戏剧性强,尽管这次会议与后来的"政体论辩"一样,实际发言者都是三位。笔者相信,如果没有很好地理解这场对话,就不可能恰切理解后来的"政体论辩"。

按希罗多德的口吻,这次会议似乎意味着七君子成立了一个旨在推翻僭主统治的政党,因为他说"这七人结成同盟,他们相互立下誓言"(*συνελθόντες οὗτοι ἐόντες ἑπτὰ ἐδίδοσαν σφίσι πίστις καὶ λόγους*,71.1)。大流士首先发言,说自己匆匆赶来苏撒城,就是为了除掉冒名顶替的司墨尔狄斯,最好马上举事,一天也不要等。大流士其实是在撒谎,因为他回到苏撒城后才得知国王的事情。换言之,大流士颇有政治素质,善于把握时机——军事术语叫"捕捉战机"。①

欧塔涅斯对大流士的勇敢表示欣赏,但批评他不够"节制"($\sigma\omega\varphi\varrho o\nu\acute{e}\sigma\tau\varepsilon\varrho o\nu$)。欧塔涅斯提醒说:现在我们人手不够,得联络更多人才能举事。大流士反驳说:那样的话,你们就得把真相告诉更多人,但你们没把握让被告之的每个人都相信你们说的是真话;即便对方相信你们说的是真话,也未必会对你们忠诚,而一旦走漏风声,你们全都会死得很惨。

这段对话让我们看到,大流士行事考虑周全,头脑比欧塔涅斯好用得多。欧塔涅斯批评大流士不够"节制",而真正不够节制的实际上是他自己。大流士很清楚,现在七君子手中还没有权力,真话并不会让所有世人跟从。冈比瑟斯临死前讲了真话,但没有人相信,因为使者已经宣布废除了他的权力。由此看来,大流士显得深谙人世政治的本相,而欧塔涅斯在这方面差不多是懵的。

欧塔涅斯又说,王宫守卫森严,他们怎么能进去对两个篡权的玛戈下手呢?这个问题表明,在实践行为方面,欧塔涅斯的脑子也不管用。大流士在回答这个实际问题时,先说了这样一句话:

> 许多事情不能靠说法($\lambda\acute{o}\gamma\omega\ \mu\acute{e}\nu$)而只能靠行动($\acute{e}\varrho\gamma\omega\ \delta\acute{e}$);但有的时候,事情凭言辞($\lambda\acute{o}\gamma\omega\ \mu\acute{e}\nu$)就够[清楚]了,无需靠从言辞得出的行动。(72.2)

这话让我们看到,大流士颇有实践智慧,他懂得言辞其实就是一种行动——这也是人世政治的一种本相。如果说

---

① 参见弗洛瑞,《自由与法纪:残暴僭主与哲人王》,前揭,页116。

大流士从外地赶来苏撒城表明他有正义德性,那么,以上的对话已经让读者看到,大流士集古希腊的四枢德(正义、智慧、节制、勇敢)于一身。相比之下,欧塔涅斯至多有正义德性,谈不上勇敢,尤其缺乏实践智慧,因为他分不清什么是真正的"节制",当然也谈不上有"节制"德性。由此可以说,真正的节制来自实践智慧。

大流士说,要进入王宫不难,因为他们都是波斯国的上层人士,有权出入王宫。何况,他还可以谎称其父派他进宫给国王送情报。大流士其实说的是常识,欧塔涅斯却想不到这一点,显然脑筋笨。这里再次出现"欺骗"的主题,绝妙的是,希罗多德甚至让他笔下的大流士随之还就说谎的正当性发表了一通高论:

> 但凡有必要说谎,就得说谎。我们说谎也好,讲真实也罢,最终都是为了追求同样的目标。说谎不外乎为了自己的利益而[想要]说服他人,说真实也不外乎为了唤起更多的信赖并获取利益,所以,这两种不同的方式要达到的目的没有什么不同。如果不考虑获益,那么,说真话与说谎就没什么不同。(3.72.3)

这段话听起来让大流士得到了自我辩护,但在眼下的文脉中,搞笑的是,墨多斯玛戈的冒名顶替行为也得到了辩护,以至于七君子密谋推翻玛戈的统治失去了正当性。不仅如此,希罗多德自己眼下在说谎还是讲真话,也殊难断定。比如,他一会儿说冒名顶替的司墨尔狄斯是个好王,亚细亚各族人民都爱戴他,一会儿又说,这个司墨尔狄斯从前是个罪犯,被割掉过耳朵。这些说法让人搞不清楚,冒名顶替的司墨尔狄斯究竟是好人还是坏人。

大流士发言后,七君子中一个叫戈比茹厄斯(Gobryēs)的贵族人士发言,他支持大流士的看法。于是,会议作出决议:必须马上动手(3.73)。接下来情节又出现突转,希罗多德话分两头说:七君子开会时,两位掌权的墨多斯玛戈已经在打主意收买普热克萨斯珀斯,因为他在波斯人中很有声望,而且知道现在的国王是冒名顶替;何况,冈比瑟斯曾伤害过普热克萨斯珀斯的儿子,收买他应该不难。

两位墨多斯玛戈把普热克萨斯珀斯找来,希望他去城楼对波斯人民发表一场演说,以他的声望告诉民众,冒名顶替的司墨尔狄斯是真的居鲁士之子。并且许诺,只要不讲真话,他就会得到很多财富——这不是让他公然欺骗人民嘛。

普热克萨斯珀斯满口答应,两位玛戈没想到,当他们把波斯人民召集起来听普热克萨斯珀斯演说时,这位波斯要臣没有欺骗人民,而是欺骗了两位墨多斯玛戈:他承认自己杀死了居鲁士之子司墨尔狄斯。他还说,此前他隐瞒真相,是因为他若讲真话会有危险,现在却不会有这样的危险。最后,普热克萨斯珀斯呼吁波斯人从墨多斯人手中夺回王权,说完就从城楼上跳下坠死(3.75)。从普热克萨斯珀斯身上,我们可以看到国家利益高于个人利益——这也是人世政治的本相。

为什么普热克萨斯珀斯此前讲真话有危险? 显然,危险来自冈比瑟斯。如今,他若讲真话同样危险——来自墨多斯玛戈的危险,但他却认为没有危险。雅典人听希罗多德的故事听到这一幕,不会觉得普热克萨斯珀斯跳楼是一出肃剧,只会觉得这是一出谐剧。至于我们,故事读到这里,倒值得回忆一下,希罗多德在前面提到,大流士曾说,不可太过信任他人的忠诚,人说变就变,真还说不准。

更有意思的是,希罗多德刚刚让我们看到大流士关于说谎与讲真话的一通高论,紧接着就让我们看到,普热克萨斯珀斯如何用自己的行动从说谎变成讲真实,从而印证了这通高论有道理。在不同的处境下,普热克萨斯珀斯就同一件事情要么说谎,要么讲真实:此前当冈比瑟斯对他产生怀疑时,普热克萨斯珀斯讲了真相;冈比瑟斯一死,他就矢口否认有这回事,显然是说谎。

希罗多德并没有提到,波斯人民在听了普热克萨斯珀斯的演说之后为何没有起义,冲进王宫杀掉冒名顶替的国王。七君子在前往王宫途中得知普热克萨斯珀斯以身殉国,赶紧停下来商量,怎么应对这一突发情况,这应该算是第二次革命党会议。

希罗多德没有讲述会议的具体情形,但我们可以注意到,这个政党的成员之间一直有分歧,而且主要是大流士与欧塔涅斯等最早的六君子之间的分歧,希罗多德称这些人是"欧塔涅斯周围的人"(*οἱ ἀμφὶ τὸν Ὀτάνεα*)。

六君子一致认为,目前局势混乱,不能匆忙动手,应该等待局势明朗。大流士力排众议,坚持认为必须马上动手,于是这群革命党人又争吵起来。由于没有权威,论争得不出结果。这时,七君子看见天上有七对鹰在追捕两只兀鹫,并很快将其撕裂,欧塔涅斯等人这才同意大流士的意见,他们应该马上动手(3.76)。

希罗多德的读者听到这个细节会怎么想?他们很可能会想到雅典公民大会上的争吵。但他们同时也会觉得好笑。毕竟,凭靠天上突然出现了七对鹰,大流士的决断才被证明正确,否则议而不决的状况还会延续。

果然如大流士所料,来到王宫后,七君子的身份让他们得以顺利进入王宫。进内宫时受到宦官阻拦,七君子二话不说,杀掉宦官,直扑内宫。两位玛戈这时正在商量如何应对普热克萨斯珀斯自杀惹出的麻烦,听见内宫外有打杀声,赶紧操起家伙保护自己。

希罗多德没有说——但我们能够推想,两位玛戈肯定以为,眼下的叛乱是普热克萨斯珀斯以身殉国的结果。但听希罗多德讲故事的雅典人或者作为读者的我们却很清楚,两件事情其实不相干。换言之,希罗多德的记叙具有一种戏剧效果:剧中人并不知道全局,观众或读者却知道。

七君子与两位玛戈在内宫展开了一场厮杀。我们应该感到奇怪:七人对付两人很容易啊。但按希罗多德的讲述,革命党人显得很吃力:七君子中有两位负伤,一个被长矛刺伤眼睛,另一个被长矛刺伤"大腿"。

希罗多德还特别讲述了这样一个细节:戈比茹厄斯和大流士在一间内室里与一个玛戈缠斗时扭在了一起,他呼唤大流士赶紧从背后刺杀玛戈,大流士却迟迟不动手。原来,内室光线不好,大流士担心误伤同仁。戈比茹厄斯大喊:不用担心,自己就算被误伤也在所不辞。希罗多德说,大流士终于下手,但他恰好刺中敌人而非误伤同志,则纯属偶然(3.77–78)。希罗多德在前面的讲述中已经展示了大流士的德性:勇敢,节制,行事果决,言辞和行动都显得出类拔萃。这个室内打斗细节则应该让我们想到,在瞬息万变的政治现实中,即便是德性卓越之士,也会有束手无策的时候。

七君子割下两位玛戈的首级,受伤的两位留在宫中,其余五位革命党人拎着首级跑出王宫,开始唤醒民众。按希罗多德的讲述,革命党人唤醒民众的方式是:展示手中拎着的两个玛戈首级,向波斯人民宣告已经推翻王权,还杀掉一路上碰见的所有墨多斯玛戈,以便让人民亲眼看见他们如何见一个墨多斯玛戈就杀一个。读到这里,我们难免会想:为何普热克萨斯珀斯以身殉国没有唤醒民众,直到革命党人采取暴力行动才唤醒了民众?

希罗多德在前面两次提到,人民被告知现在当权的司墨尔狄斯是假的——冈比瑟斯在临死前的演说中说出过真相,普热克萨斯珀斯自杀前也说出过真相。但人民都不相信。直到看见革命党人手中拎着的首级,人民才相信墨多斯玛戈们的背叛。于是,民众跟随革命党人做"同样的事情":拿起匕首,见墨多斯玛戈一个就杀一个。希罗多德特别提到,若非夜幕降临,波斯国的墨多斯玛戈会被杀个精光。即便如此,这一天还是成了波斯人的节庆,节日名称就叫"血洗玛戈"或干脆叫"屠巫节"($\mu\alpha\gamma o\varphi\delta\nu\iota\alpha$;3.79)。

雅典人听希罗多德的故事讲到这里会有怎样的感觉,今天我们已无法知道。至少从希罗多德不动声色的讲述来看,他让这个"血洗玛戈节"显得是出谐剧。

何种政体最佳

紧接着就到了著名的"政体论辩"段落。希罗多德记叙说,"这场动乱/骚乱"($\delta\,\vartheta\delta\rho\upsilon\beta o\varsigma$)发生之后五天,局面才平静下来。希罗多德对"动乱"景象未置一词,我们可以推想,不外乎是"血洗"持续了五天——用今天的话来说就是"屠杀"。至于动乱怎样才停歇下来,希罗多德也没有说。

这时,七君子——希罗多德称"叛乱者"($o\widehat{\iota}\,\dot{\epsilon}\pi\alpha\nu\alpha\nu$-

στάντες)——聚在一起开会"商议国是"(ἐβουλεύοντο περὶ τῶν πάντων πρηγμάτων):推翻冒名顶替的司墨尔狄斯统治之后或者说国家"动乱"之后,波斯应该采用怎样的政体。

希罗多德以演示的方式来展示这场"政体论辩":让三个人物有如戏剧角色般逐一登台演说。要理解三位发言人的言辞,就得与发言人的戏剧性格联系起来,亦即与希罗多德在整个故事中让我们看到的发言人的个性联系起来。

欧塔涅斯首先发言。他说,"[国家]大事应该交给全体波斯人"(μέσον Πέρσῃσι καταθεῖναι τὰ πρήγματα),他们中间没有谁应该成为"君主"(μούναρχον)。用今天的说法,欧塔涅斯主张的政体是所谓的直接民主制。欧塔涅斯出身贵族,他为什么会提出这种主张呢?当初他发起倒王同盟时,可不是为了实现直接民主,而是为了还君主真面目。

现在欧塔涅斯却说:瞧瞧冈比瑟斯吧,他的"肆心"(ὕβριν)大家有目共睹,冒名顶替的司墨尔狄斯的"肆心"则让我们蒙受痛楚。按希罗多德在前面的讲述,冈比瑟斯"肆心"确有其事,但未见冒名顶替的司墨尔狄斯"肆心",他出面冒名顶替也是自己的玛戈兄弟安排的,何况,他施行仁政。

欧塔涅斯进一步提出,哪怕是人世中"最优秀的人"(τὸν ἄριστον ἀνδρῶν πάντων),也不能让他当君主。因为即便他最优秀,一旦独掌权力,权力和财富也会改变他"已经养成的思想[品质]"(τῶν ἐωθότων νοημάτων),使他变得"自大"。何况,"妒忌"是人与生俱来的本性,最优秀的人也不例外。这一说法的确算得上一种民主理论,直到今天还能在我们的朋友们中听到类似的说法。

欧塔涅斯的观点基于他对人性的一般认识。如果他有足够的智识能力,对人性差异如卑劣与卓越的差异有清楚的认识,那么,我们就值得认真看待他对重大政治问题的理解。可是,欧塔涅斯仅仅把"自大"和"妒忌"视为几乎所有坏统治的根源,而且他不能分辨什么样的人才算得上"优秀的人",这表明他在智识上有欠缺。我们不是坏人,但不能设想世上没有坏人;同样,我们不是优异的人,但不能设想世上没有优异的人。严格来讲,正如坏人会坏得来超乎我们的想象,同样,好人也会好得来超乎我们的想象。因此,重要的是区分什么是好、什么是坏。如果有人一旦独掌权力马上就变得自大或肆心,那么,脑筋正常的人绝不会把这种人视为"优秀的人"。

欧塔涅斯的根本观点是,权力这个东西本身很坏,切不可让一个人独自掌握。一个人再怎么优秀,一旦单独掌握权力就会败坏。因此,对欧塔涅斯来说,"君权"(μουναϱχίη)直接等于无法无天的任意妄为,所有国王都必然是坏人。欧塔涅斯的说法显然代表了雅典民主时期最为流俗的民主观念,直到今天,还有不少西方人认同欧塔涅斯的观点。

希罗多德为何要让欧塔涅斯这个人物来充当民主观念的代言人? 回想希罗多德此前关于这个人物的描述,我们就应该意识到,欧塔涅斯欠缺思考能力,他分不清什么是真正的君主或何谓"优秀的人",正如他分不清什么是真正的"节制"。此外,欧塔涅斯还喜欢言过其实,比如他说,君主无不"擅改祖传宗法,欺凌妇女,不经审判就处决人"。

转述这句话的希罗多德知道,波斯有一项"贤明的规定":"任何人,甚至包括国王,都不能以单独一桩罪行杀死任何人"(1.137)。对照欧塔涅斯在这里对君主的一般性攻击与希罗多德关于波斯国王的说法,雅典的聪明人难免会想,希罗多德让欧塔涅斯充当民主政治的代言人有可能是在暗示,只有头脑简单、不明事理却又有一股子政治热情的人,才会相信这套观念。

接下来发言的波斯贵族名叫美伽比佐斯(Megabyzus),前面的故事没有提到此人有过什么行为,我们无从得知他的个性或德性,只能单看他的言辞本身。美伽比佐斯赞同欧塔涅斯应该"终止僭政"($\tau\nu\varrho\alpha\nu\nu\iota\delta\alpha\ \pi\alpha\nu\omega\nu$)的说法。但我们应该注意到,欧塔涅斯在前面用的是"君主制",并没有用"僭政"这个语词,尽管他的确把"君主"与"僭主"混为一谈。美伽比佐斯一开始就接受了这种混淆:君主等于僭主。冒名顶替的司墨尔狄斯的确既称得上是"君主"——他毕竟被人民当作居鲁士的儿子,又称得上是"僭主"——他毕竟是冒名顶替。由此看来,前面的真假司墨尔狄斯故事为这种混淆提供了前提。反过来说,政治现实的含混,的确让人难以分辨君主、僭主和暴君。

美伽比佐斯似乎同意所有君主都是僭主。但奇妙的是,紧接着他就把欧塔涅斯所说的僭主劣性挪到了"民众"身上——"最不可理喻、最肆心的莫过于愚昧的民众"($\dot{o}\mu\iota\lambda o\nu\ \gamma\dot{\alpha}\varrho\ \dot{\alpha}\chi\varrho\eta\iota o\nu\ o\dot{\nu}\ \delta\acute{\epsilon}\nu\ \dot{\epsilon}\sigma\tau\iota\ \dot{\alpha}\xi\nu\nu\epsilon\tau\dot{\omega}\tau\epsilon\varrho o\nu\ o\dot{\nu}\ \delta\grave{\epsilon}\ \dot{\nu}\beta\varrho\iota\sigma\tau\acute{o}\tau\epsilon\varrho o\nu$)。美伽比佐斯甚至认为,即便僭主有种种劣性,他"在做什么事情时,至少知道自己在做什么"($\gamma\iota\nu\acute{\omega}\sigma\kappa\omega\nu\ \pi o\iota\acute{\epsilon}\epsilon\iota$),而民众则完全缺乏这种"知道"($\gamma\iota\nu\acute{\omega}\sigma\kappa\epsilon\iota\nu$)。回想希罗多德在前面的记叙,民众跟随"反叛者"血洗墨多斯玛戈搞大屠杀,无异于为这里的说法提供了证明。

美伽比佐斯最为看重的人性要素是智识,他反对欧塔涅斯认为应让"多数人"($\tau\dot{o}\ \pi\lambda\tilde{\eta}\vartheta o\varsigma$)成为统治者的观点,认为这实在不"明智"。美伽比佐斯似乎暗示,欧塔涅斯在革命过程中多次表现得不明智,可想而知,他的看法也不会明智。美伽比佐斯反驳的要点在于欧塔涅斯对民人和"优秀的人"的看法,这意味着,欧塔涅斯对这两类人的看法不明智。欧塔涅斯不相信有"优秀的人":如果经得起权力腐蚀的人才堪称"优秀",那么这样的人是没有的,因为谁都有与生俱来、无法克服的人性弱点。欧塔涅斯没有考虑到,是否只要让多数人分享权力,权力对人的腐蚀问题就解决了。

美伽比佐斯强调,优秀的人首先意味着明智,懂得区分好坏对错。这意味着,真正优秀的人懂得权力是何物,以及应该用它来干什么。正如对待同一件事情不同的人会有不同的态度或行事,对待权力同样如此。美伽比佐斯进一步说:

> 多数人怎么会有理知呢? 没谁教民众理知,而民众又不能自发地看到美好的东西是什么样($εἶδε\ καλὸν$);毋宁说,多数人有如山洪一样,没头没脑地($ἄνευ\ νόου$)冲击国政。

在《原史》一开篇,希罗多德就说到"没头脑之人"($ἀνοήτων$)与"明智之人"($σωφρόνων$)的区分(1.4),似乎这是人世中最基本也最重要的常识。由此可以理解,美伽比佐斯搞不懂为何有人就是不明白如此简单明了的道理,他只能如此推论:除非"一门心思要波斯遭灾",否则,没有哪个"明智之人"会推崇直接民主式的多数人统治。

美伽比佐斯主张"一批优秀的人"($ἀνδρῶν\ τῶν\ ἀρίστων$)掌握权力,但他并没有论证,为何"一批优秀的人"好过一个优秀的人掌握权力,或者说,为何贤良政体优于君主政体。美伽比佐斯的发言很简短,但他观点的缺陷在这个语境中显露无遗:首先,在座的七君子算得上"一批优秀的人",但其中却有欧塔涅斯这样的脑筋不明智之人;其次,他说多数人不能自发地看到美好的东西是什么,但眼下的情形表明,少数人也未必能自发地看到美好的东西。

由此,我们似乎可以看到这场所谓"论辩"的内在逻辑脉络:美伽比佐斯以是否明智为依据,否定了欧塔涅斯的主张,大流士以同样的依据否定了美伽比佐斯的主张。大流士发言时首先说,美伽比佐斯对民主制的看法"正确",但他实际上主张的是"寡头制"(ὀλιγαρχίη)。

我们应该感到奇怪:美伽比佐斯在前面并没有提到具体的政制形态,他只是简单地说,应该由"一批优秀的人"掌握政权,并说眼下在座的就是这样的优秀分子。换言之,他的主张听起来像是贵族制,为何大流士要把他的看法说成是在主张"寡头制"呢?如果中性地使用这个语词,我们至多可以说,美伽比佐斯主张的是精英制。

在前面的叙事中,大流士已经逐渐成为主角,他的言和行都显出他算得上"优秀的人"。现在我们来看他的发言怎么说,或者看这位"优秀的人"在这场讨论中何以优秀。

前面两位的发言分别否定了一人掌权的君主制和多数人掌权的民主制,大流士则首先承认,应该把三种政体都视为"最佳"(ἀρίστων)政体,亦即有"最佳的民主制、最佳的寡头制和最佳的君主制"。换言之,无论民主制、精英制还是君主制,都有其最劣形态。言下之意,用最佳的民主制比最劣的君主制或精英制,当然会得出民主制最好的结论。显然,这正是欧塔涅斯的逻辑,而美伽比佐斯的逻辑同样如此,即用最佳的精英制比最劣的民主制。大流士提出,政体比较应该比最佳,从中选出最佳政体,而非用一种政体的最佳去比另一种政体的最劣。

基于这样的比较原则,大流士说,君主制的最佳比另外两种政体的最佳"要突出得多"(πολλῶ τοῦτο προέχειν)。君主制的最佳相较于民主制的最佳更为突出,其理由是"一个最佳之人"(ἀνδρὸς ἑνὸς τοῦ ἀρίστου)有能力"凭靠见识完美无缺地看顾人民","在拟定对付[国家]敌人的计划时隐藏(σιγῶτό)得最好"。这意味着,权力的首要用途是"看顾人民"(ἐπιτροπεύοι)和应付外敌,而运用权力则需要"凭靠见识"。民主制的最佳恰恰勾销了对共同体的福祉来说必不可少的权力,导致共同体难以应付外敌。即便今天,人们从各世界大国的较量中也可以清楚看到,直接民主制没法应对外敌。

大流士尤其提到,"一个最佳之人"在对付[国家]敌人时"隐藏得最好",这显然有自我夸耀的意味,因为在密谋议会上,正是他反对欧塔涅斯再联络别人以免走漏风声。不过,这话在否定欧塔涅斯的观点的同时,也肯定了美伽比佐斯观点中的一个要点,即见识。尤其重要的是,大流士纠正了欧塔涅斯对权力的看法:人民或共同体的福祉需要权力来"看顾"。就此而言,大流士的主张倒显得与现代人霍布斯比较接近。

接下来,针对美伽比佐斯认为"一批优秀的人"统治最佳的看法,大流士提出驳议如下:一群优秀的人在一起容易起争纷,甚至最终导致血腥冲突。

> 寡头制往往会滋生个人之间强烈的敌对情绪,因为许多人都想要在共同体(τὸ κοινὸν)面前证明自己优异。个个争居首位,贯彻自己的见解。于是,他们陷入激烈

倾轧，党派之争由此而生（στάσιες ἐγγίνονται），随党派之争而来的是血腥混乱（ἐκ δὲ τῶν στασίων φόνος），而恰恰是从这种血腥混乱中，君主制（μουναρχίην）应运而生。由此可以看到，这种[政体]何以最佳。（3.82.3）

　　如果说民主制的缺陷在于共同体的安危得不到保障，那么，精英制的缺陷则在于权力的德性得不到保障，即精英们拉帮结派、争强好胜。如果说美伽比佐斯与欧塔涅斯的对立是少数能人与多数没脑筋的人的对立，那么，大流士与美伽比佐斯的对立就在于，大流士看到能人之间也会起争纷。这意味着少数能人仍然有德性问题：如果说欧塔涅斯忽略了明智德性，那么，美伽比佐斯忽略的就是正义德性。大流失的逻辑显得是这样：只要共同体中有能人存在，就会出现激烈党争；党争必然给共同体带来血腥混乱，只有"一个最佳之人"才能终止混乱。

　　随之，大流士又把矛头转过来对准欧塔涅斯，从而将美伽比佐斯的主张与欧塔涅斯的主张绑在一起：

　　　至于民人统治，则不可能不滋生邪门歪道（κακότηταἐγγίνεσθαι），而一旦滋生出来的邪门歪道进入公共生活，坏人们中间就不会产生敌对情绪，反而会形成强有力的友谊。因为，那些损害共同体利益的人会狼狈为奸（συγκύψαντες ποιεῦσι）。这种情况会持续很久，直到某个人民领袖（προστάς τις τοῦ δήμου）出来终止这种状况。由此，这个[人民领袖]得到人民（ὑπὸ τοῦ δήμου）颂扬，而这位受到颂扬者才现身成为君主。（3.82）

大流士的观点似乎是：只要有共同体存在，就会有品性拙劣的人甚至坏人，而在缺乏独一权威的情况下，坏人必然形成势力，进而给共同体带来损害，因此，只有"一个最佳之人"才能终止这种损害。

真可谓一箭双雕。一方面，针对美伽比佐斯对"民众"的看法，大流士区分了民众与民众中的坏人。从世界历史的角度来看，民众中坏人毕竟占少数甚至极少数，但恰恰是极少数坏人会让民众在整体上受害——纳粹德国就是证明。

另一方面，针对欧塔涅斯把君主与人民对立起来的观点，大流士认为，真正的君主来自人民，而且得到人民的拥戴。从世界历史的角度来看，自从英国革命和美国革命以来，这样的观念就寿终正寝了。

大流士以下面这段话来结束自己的发言：

> 总而言之，我们[波斯人]的自由从何而来？谁给予我们自由？人民吗？精英制吗，还是君主制？我坚信，我们是靠一个人（ἕνα ἄνδρα）而得到自由的，我们必须坚持君主制；再说，我们父传的法制那么好，我们不可废掉。（3.82）

大流士的意思是，我们必须回到传统，即居鲁士所开创的波斯人的"自由"传统，它与欧塔涅斯所理解的基于"平等参政权"的自由不是一回事。

我们已经看到，这段所谓"政体论辩"是一场戏，若要凭此推断希罗多德关于最佳政体的观念，就太过夸张了。希罗多德是在对雅典人讲故事。他让雅典人看到，波斯人早就面临过民主政体观念的挑战，而且并非没有实现民主政制的机会,但波斯的聪明人否定了这一提案。这显然是希罗多德编造的八卦故事,但与肃剧或谐剧的"作诗"一样,希罗多德要让自己的故事起到公共教育作用,即促使雅典人反省自己的"自由"骄傲。

希罗多德让我们看到,这次政制选择"会议"以欧塔涅斯对君主(等于暴君)的指控开始,以对君主的肯定结束。希罗多德说,七君子中仅有三人发表了意见,其余四人投票赞成大流士的观点。于是,革命党作出决定,波斯实行君主制。在雅典公民眼里,波斯人以民主的投票方式决定了新的君主制,这显然是一出谐剧。

大流士如何靠民主方式当王

果然,希罗多德继续讲述说,欧塔涅斯本希望在革命后的波斯推行"平等参政权",亦即推行民主,见得不到多数党员响应,于是只好说:

> 诸位同志(Ἄνδρες στασιῶται),显然,我们中间有人得当王啦,问题仅仅在于,我们是抽签选,还是让波斯人民来决定,抑或用别的方式来定。至于我嘛,我不会与你们争,因为我既不愿意统治也不愿意被统治。

这里的"同志"也可以译为"党员",希罗多德让笔下的欧塔涅斯对同仁用这种称呼,让笔者感到吃惊:欧塔涅斯的政党意识如此强烈,可他创建的这个政党内部竟然暗藏着三种互不相容的政体观。同一个政党内居然会有不同的政体偏好,这怎么可能啊?

我们不得不重新考虑,希罗多德的这个"大流士当王"的故事究竟是什么意思。让我们简要回顾整个故事的线索:波斯国因冒名顶替的司墨尔狄斯而出现政治危机,而这一危机的形成又与波斯的扩张有关;欧塔涅斯在危机时刻组建了一个党,大流士最后才加入,但很快脱颖而出;推翻冒名顶替的君主之后,决定波斯未来的是欧塔涅斯组建的这个党。如果这个党自此以后一直存在,波斯帝国即便继续实行君主制,也不会再是世袭君主制,新君主将必须由党来选拔。这意味着,新的政体中包含美伽比佐斯所说的精英制要素。

但是,现在欧塔涅斯宣布,既然党决定实行君主制,那么他就退出"当王"(βασιλέα γενέσθαι)竞选,这无异于破坏了党的团结。欧塔涅斯还提出,他退出竞选有一个条件,即他本人及其子孙不受在座任何一位支配,亦即不受竞选出来的王者支配。欧塔涅斯的这一要求无异于退党,但他毕竟是这个波斯革命党的创始人,对他提出这样的条件,其他六位同志都表示接受。希罗多德说:

> 直到今天,[欧塔涅斯家族]仍是波斯人中唯一自由的家族,仅仅出于自愿才服从[国王],当然,[这个家族]也不可违背波斯人的法律。(3.83.3)

雅典人听见这样的说法八成会感到好笑:与他们处于交战状态的波斯国,竟然也有"自由的家族"(ἡ οἰκίη ἐλευθέρη)?雅典人与波斯人之战可是捍卫自由之战哦。今天的我们感到好奇的是,"自愿服从"(ἄρχεται τοσαῦτα ὅσα αὐτή θέλει)这个说法不就是后来拉博埃西所谓的"自愿被奴役"吗?

欧塔涅斯退出竞选后,六位党员同志进一步商议如何选谁"当王"。他们首先议定了三件事情:第一,无论谁当王,都得每年给欧塔涅斯家族支付年金和相应的财物,以铭记他建党有功;第二,无论谁当王,其他老党员都有权随意进入王宫,除非国王正在同女人睡觉——这意味着,元老有平等参与王权的权利;第三,无论谁当王,他都必须在七位老党员的家族中挑选女人做老婆(3.84)。

这三项决议表明,大流士领导的党最终还是采纳了欧塔涅斯的民主制要素,即尽量让权力分散。尤其是国王产生的方式,几乎可以说是民主的方式,即与欧塔涅斯说的抽签差不多。我们看到,会议规定,次日天亮时,各位骑马到郊外会面,谁的马先嘶鸣,谁就当王。

大流士的马夫是个"聪明人"($\dot{\alpha}\nu\dot{\eta}\rho$ $\sigma o\phi\dot{o}\varsigma$),名叫欧伊巴热斯(Oibares)。大流士告诉他,选举国王的方式如何如何,并问他是否有把握让自己的马最先嘶鸣。欧伊巴热斯让主子放心,说这很容易,因为"我会有药的"。第二天几个人郊会时,大流士的马果然最先嘶鸣。其实,欧伊巴热斯所谓的"药"($\phi\dot{\alpha}\rho\mu\alpha\kappa\alpha$),不过是预先做了手脚,让大流士的牡马一闻到牝马的味道就因情欲勃发而嘶鸣(3.85 – 87)。

在整个"大流士当王"这个故事中,欧伊巴热斯是唯一有名有姓的臣民——在雅典应该叫公民。大流士最终能当上王,并非靠抽签式的运气,而是靠搞欺骗。这意味着,直接民主只能以欺骗的方式来实现。

大流士就这样成了居鲁士之后的第三代波斯国王。希罗多德说,大流士夺权之后,首先做了两件事情:第一,娶了四个女人做老婆,她们都出自波斯"最高贵的家族";第二,立了一块石碑,上刻骑着马的大流士像,以纪念自己当王。

一点感想

这就是希罗多德讲述的"大流士当王"的故事。希罗多德说,这个故事是他听来的。为了证实这一点,希罗多德在最后说到欧伊巴热斯搞欺骗,让大流士的马最先嘶鸣时,还提供了另一个不同版本的说法。读者是否应该想到,整个"大流士当王"的故事也可能还有别的版本呢?

无论如何,希罗多德通过这个说法告诫读者,切莫以他说的故事为准。听故事重要的不在于事情的真假,而在于言辞。这让笔者想起,施特劳斯在给友人的信中表达了如下阅读希罗多德的感受:《原史》是"一本带有言辞(logoi)即故事(Geschichten)解毒剂的关于言辞(logoi)的书"。① 按笔者的粗浅理解,这话的意思是:世上的很多说法[言辞]难免有毒——毒害常人的正常心智,但解毒也只能凭靠说法[言辞],这种言辞就是高妙的故事。

由此可以理解,希罗多德编故事的言辞会让施特劳斯在读《原史》时进入"痴迷状态"——

> 关于希罗多德,我真的服了,对这样一种技艺(= 能力)佩服得五体投地。我幸运地发现,他的作品的确是我所知道的柏拉图唯一的范本(我们关于肃剧作家——举例来说——所了解的一切,也许完全是错的),所以,

---

① 施特劳斯,《回归古典政治哲学》(重订本),迈尔夫妇编,朱雁冰、何鸿藻译,北京:华夏出版社,2017,页279。

我可以指出,据我看,柏拉图思想中最为关心的东西,并不取决于柏拉图所特有的哲学。(《回归》,同上)

问题在于,希罗多德编造"大流士当王"的八卦故事具体针对什么有毒的言辞呢? 现在我们可以说,恰恰是这场"政体论辩"透露了希罗多德的意图。如果考虑到《原史》是为雅典人写作的,那么就值得设想,希罗多德兴许打算用一场"政体论辩"来让雅典公民检查自己的流行言辞:好吧,你们既然喜爱"平等参政"的民主政治,那就看看这场"政体论辩",自个儿好好思考吧。

我们应该注意到,君主制的正当性在希罗多德讲述的这个故事中显得很含混:一方面,君主至少名义上是居鲁士的儿子司墨尔狄斯,这个名义上的君主名正言顺,另一方面,这个君主又是冒名顶替的。可是,臣民并不在乎这个君主的身份是真是假,只要君主仁慈就行——正如欧塔涅斯的女儿,她并不关心自己在陪谁睡,只要主人对她好就行。我们可以设想,人民之所以对君主的身份是真是假漠不关心,原因在于没有实行"平等参政权"。比如在雅典,城邦公民就不会如此。

读罢希罗多德的这个故事,笔者难免会想:西方文史上后来还有希罗多德这样的诗人吗? 笔者至少想到一个人:斯威夫特。他所身处的时代,有毒的言辞同样满天飞。下面这段话应该是斯威夫特阅读希罗多德和修昔底德所讲故事后的概括:

希腊最强大的共和国[雅典],自梭伦建制,经过多次大衰退,被草率、嫉妒和变化无常的民众彻底葬送。

这些人容不得将军胜利,也容不得将军遭遇不幸。公民大会一直在错误地审判和报答那些最有功于他们的人。

有一点让这些例子显得更加重要。有人信誓旦旦地宣称,雅典民众的这种权力是与生俱来的;他们坚持认为,它是雅典公民无可质疑的特权。事实上,这种权力是可以想象得到的最猖狂的权力侵犯,是对梭伦建制最严重的背离。简而言之,他们的政府变成了平民专政或民众僭政,他们一步一步地打破了立法者曾设计好的权力均衡。①

现在笔者有把握大致确定,希罗多德讲述的这个"大流士当王"的故事,是对雅典民主政治生态的戏仿,即把雅典人熟悉的政治争纷放到波斯王国的背景中来展开。雅典人听见这样的"故事",会产生一种谐剧式的愉快。这情形就好像在上个世纪的冷战时期,如果有个美国人写了一部小说或拍了一部电影,其中人物的行为和言辞明显带有美国色彩,故事背景却发生在苏联。这样的作品当然只会被美国读者或观众视为谐剧式的搞笑。

希罗多德很可能批评了伯利克勒斯(约公元前495—前429?)的雅典甚至伯利克勒斯本人,施特劳斯用于修昔底德的一句话用在希罗多德身上同样合适:

> 他写的纪事当然并非"历史",而只是一种尝试,企图对那些没法用说理来教的人用这些人所承认的行事

---

① 斯威夫特,《图书馆里的古今之战》,李春长译,北京:华夏出版社,2015,页251。

向他们指出,对节制无知会导致什么后果。(《回归》,
页280)

在任何时代、任何国家,都会有"没法用说理来教的人"
吗? 尤其是,在甚至高等教育也已经普及的发达民主国家,
还会有这类人吗?

答案很可能是肯定的,否则,施特劳斯不会在美国这样
的国家发表题为《自由教育与责任》的文章,并在其中特别说
到希罗多德的《原史》:

> 比起按照我们时代的主导精神写就的卷帙浩繁的
> 书籍,希罗多德的一百页书——不,十页书——便可以
> 远远更好地为我们介绍属人事物单一性和多样性的神
> 秘统一。此外,人们无法再把属人的卓越或美德视为人
> 性的完美:依据自然,人本来倾向于这种完美,或者说人
> 的爱欲(eros)本来以这种完美为目标。由于人们认为
> "价值"实际上具有习俗性,因此,道德教育让位于[对
> 人进行]调节——更准确地说,即以语言等象征手段来
> [对人进行]调节——或者说让位于令人适应自身所在
> 的社会。①

即便世上所有国家都以美国为楷模,或者说,正因为我
们中的多数人以美国为最佳国家,希罗多德的故事才具有现
实教育意义。

---

① 刘小枫编,《施特劳斯读本:西方民主与文明危机》,北京:华夏出版社,
2018,页345。

苏格拉底谈自由与辛劳

　　《回忆苏格拉底》是苏格拉底的学生色诺芬为老师申辩的作品。[①] 与柏拉图的作品相比,色诺芬的作品读起来让人觉得平淡,缺乏明显的戏剧性。其实,色诺芬更擅长希罗多德式的叙述。

　　《回忆苏格拉底》开篇就提到苏格拉底遭遇的两项指控:第一,不敬城邦的神,反倒引进新神,第二,败坏青年。全书共四卷,下分若干章,每章篇幅大多比较短,相当于如今的小节。薄薄的四卷书,谋篇却精致而复杂。

　　色诺芬的笔法看起来平易简洁,实则内蕴非常丰满。比

---

　　① 　中译参见吴永泉先生译本(色诺芬,《回忆苏格拉底》,北京:商务印书馆,1984)。香港的邝健行先生也译过一个本子。本文的引文中译由笔者试译,据 Peter Jaerisch 的希 – 德对照本 *Xenophon, Erinnerungen an Sokrates*(München 1987)和 P. D. C. Robbins 的希腊文笺注本 *Xenophon's Memorabilia of Socrates*(New York 1872)。义疏依据 Olof Gigon, *Kommentar zum zweiten Buch von Xenophons Memorabilien*, Basel, 1956;施特劳斯,《色诺芬的苏格拉底》,高诺英译,华东师范大学出版社,2011。

如,卷二第一章篇幅很短,中译文大约 11 页,其中关于"自由"的讨论,在笔者看来远比当今的理论大著深刻。

在古希腊的经典作品中,我们可以见到不少有关"自由"的表述乃至围绕"自由"观念的论争。如今,这样的论争再度成为学界热点:伯林提倡的所谓"消极自由"的观念曾俘获了众多知识人的头脑,为了捍卫"积极自由"观,清除伯林的"消极自由"论流毒,斯金纳求助于文艺复兴时期的马基雅维利。①

伯林和斯金纳都没有提到古希腊智识人围绕"自由"观念的论争。如果我们不能设想这两位当代政治思想史学界的泰斗不熟悉柏拉图或色诺芬的作品,那么,我们只能设想,他们瞧不起苏格拉底的智识水平。

苏格拉底的智识水平真的不及伯林和斯金纳吗? 我们不妨通过阅读《回忆苏格拉底》卷二第一章来检验这一问题。

"自由"与为人

《回忆苏格拉底》卷二第一章明显分为两部分。前一部分是苏格拉底与自己的"同伴",实际上是自己的学生阿里斯提普斯的一段对话,主题是政治与自由的关系。第二部分是苏格拉底转述的一个老辈智术师普罗狄科讲的故事,主题是挑选女孩子。

初看起来,这两个部分很难扯得上关系。对我们来说,

---

①　参见斯金纳,《消极自由观的哲学与历史透视》,达巍等编,《消极自由有什么错》,北京:文化艺术出版社,2001。

挑选女孩子与政治和自由有什么关系？何况，挑选女孩子当然属于自由选择的事情。

不过，我们首先需要了解，为什么色诺芬笔下的苏格拉底要与"同伴"谈论这类话题，或者说，为什么色诺芬要记叙苏格拉底的这类言论？

《回忆苏格拉底》以色诺芬的惊异开头：

> 我总是惊异不已，那些指控苏格拉底的人们究竟用了些什么理据，居然说服雅典邦民［相信］，苏格拉底对城邦犯有死罪。

显然，色诺芬记叙他与苏格拉底的交往经历，是想证明苏格拉底的为人，进而说服那些被指控苏格拉底的人误导的人们。在卷一第一章，色诺芬扼要概述了苏格拉底的虔敬，以此论证加诸苏格拉底的第一项罪名不实。在第二章，色诺芬用了三倍于第一章的篇幅叙述苏格拉底的为人，以此论证加诸苏格拉底的第二项罪名不实——色诺芬以明确反驳苏格拉底受到的两项指控结束了第二章。

然而，这两章仅仅是个引言式的概述，从卷一第三章开始，色诺芬才正式进入论证。令人费解的是，对于不虔敬的指控，色诺芬仅用寥寥数行就说完了（1.3.1－4），对于败坏青年的指控，则用了全书的绝大部分篇幅。

我们只能作出两种推测：关于苏格拉底的虔敬事迹，要么无需提供太多的证明，要么这些事迹浸润于有关苏格拉底的日常事迹中。换言之，色诺芬主要通过记叙苏格拉底是个什么样的人，既反驳对他不敬神的指控，又反驳对他败坏青年的指控。

在卷一第二章一开始,针对苏格拉底被指控为败坏青年,色诺芬说的第一句话是:

> 首先,苏格拉底在情欲和嗜欲方面是所有人中最有自制力的。(1.2.1)

句中出现了苏格拉底的首要个人品格——自制力,这成为随后的主要论题。苏格拉底不仅自己在各个方面有自制力,还要求他的"同伴"学会有自制力,以便让灵魂成为首要的关切。

在这里,我们见到"自由"在全书中的第一次用法。色诺芬说,苏格拉底从来不向渴望听他讲学的人索取金钱报酬,他认为不取报酬是因为"关切自由"(ἐλευθερίας),取报酬无异于迫使自己当"奴隶"(1.2.6)。这里的"自由"一词与"奴隶"的对比,反映了古希腊"自由"观的原始含义:不受主子约束和管束。

讲学先生不取金钱报酬而获得"自由",所摆脱的显然不是外在的主子,而是自己身上的某种欲望。由此,我们就得到了古希腊"自由"观的第二个重要的原始含义:在苏格拉底看来,有自制力堪称"自由"。

现在我们可以来读卷二第一章了。

"自由"与人的生理需要

色诺芬开章就说,苏格拉底要自己的"同伴"在生活的各个方面都学会"锻炼"自己,进而获得对身体"需要"(χρεία)

方面的自制力，涉及饮食、性欲、睡眠、寒暑和辛劳等方面。

这一章与卷一第二章的主题及第三章5－9节的主题连成一气，或者说呈递进关系，谈的都是一种美德：对身体需要的自制力。① 在现代西方语文中，希腊文动词"锻炼"（ἀσκεῖν）与所谓的"禁欲"很相似。尼采在《道德的谱系》中对所谓 asketische Ideale 的攻击，被译作对"禁欲观念"的攻击。其实，从我们马上要析读的卷二第一章可以看到，对身体"需要"的自制力，并不能直接等于"禁欲"。

色诺芬记叙说，苏格拉底问阿里斯提普斯：如果你碰巧"接收了两个青年人施行教育"（παιδεύειν παραλαβόντα δύο τῶν νέων），一个将有能力"统治"（ἄρχειν），一个则对统治毫无兴趣，"你会怎样教育每一个人"（πῶς ἂν ἑκάτερον παιδεύοις）？这无异于是在问阿里斯提普斯，他是否知道什么样的心性适合被教育成什么样的人。

这里说到两类人，但我们恐怕很难把苏格拉底和阿里斯提普斯算为其中的一类，因为苏格拉底现在就是老师，而阿里斯提普斯是潜在的老师。苏格拉底问阿里斯提普斯的问题是如何教学生，似乎他预见到这个学生今后也会成为老师。这个提问背后可能隐伏着另一个问题，即阿里斯提普斯是否知道自己的心性。这些都很清楚，让人费解的仅是，苏格拉底要自己的学生学会"自制"，但问的问题却是愿做统治者还是被统治者，两者似乎扯不上关系。

苏格拉底从最基本的食物问题（ἀπὸ τῆς τροφῆς）谈起。人不吃饭就没法存活，更别说干什么事情。但苏格拉底问，

---

① Gray 从古修辞术角度解析《回忆苏格拉底》的谋篇，认为1.4－2.1 构成一个织体；参见 Vivienne J. Gray, *The Framing of Socrates：The literary Interpretation of Xenophon's Memorabilia*, Stuttgart, 1998，页107、124－129。

若是在平常日子里,到了该吃饭的时候,突然有了紧急事务,该让哪个青年放下饭碗先去办要事,是将来有能力"统治"的那位,还是对统治毫无兴趣的那位呢? 阿里斯提普斯回答说,当然是将来有能力"统治"的那位,如果让对统治毫无兴趣的那位放下饭碗,肯定会误大事。显然,这里说的不是锻炼一个人的禁食,而是锻炼一个人面临更重要的事务时忍受食欲驱迫的能力。

这个例子被苏格拉底推广到身体的其他需要方面,他随后举到锻炼耐口渴、耐发困、耐性渴、耐辛劳。最后他把问题一转,问是否需要"制胜敌人的学识"。前面的身体需要与这里的学习知识的需要连在了一起——克制身体需要,目的是获得这一学识;反过来说,学习的需要恰恰用不着"自制",因为这种需要没有来自身体上的驱力。不用说,这里提到的"制胜敌人的学识"在政治学识中最为尖端,当统治者的人必须具备。

与阿里斯提普斯就此达成一致看法后,苏格拉底又一般地拿人与动物对比,说经过这样的锻炼,一个人就不会像"鹌鹑"和"鹧鸪"那样,因贪婪而受诱惑。如此对比明显把能克制身体需要的人当作人,把不能克制身体需要的人当作了鸟儿一类动物。

但在接下来进一步申说时,苏格拉底仅仅提到耐性渴,似乎这是身体需要中最诱人也最难克制的需要,正如"鹌鹑"和"鹧鸪"往往"由于情欲"而落入陷阱(2.1.4)。苏格拉底同时提到,耐寒和耐暑能力最需要培养,因为"人生当中,极大部分重大的实践、战争、农业和许多其他事情都是在露天进行的",似乎忍耐性渴与忍耐寒暑需要的是相同的能力(2.1.6)。

在卷一第三章可以看到,苏格拉底先是告诫同伴面对筵席上的美食时要有自制,否则可能变成猪,随后就说到"在情欲方面"一定得与漂亮的人"保持距离",因为要在这方面做到有自制力且"明智",实在不容易(1.3.8 –9)。

阿里斯提普斯正确地回答了苏格拉底的问题:有一类人需要锻炼节制自己身体需要的能力,没有这种能力的人,与动物的生存方式差不多。尽管苏格拉底没有说被统治的一类人就是如此,但既然这类人不需要克制自己的身体需要,那就难免让我们作出这样的推论。阿里斯提普斯这时肯定地说:有热情关心"政治事务"(τὰ τῆς πόλεως)的人,需要且应该有身体方面的自制能力(2.1.3)。

随后,苏格拉底突然转向阿里斯提普斯本人,问他是否考虑过他自己该算作哪类人(2.1.7)。阿里斯提普斯回答说,自己肯定不愿意当统治者,因为,自己的事情都顾不过来,哪里还顾得上为城邦里其他人的事情操心哩? 不过,这仅仅是表层理由,更深层的理由是,阿里斯提普斯把自己放在"想活得轻松自在、快乐安逸的人之列"(2.1.8 –9)。

就天性而言,阿里斯提普斯不想给自己找麻烦,也不想给别人找麻烦,所以不适于当统治者。按苏格拉底在前面的说法,要讲活得轻松自在、快乐安逸,莫过于"鹌鹑"和"鹧鸪"一类的鸟儿,阿里斯提普斯在这里表达的生活理想是否意味着要像"鹌鹑"和"鹧鸪"那样生活,而无需对情欲方面的自制力呢?

苏格拉底紧接着问:

统治者与被统治者,哪种活法更快乐? (2.1.10)

是否活得"快乐"(ἥδιον)现在成了主题,或者说,做不做统治者的问题变成了活得"快乐"与否的问题。对于苏格拉底的这一提问,阿里斯提普斯没有直接回答,而是说:

> [11]至于我嘛,绝不会把自己算作奴隶;毋宁说,在我看来,其实有某种中道介乎其间(μέση τούτων ὁδός),我试着踏上这条道路,既不凭靠统治,也不凭靠受奴役,而是凭靠自由(οὔτε δι' ἀρχῆς οὔτε διὰ δουλείας, ἀλλὰ δι' ἐλευθερίας),因为这条道儿最大程度地通向幸福。

阿里斯提普斯在前面的回答拒绝了当统治者(ἄρχειν),这里的回答拒绝了当被统治者(ἄρχεσθαι),并在统治与被统治的生活方式之间提出了第三种生活方式:自由(ἐλευθερία)。

前面阿里斯提普斯拒绝做统治者时,他提出的理由是"活得轻松自在、快乐安逸",苏格拉底进一步问时没有把活得"轻松自在"包括进来,现在阿里斯提普斯拒绝做被统治者的理由是要活得"自由",从而把活得"轻松自在"取了回来。显然,活得"轻松自在"与"自由"显得是一回事。

不仅如此,阿里斯提普斯还把"被统治者"等同于当"奴隶","自由"成了一种无可争辩的生存品质或者生活方式。"自由"就是过自己意愿的生活,既不"统治"也不"被统治"。

我们应该记得,"自由"这个语词在卷一第二章首次出现时,是与做"奴隶"对比而言的(1.2.6)。但在那里我们看到古希腊"自由"观的两种原始含义:不受主子约束和管束,以及对自己身上的某种欲望有自制力。阿里斯提普斯在这里提出的"自由"观,显然属于前一种含义。的确,在残酷的政治现实中,这种所谓"中道"(μέση ὁδός)向来是一种非常有吸引力的生活原则——"邦无道,乘桴浮于海"。

超政治的"自由"?

"中道"的说法最早见于著名诗人忒奥格尼斯的双行诗(Disticha),但诗人并没有用"自由"来界定"中道"。[①] 阿里斯提普斯把"中道"理解为"自由",或者说把"自由"视为"中道",很可能源于苏格拉底之前的自然哲人。据亚里士多德说,"恩培多克勒就愿活得自由"(φησὶ δ᾽ αὐτὸν καὶ Ἀριστοτέλης ἐλεύθερον γεγονέναι),因为他"拒斥任何统治",别人把"王位送到他面前",他也不要,"宁可过俭朴生活"。据说这甚至是恩培多克勒反对"僭主统治"、"喜欢民主制的原因"。[②]

这些说法表明,哲人所谓的"自由",首先意味着既不统治也不被统治。西塞罗的说法提供了佐证:有些人,尤其是那些非常出色的哲人,往往辞去公务,避居悠闲,他们对民众的和当权者的生活习性都无法忍受(《论义务》1.70)。

苏格拉底和阿里斯提普斯属于这类人吗? 恩培多克勒的"自由"生活就品质而言是"俭朴生活",如此就会有苏格拉底说的身体方面的自制力问题。色诺芬在说到苏格拉底的人格时一开始就谈到,为了自己要过的生活方式,苏格拉底"既要培育自己的灵魂也要培育自己的身体",因此"他过

---

① 《忒奥格尼斯集》220、331:"像我做的那样保持中道"(比较 Mimnermos,辑诗7)。在忒奥格尼斯看来,在所有事情上不偏不倚的中间最好(行335)。参见莱文,《会饮与城邦》,见费格拉/纳吉编,《诗歌与城邦:希腊贵族的代言人忒奥格尼斯》,张芳宁译,北京:华夏出版社,2014,页210。

② 第欧根尼·拉尔修,《名哲言行录》8.63。

得实在非常简朴"(1.3.5)。

与此不同,阿里斯提普斯并不刻意寻求"过简朴生活",在他看来,"自由"似乎就是随心所欲,无所谓简朴还是奢靡。事实上,通过提出"自由"的生活方式,阿里斯提普斯不仅得以摆脱"统治"和"被统治"的两难,也得以摆脱自制和缺乏自制的两难——这就是阿里斯提普斯所理解的"通向幸福"。

我们必须记住,苏格拉底一开始问的是人在身体需要方面能否自制(2.1.1-7),而这里提出的"自由"观念(2.1.12-15)则超逾了身体需要的自制与否问题。就此而言,在"过简朴生活"方面,阿里斯提普斯看来难以与恩培多克勒的"自由"生活观达成一致。

不过,苏格拉底提出,身体需要上的自制能力是区分统治者与被统治者的尺度,从而表明身体需要上的自制力是一个政治维度,而恩培多克勒的"自由"生活观恰恰就是要摆脱生命的这种政治维度,因此他的"自由"观念是超政治的。就此而言,阿里斯提普斯与恩培多克勒的"自由"生活观又堪称一致。在这里,苏格拉底恰恰对"自由"这一"中道"的超政治性质提出了质疑:

> 的确,除非这条道路不仅不靠统治、不靠受奴役,而且也不凭靠人间,那么兴许你说的才如此。(2.1.12)

苏格拉底的回复当然是批评,尽管非常婉转。他的意思是,阿里斯提普斯要获得他所企望的个人自由,就得让自己脱离人间生活,可他若没法让自己摆脱人世间的一切牵绊,所谓"凭靠自由"就无异于一句空话。因为,只想独个儿享受的自由必然脱离人世,与人的生存的政治本性相矛盾。

在政治生活中,摆脱要么统治要么被统治恐怕是不可能的,谁若不愿统治,他就会自愿或不自愿地被统治。没有哪个政治共同体会容忍自己的成员置身共同体之外,一无所用。如施特劳斯在疏解这段时所言:

> 如果不愿意当锤子,就必须当砧板;人类的生活必然具有政治性,这条原则既适用于团体也适用于个人。(《色诺芬的苏格拉底》,前揭,页34)

如果阿里斯提普斯的"自由"愿望行得通,他就只有做"鹌鹑"或"鹧鸪"这一类悠闲的鸟,它们贪图享乐,恰好与阿里斯提普斯的愿望一致。

对此,阿里斯提普斯提出反驳说:他自己根本就不想做一个"城邦民"(πολίτης),只想到处周游,做个无国属的人,"在哪里都是个异乡人(ξένος πανταχοῦ εἰμι)"。"异乡人"(ξένος)这个语词成了"自由人"的进一步推导,做异乡人乃是摆脱政治的必然出路。阿里斯提普斯的这一驳难看起来非常彻底,很难反驳。

但苏格拉底说,尽管各邦都颁布了保护寄居异邦的本邦公民的法律,但一个异乡人在外邦还是难免遇到生命危险,起码难免遇到"歹徒"。没谁会真的把一个无国属的"异乡人"当一个人来保护(2.1.15);更何况,你在外邦到处游荡,很难说不会有奴隶主"把你当做一个值得一顾的奴隶"——毕竟,

> 没谁愿意把一个不爱劳动,只是一味贪图享受最优厚待遇的人留在家中。(2.1.15)

　　苏格拉底在这里把"异乡人"与"统治者"（ἄρχων）和"被统治者"（ἀρχόμενος）平行对比，这无异于说，阿里斯提普斯所设想的做"异乡人"的理想，并没有驳倒"除非不凭靠人间"（οὕτω μηδὲ δι' ἀνθρώπων）的反驳。苏格拉底把问题又扯回到当统治者抑或当被统治者这一非此即彼的问题上来。

　　不仅如此，是否当被统治者的问题，还变成了自愿抑或不自愿都只能如此的选择。换言之，如果不做统治者，那么，自愿抑或不自愿都得当被统治者，也就是当奴隶。阿里斯提普斯已经表示过不愿当奴隶，现在苏格拉底要他回答：自愿受苦好，还是不自愿地受苦好？

　　一心追求活得轻松自在、快乐安逸的阿里斯提普斯当然会认为，只要是受苦就不好，无论自愿还是不自愿。但相比之下，自愿受苦的人更为愚不可及（2.1.17）。苏格拉底马上反问：

　　　　难道你不觉得，在这些事情方面，自愿与不自愿有什么不同吗？

　　苏格拉底说，如果非要吃苦的话，当然还是自愿吃苦的好。自愿吃不好、喝不好、睡不好，毕竟是出于自己的选择，而非出于被迫，因此，只要"自愿终止"随时可以终止，何况还有"对美好的东西的希望"在鼓舞和支撑（2.1.18）。

　　显然，如此自愿必得对自己的身体需要有自制能力。转了一圈，苏格拉底把阿里斯提普斯又拉回到前面的"自制"（2.1.8－9）问题上来。然而，这里不是简单的返回。所谓"自愿终止"其实就是自由，虽然没有用到"自由"这个语词

（吴永泉译本译作"自由"算意译），但苏格拉底在这里表达了通过基于自制力的辛劳所获得的自由状态，不是阿里斯提普斯的"轻松自在、快乐安逸"的自由，从而反驳了阿里斯提普斯的自由观。

通过这种自愿吃苦的自由观，苏格拉底让艰苦辛劳与"对美好的东西的希望"联系起来——为了美好的东西而辛劳成为接下来的主题。

政治生活与自由天性

阿里斯提普斯想要脱离城邦生活，却被苏格拉底如此教训一番，之后他再也没有说话——或者说，色诺芬再也没有让他说话，因此我们不知道他对苏格拉底的这番教训有何看法。不过，这里值得想起亚里士多德在《政治学》中的著名说法：

> 凭天性而非凭机运脱离城邦者，要么是鄙夫，要么是更好的人。（1253a 3 – 4）

还有一个类似的说法也非常有名：不能在社会中生存的东西，或因为自足而不需要依赖社会的，就不是城邦的一部分，要么是个禽兽，要么是个神（$\overset{\text{\"}}{\omega}\sigma\tau\epsilon\ \overset{\text{\'}}{\eta}\ \vartheta\eta\rho\acute{\iota}o\nu\ \overset{\text{\'}}{\eta}\ \vartheta\epsilon\grave{o}\varsigma$, 1253a 28 – 29）。这些说法无异于承认，非城邦的生活是可能的，或者说，阿里斯提普斯的"自由"观是行得通的：天生有不愿意过城邦生活的人，这种人是"更好的人"，在世人眼里甚至就是"神"，再不然就是"禽兽"。

如果把这种说法与《政治学》中关于"自由"（ἐλευθερία）的那段说法联系起来看（《政治学》1325a16–b14），就更为清楚了——我们或许可以从中找到阿里斯提普斯可能对苏格拉底作出的回答。

亚里士多德说，"有人认为，自由生活好过城邦生活，是所有生活中最值得选择的"。所谓"自由生活"指的就是既不统治也不被统治的生活方式，而所谓"城邦生活"也可以译作"政治生活"，它似乎包含了要么统治要么被统治的生活方式，但从语境来看主要指统治的生活方式，因此也可以理解为如今我们所谓"从政"的生活方式。说自由生活比从政生活更值得选择，理由是什么呢？理由是不愿统治、支配别人，因为支配别人不高尚。愿意过从政生活方式的人的理由则是：能"做好事"。

在亚里士多德看来，这两种生活理由应该说都是出于对德性生活的追求，不同的是对德性的理解。我们也许可以这样来理解：不统治别人意味着只关切自己过一种有德性的生活，追求自己的成德。我们知道，哲人生活就是基于这种理由，如西塞罗所说，哲人们想要过的是一种"静观的生活"。与此不同，主张过从政生活的理由意味着，不仅要自己生活得有德性，还要让整个共同体的生活有德性。如果这是两种德性，那么"自由生活"就是为己的德性，"政治生活"则是为己又为他的德性。

澄清这一点后，亚里士多德对"自由"的生活观提出了两点批评。首先，"自由的生活好过当主子的生活"这一看法固然没有错，但"认为所有统治都是当主子则不正确"。

前面与"自由生活"对举的"城邦生活"（πολιτικοῦ），在这里变成了"主子生活"（δεσποτικοῦ）。如今西文的所谓"暴君",就是从"主子"($\delta\varepsilon\sigma\pi\delta\tau\eta\varsigma$)这个语词来的。显然,亚里士多德不认为"从政"($\pi o\lambda\iota\tau\iota\kappa o\tilde{\upsilon}$)就是当"主子",因为并非"所有统治者都是当主子",尽管有些"统治者"就是要当"主子"。何况,"统治自由人与统治奴隶完全不同",似乎统治奴隶是自然而然的事情,但自由人则无需受统治。最重要的在于,自由人与奴隶的差别是自然而然的:

> 有人在天性上($a\dot{\upsilon}\tau\dot{o}\ \tau\dot{o}\ \varphi\dot{\upsilon}\sigma\varepsilon\iota$)就是自由的,有人在天性上就是奴仆。

这种天性上的区分在我们今天看来很难接受,因为这不符合人人天生平等的原则。

亚里士多德的所谓"自由人"很可能指的就是哲人,因为他对"自由"观的第二个批评是,如此观念把"悠闲"($\dot{a}\pi\varrho\alpha\kappa\tau\varepsilon\tilde{\iota}\nu$[闲散、无所事事、浪费时间、无所得];中译作"消极无为"不对)看得高于有所作为,是"不真实的"。因为"有所作为就是一种幸福"($\dot{\eta}\ \gamma\dot{\alpha}\varrho\ \varepsilon\dot{\upsilon}\delta\alpha\iota\mu o\nu\dot{\iota}\alpha\ \pi\varrho\tilde{\alpha}\xi\dot{\iota}\varsigma\ \dot{\varepsilon}\sigma\tau\iota\nu$),"公正而明智的作为本身就带有许多高尚的东西的目的"。

亚里士多德对自由的生活观提出了这两点批评,不等于他认为从政生活高于自由生活。他的基本立场仍然是"自由的生活好过当主子的生活",理由同样有两条。首先,不能说"当所有人的主人是最好的生活","似乎当主人才能践行更多、更好的行为",或者似乎只要有"统治能力"($\tau\dot{o}\nu\ \delta\upsilon\nu\dot{\alpha}\mu\varepsilon\nu o\nu\ \ddot{\alpha}\varrho\chi\varepsilon\iota\nu$)就可以当仁不让地行统治之事。从政者的生活必须基于德性,有德性的人才会践行有德性的作为,尽管仅有德性而没有能力也不行:统治者"不仅必须有美德,还得有践行的能力"。如此说法不过为统治的德性作了辩护：

> 如果有谁在美德和能力方面都能更好地践行最
> 好的东西，听从他才是好事，服从他才算公正。
> （1325b14）。

"自由的生活好过当主子的生活"的理由更在于：实践行
为涉及共同的东西，但"并非一定要为了他人才有意义"。换
言之，沉思生活也并非一定要有实践性的结果才有意义，从
事思想本身就会产生喜乐。不然的话，神和整个宇宙几乎就
没有自己的闲暇（σχολή）。实际上，神和整个宇宙除了自家
的事情外，没别的事情。

如果自由生活作为哲人生活以闲暇为其标志，那么，亚
里士多德最终是为哲人生活作了辩护。从色诺芬笔下的苏
格拉底与阿里斯提普斯的这段谈话来看，亚里士多德会批评
阿里斯提普斯对统治的看法，但他很可能会支持阿里斯提普
斯不做"城邦民"的说法。

自由人生与辛劳伦理

在色诺芬的这段记叙中，苏格拉底并没有顺着阿里斯提
普斯的不做"城邦民"的说法，进而讨论哲人的生活方式，而
是固执地揪住人的生存的政治性质不放——用施特劳斯的
说法，色诺芬在这里没有提到哲人这个"中间阶层"。[1]

---

[1]　施特劳斯，《色诺芬的苏格拉底》，前揭，页33。

在把话题重新引回自愿当奴隶的问题之后,苏格拉底引述了三个前辈关于辛苦伦理的说教,作为对阿里斯提普斯的"自由"观的根本反驳。他首先引的是赫西俄德《劳作与时日》中的一段(行287－292),然后是老谐剧诗人艾匹查莫斯的两行诗句,最后是智术师普罗狄科的"文章"中讲的"十字路口上的赫拉克勒斯"的故事。施特劳斯敏锐地看到,与苏格拉底在前面的劝诫明显不同,这三位前辈都为辛劳的必要性提供了神学上的支撑,即都提到辛劳是诸神的要求。相反,"苏格拉底的劝诫缺乏神学上的支撑"(同上)。

在所引三位权威的言论中,普罗狄科的最长(2.1.21－34)——只有这位是哲人。① 据古典语文学家考订,这个以"十字路口上的赫拉克勒斯"为名的故事,像是色诺芬假托普罗狄科讲述的。因为在遣词造句和思想内涵方面,这个故事与色诺芬在书中讲的其他故事上没差别。

当然,普罗狄科可能真的对苏格拉底讲过这个故事,然后苏格拉底又转述给色诺芬听。但我们不知道,普罗狄科的讲述是否对赫拉克利特的选择作出过如此伦理化的解释。无论如何,这个故事是否原原本本属于普罗狄科,其实并不重要,重要的是色诺芬的笔法:他是借苏格拉底之口讲的。

据苏格拉底说,普罗狄科的这篇"文章"本来是向"众多人"宣讲的,现在苏格拉底把这个故事讲给阿里斯提普斯一个人听。换言之,对多数人宣讲的伦理,被苏格拉底用在了少数人身上。这意味着在苏格拉底看来,少数人应该有多数人也能够和应该有的德性。

---

① 在柏拉图那里可以看到,苏格拉底与普罗狄科的关系的确不同于他与其他智术师的关系:比较《希琵阿斯前篇》282c,《克拉底鲁》384b,《欧蒂德谟》277e。

色诺芬还强调,苏格拉底说"我会按我记得的来讲述" (ὧδέ πως λέγων, ὅσα ἐγὼ μέμνημαι),这无异于把转述的故事最终归给了苏格拉底(2.1.21)。

故事很简单。赫拉克勒斯在成年之际(从孩子变成青年,离开家庭的看管)开始考虑如何自立,这时他面前出现了两条走向生活之路:要么凭靠美德走向生活,要么凭靠劣性走向生活。

这里的语式让我们想起,苏格拉底先前与阿里斯提普斯谈话时,曾说到"凭靠统治"或"凭靠受奴役"的选择。可以设想,阿里斯提普斯这会儿是否还会说:我既不凭靠德性,也不凭靠劣性,而是凭靠自由——或者说,我既不愿过德性生活,也不愿过劣性生活,而是愿过轻松自在、快乐安逸的生活。统治与被统治的非此即彼,在这里复现为凭靠美德抑或凭靠劣性的非此即彼,没有"自由"这一"中道"的可能。

随后,"践行哪条道路" (ποτέραν τῶν ὁδῶν πράττηται) 的选择被具象化为选择女子,似乎赫拉克勒斯面临的是婚姻方面的选择。在他面前出现了两位高挑女子:名叫阿蕾特(Aretē 美德])的那位天生美丽而质朴,名叫卡姬娅(Kakia[劣性、恶习])的那位则呈娇态十足,爱好打扮。

两个女子走近赫拉克勒斯时步态已然不同:阿蕾特迈着一贯的悠闲步态,卡姬娅则明显加快步伐,赶到前面,抢先对赫拉克勒斯自荐(2.1.23)。实际上,整个故事的主体是两位女子的说辞:德性的宣讲辞和劣性的宣讲辞。因此,从文体上讲,这个所谓"十字路口上的赫拉克勒斯"故事实际上并非叙事,而是讲辞。

我们首先看到的是卡姬娅[劣性]的自荐讲辞,她向赫拉克勒斯推荐的是轻松自在、快乐安逸的生活(2.1.23 – 26)。

我们可以感觉到,卡姬娅宣讲的其实就是阿里斯提普斯所主张的生活。赫拉克勒斯问卡姬娅叫什么名字,她说自己有两个名字:喜欢她的叫她"幸福",恨她的则为了坏她的名声给她起了个绰号叫"劣性"(2.1.26)。

既然阿里斯提普斯在前面说过,他凭靠自在和享乐的自由拥有"幸福",那么,我们可以说,把卡姬娅叫做"幸福"的正是阿里斯提普斯。

随后是阿蕾特[德性]对赫拉克勒斯宣讲。她首先提醒赫拉克勒斯注意自己出身优良家庭,鼓励他要学好,要追求美好和高尚的东西。由于"神明所赐予人的一切美好的事物,没有一样是不需要辛苦努力就可以获得的"(2.1.28),阿蕾特告诉赫拉克勒斯,美好的人生实际上就是辛劳的人生。

随后,阿蕾特用应然的口吻要求赫拉克勒斯必须如何生活,没有商量或讨论余地。辛苦与获得美好的东西连在一起,这让我们想起苏格拉底在前面对阿里斯提普斯说的最后一段话,从而可以说,阿蕾特的说辞实际上是苏格拉底的看法。前面苏格拉底与阿里斯提普斯的对立观点,现在变成了两个女子之间的对立:阿蕾特[德性]与卡姬娅[劣性]的对立,体现为"辛苦"($\pi\acute{o}\nu o\varsigma$)与"快乐"($\acute{\eta}\delta o\nu\acute{\eta}$)的对立。

当阿蕾特对赫拉克勒斯说到"你必须使身体成为心灵的仆人,用劳力出汗来训练它"时,卡姬娅突然打断阿蕾特的话。绝妙的是,色诺芬笔下的苏格拉底这时特别提到,"如普罗狄科所说",卡姬娅插了进来。她提醒赫拉克勒斯,阿蕾特推荐的"通往快乐之路多么艰难和漫长"(2.1.29)。苏格拉底的讲法让人觉得,普罗狄科与卡姬娅的观点似乎有某种隐秘的内在联系。

　　由于被打断,阿蕾特[德性]的宣讲分成了两段。在前一段中(2.1.27 – 28),阿蕾特没有谈到自己,或者说还没有自荐,也还没有谈到对身体需要的看法。更准确地讲,正当她要谈到身体需要方面时,就被卡姬娅[劣性]打断了。

　　针对卡姬娅[劣性]企图继续引诱赫拉克勒斯,阿蕾特[德性]马上给予义正词严的驳斥,显得像个堂堂正正的男子汉,极富正义感,以此开始了她的第二段宣讲。

　　从修辞上看,这段宣讲的前半部分严词抨击卡姬娅自荐的好逸恶劳品性,以及她向赫拉克勒斯推荐的"尽情享乐"($\vartheta\iota\alpha\sigma\sigma$)。苏格拉底与阿里斯提普斯对谈时说到的身体方面的享乐,无不在阿蕾特攻击的范围内(2.1.30 – 31)。针对卡姬娅的好逸恶劳品性,阿蕾特的后半部分宣讲转为自荐——她的品性就是殷勤的辛劳:

　　　　我与神们在一起,与好人为群;离了我,无论神的还是人的好事都成不了;在神们和人们中间,我在方方面面极受器重:我既是艺匠们喜爱的合作者,也是主子们信靠的看家者,还是人们喜爱的帮手;在和平时期,我是辛勤劳作的优秀同劳者,在战争期间,我是建功立业的坚定战友,我也是友谊的最好同伴。(2.1.32)

　　从修辞学上讲,这段自荐具有颂诗风格,行文欢快。关键词有两个:与享乐对立的"辛苦"和"我与……在一起"。这意味着,"与我在一起"就是与"辛苦"在一起。

　　接下来阿蕾特再次提到身体方面的需要和快乐——吃、喝、睡,针对种种"辛劳"产生的真正需要(2.1.33)。阿蕾特没有明确提到情欲方面的需要,但自荐辞的最后一句是:"我也是友谊的最好同伴。"

既然阿蕾特是女子,这里所谓的"友谊"自然蕴含性爱。由此看来,苏格拉底说要"锻炼"身体需要方面的自制力,这并不等于禁欲。

最后,阿蕾特以对赫拉克勒斯的劝告结束了"对赫拉克勒斯的教育"(Ἡρακλέους παίδευσις):

> 通过我,青年人因老年人的夸奖而欣喜;老人们也因年轻人的尊敬而心满意足;老人们美满地追忆过去的作为,他们愉悦地从事眼下的工作。通过我,神们喜爱他们,朋友们热爱他们,祖国器重他们;当大限来临的时候,他们不会长眠在遗忘中得不到敬重,而是一直活在人们的记忆中得到歌颂。赫拉克勒斯呵,你这孩子有那么好的父母,要是你肯在这些事情上艰苦磨练,你就能够得到最完满的幸福。(2.1.32)

通过对比青年和老年,阿蕾特让赫拉克勒斯看到,实际上,一个人身后的美誉并不能补偿"因艰辛而放弃的享受"(ἡδεῖα ἀπόλαυσις μετὰ τοὺς πόνους)。因此,阿蕾特最后鼓励赫拉克勒斯"艰苦磨练"(διαπονησαμένῳ)。既然由此获得的"最完满的幸福"(τὴν μακαριστοτάτην εὐδαιμονίαν)是今生的幸福,那么,阿蕾特对幸福的理解说到底就是殷勤辛劳。

赫拉克勒斯最终如何决断,得看他是否愿意选择阿蕾特为妻,从而获得这样的伦理品质:不畏艰辛、勇于承负辛劳。

为什么美好的品性[德性]和不好的品性[劣性]被拟人化为女性? 追求女子乃人性的基本欲求的表征("窈窕淑女,君子好逑"),我们的老夫子有"未见好德如好色者也"的名言,而在这里,苏格拉底呈现的恰是好德如好色。

德性的拟女性化表明,在苏格拉底那里,哲学的起点是人的感性欲求(爱欲),如此爱欲朝向美德。在柏拉图的《会饮》中我们看到,苏格拉底的老师第俄提玛告诉他,灵魂上升时先求美的身体,然后才是美德、知识。用西塞罗的说法,苏格拉底第一个把哲学从天上拉回到了地上。从人的爱欲的上升和下降着眼,堪称政治哲学的要津。

余　韵

这个故事的源头是赫西俄德的教诲诗,或者说来自传统的古风伦理——勤劳人生的伦理。在《劳作与时日》中,赫西俄德说到夜神曾生下两个不和女神,她们心性相异,生性不好的一个滋生不幸的战争和争斗,生性好的一个敦促不中用的人也动手劳作(行 11 - 20)。两个不和女神都是夜神之女,算是姐妹,但生性好的那位被赫西俄德说成夜神的"长女",表明她最受尊敬。与此不同,在苏格拉底转述的这个故事中,卡姬娅虽然是个女神,身上却完全没有神界的气息。

苏格拉底转述完故事,色诺芬也就结束了这一章。我们没有看到阿里斯提普斯听完故事后的反应,总觉得事情应该还没完。果然,在卷三第八章,色诺芬又回到了阿里斯提普斯。在那里,苏格拉底与他继续谈下去,话题是:什么是好、什么是美——苏格拉底拒绝好与美的分离。

从结构上讲,这一章本身已经完美无缺。苏格拉底从如何对两个男青年施教这一问题开始,以一位男青年面临两个女子时的选择作结,前后照应丝丝入扣。前半部分的对话与后半部分的讲辞不仅在修辞形式上构成对比,义理方面也相互发明:阿蕾特教育的是有"统治"愿望的那位男青年。这意味着,凡愿意与卡姬娅结合者,无不是或者说通通应该是被统治者。

色诺芬的这段记叙让人想起尼采《善恶的彼岸》序言第一句谜语一般的话:

> 假设真理是个女人,又会怎样呢?(Vorausgesetzt,
> da? die Wahrheit ein Weib ist – ,wie?)

阿里斯提普斯向往的自由生活,说到底很可能仍然是沉思生活式的闲暇。可苏格拉底为什么还是否认阿里斯提普斯所求的"自由"具有德性品质,甚至否认这种自由的可能性?原因很可能是,阿里斯提普斯把自由理解为"轻松自在、快乐安逸"。

问题的关键在于,什么是哲人生活的品质。沉思生活不能等同于没有自制的"轻松自在、快乐安逸",追求德性同样是一种艰辛,需要忍耐、克制许多身体方面的需要。从而,做哲人与阿里斯提普斯的快乐论相矛盾。

最后还需要回到一个问题:既然这一章在结构上明显分为两个部分,那么,苏格拉底与阿里斯提普斯的对话,和后面苏格拉底转述的普罗狄科所讲的故事之间,究竟是什么关系?

在色诺芬笔下的这个故事中,普罗狄科和苏格拉底作为讲述人叠合为一,我们很难区分究竟是智术师普罗狄科在施教,还是苏格拉底在施教。雅典人指控苏格拉底败坏青年,恰恰是把苏格拉底看成一个智术师。色诺芬的回忆让人们看到,苏格拉底用美好的德性来教育青年。

我们可以设想:如果是阿里斯提普斯在教育青年,那么,他会教什么呢? 一旦我们把这一章的两个部分联系起来思考,答案也就不难找到了。

今人所追求的"自由",与色诺芬在这里呈现的两种"自由"中的哪一种相近呢? 是苏格拉底的自制力意义上的自由,还是阿里斯提普斯意义上的自由? 这个问题不易回答,但人们能够说:现代自由主义倾慕的肯定是卡姬娅的自由快乐伦理,而非阿蕾特的美好辛劳伦理。

最后值得提到,在柏拉图的《拉克斯》中(179a6 – 7 及 c7 以下),苏格拉底在教育吕西马蔻斯(Lysimachos)和梅勒希阿斯(Melesias)俩人的儿子时,曾诉诸父亲的权威,而色诺芬在这里则仅仅诉诸自主权($αὐτοκράτωρ$)。为什么?

也许,色诺芬看到,至少在雅典民主的意识形态背景下,父亲在教育方面已经不具有权威。可是,色诺芬诉诸自主权,岂不是与康德在启蒙时代提出自律伦理差不多吗? 倘若如此,我们就得问:谁有能力为自己立法呢? 阿里斯提普斯肯定有这样的能力。然而,一旦这样的人不仅为自己立法,还去教育青年,那么,"消极自由"论不大行其道才怪。

"消极自由"论也好,"积极自由"说也罢,总之都不会教人最为基本的美好品性。

古希腊修辞术与演说术之辨

　　演说堪称西方政治的传统"文化"特色,兴于古希腊的城邦政体时代。演说需要技艺,这门技艺称为"演说术"(ἡ ῥητορική / rhetorikē;又译"修辞术")。

　　这个语词本是以 ikē 结尾的阴性单数形容词,衍生为抽象名词,从构词法来看,是由"言辞"和"技艺"这两个实词叠加而成的复合词。在古希腊语中,这样的复合词并不少见,比如我们熟知的"政治术"(politikē)和"诗术"(poiētikē),而"簧管术"(aulētikē)一类用法更多,这类语词无不是某个实词(动词或名词)加τέχνη[术/技艺]复合而成。

　　在柏拉图的《智术师》中,有位"神样"的异乡人大谈"术"。他首先把"术"分为"获取术"(κτητική)和"制作术"(ποιητική)两大类,然后,凭靠属于思考技艺的"区分术"(διακριτική),他进一步从"获取术"中区分出"猎取术"(θηρευτική)/"争取术"(ἀγωνιστική?)/"行商术"(ἐμπορική)等等(《智术师》219a5–d3,226c3–d1),随后又从"制作术"中也进一步区分出多种"术"。

这些形形色色的"术"听起来像是随口臆造,似乎人的任何行为都可以有"术"。但异乡人后来还说到"欺骗术"(ἀπατητικήν),而要说有的"术"带有欺骗性质,也未必是瞎扯,比如 rhetorikē[演说术]。

technē 不能仅仅理解为如今的"技术",按古希腊智识人的用法,这个语词指某种具有实践效能的"知识"(ἐπιστήμη)。我们若要认识 rhetorikē[演说术],就得搞清古希腊智识人关于演说的知识[学问],以及这种学问所具有的政治品质。

我国古代的政治生活中未见有过古希腊意义上的演说,虽然我们今天的政治生活方式已经相当西化,但演说仍然未见得有多重要,"作报告"(和听"报告")才重要。作"报告"形式上像是演说,实际上不是。反观当今欧美国家,演说不仅形形色色,而且在各种层次和样式的政治活动中都起着重要作用。我们若不了解何谓演说术,恐怕很难恰切理解西方人的政治言辞,与西方人打政治交道时,也未必能得体地表达自己。

关于古希腊的演说辞和修辞术,我国学界已经积累了为数不少的翻译文献,但这不等于我们已经理解了古希腊的rhetorikē。① 比如,这个语词应该译作"演说术"还是"修辞

① 罗念生译,《古希腊演说辞选》,见《罗念生全集》(卷六),上海:上海人民出版社,2006;安提丰等,《古希腊演说辞全集·阿提卡演说家合辑》,陈铎、冯金鹏、徐朗译,长春:吉林出版集团,2016。研究文献参见:尼采,《古修辞讲稿》,屠友祥译,上海:华东师范大学出版社,2018;马鲁,《教育与修辞》,芬利主编,《希腊的遗产》,张强等译,上海:上海人民出版社,2004;波拉克斯,《古典希腊的智术师修辞》,胥瑾译,长春:吉林出版集团,2014。

术",迄今仍是个问题。严格来讲,译作"演说术"或译作"修辞术"都未见得准确。

从概念的语义分析角度讲,"演说术"明显只是修辞术中的一种。但在古希腊的智术师那里,rhetorikē 的确仅仅指演说术,或者说修辞术即演说术。对于苏格拉底来说,情形则绝非如此。从柏拉图的作品中可以清楚看到,在雅典民主时代,演说术与修辞术之辨,曾演化成一场长达半个多世纪的政治思想冲突,而我们迄今仍未深入探究过这场冲突的政治史乃至政治思想史含义。

城邦政体与演说术

演说是面对大庭广众的言辞行为,用今天的话说叫公共行为。除了在古希腊的政治生活中之外,我们在其他古代文明的政治生活中并没有看到类似的行为,也没有看到有演说辞流传下来。为何古希腊文明乃至后来的欧洲文明会形成一种演说文化传统,①这个问题并不容易回答。

演说所需要的"技艺"即演说术,它是古希腊智识人的发明,史称这类智识人为智术师。通史类的史书告诉我们,演说术兴盛于雅典城邦的民主政治时期。的确如此,但我们断

---

① 金志浩等编,《影响历史的演说》,上海:知识出版社,1995;K. Brodersen 编,*Große Reden:Von der Antike bis heute*,Darmstadt,2002;柏克,《美洲三书》(其中有两篇演说辞),缪哲译,北京:商务印书馆,2003;费伦,《作为修辞的叙事》,北京:北京大学出版社,2002;刘亚猛,《追求象征的力量:关于西方修辞思想的思考》,北京:三联书店,2004;麦科米斯基,《高尔吉亚与新智术师修辞》,张如贵译,长春:吉林出版集团,2014。

乎不能说,雅典城邦的民主政体是古希腊演说术形成的土壤,因为发明演说术的智术师们没有一个是本土出生的雅典人,而泛希腊城邦也并非个个都是民主政体。

毋宁说,城邦政体本身才是演说形成的土壤。从政治史学的角度讲,城邦是小型的自主政治单位,即以城市为中心加上地域相当有限的周边村社构成的政治体(雅典城邦约两万人),城市平民是政治生活的主体——与此形成对照的是部落型政治体。演说出于城邦生活的需要,这意味着演说总是与聚生在城市的民众相关。反之,部落政体没有城市,也就没有民众,从而无需演说。要掌握城邦或者说掌握民众,就需要演说术。

就此而言,演说术无异于一种政治术。可是,我们能够说,政治术即演说术吗?这听起来就不可思议,但智术师们的确这么认为。亚里士多德在《尼各马可伦理学》结尾时告诉我们,智术师们"根本不知道政治术是什么以及关于什么",否则,他们就不会"喜欢把政治术看作演说术($τὴν\ αὐτὴν$ [$πολιτικὴν$] $τῇ\ ῥητορικῇ$),甚至比它更低"(1181a13–15,廖申白译文)。

略知西方文明成长史的人都知道,无论在古希腊—罗马还是中古尤其近代时期的西欧,作为一种独立政治单位的城邦政体起着极为重要的作用。[①] 古罗马共和国长期仅仅是小小的罗马城,凭靠与意大利地区的其他部族建立"拉丁同盟",罗马城才获得地缘扩张的体能。意大利地区的诸多部族尽管为罗马城市政体的权力扩张做出了巨大贡献,却没有

---

① 帕克,《城邦:从古希腊到当代》,石衡潭译,济南:山东画报出版社,2007;庞兹,《中世纪城市》,刘景华、孙继静译,北京:商务印书馆,2015。

罗马公民权。公元前 1 世纪初,意大利地区的一些部族造反,要求获得罗马公民权,罗马城与周边的意大利部族因此而爆发了内战,史称"同盟战争"(Bellum sociorum,公元前 91— 前 88)。

公元前 90 年,罗马元老院被迫通过"尤里乌斯法案"(Les Iulia),宣布凡不曾造反的意大利部族都可获得公民权,战事才逐渐平息。至公元前 70 年,罗马城的居民已比战前增加了一倍(达 91 万)。在此之前,罗马共和国虽然打赢了诸多战争,其政治体的核心不过是人口不到 50 万的罗马城。

正是在这样的政治体中,演说成为一种政治传统。在罗马共和国晚期著名的"喀提林政变"事件期间,西塞罗共发表了四次演说:两次在元老院,两次在罗马广场。①

当然,严格来讲,有政治生活就难免会有演说,毛泽东在三湾镇改编秋收起义队伍时站在树下发表的演说就非常著名。大大小小的政治动员都离不开演说,问题在于,有演说未必一定会产生演说术。演说之术作为一种政治性知识基于城邦人对政治生活的认识,而这种认识只能来自少数智识人。著名演说家高尔吉亚(约公元前 485—前 376)是演说术的发明者之一,他的生平颇能说明这一点。

高尔吉亚出生在西西里的希腊殖民地勒昂蒂尼城(Leontini),早年曾跟从自然哲人恩培多克勒学习,而他的本行是医术。高尔吉亚在自己的城邦成名很早,但不是靠他的医术,而是靠他的政治才干即能言善辩。当勒昂蒂尼城面临叙拉古城的兼并威胁时,高尔吉亚已经年过六旬,但仍受城邦

---

① 撒路斯提乌斯,《喀提林阴谋》(附西塞罗四篇演说辞),王以铸、崔妙因译,北京:商务印书馆,1994 / 2009 / 2011。

重托,率领使团到雅典求援。

　　古希腊的政治状态由众多分散而自主的城邦单位构成,并没有形成更高一级的政治单位(国家)将各城邦统一起来。可以设想,若雅典城像后来的罗马城那样,成功建立起一个希腊人同盟,没准也会搞出一个雅典共和国。事实上,不仅雅典,斯巴达和忒拜城邦都曾有过这样的政治企图。

　　高尔吉亚在雅典的政治演说让雅典人着迷,这促使他留下来开办演说术学校,而他并非在雅典开办这类学校的第一人。高尔吉亚到雅典的时候,适逢实行民主政体的雅典崛起,他的学生包括了雅典民主时期的三代名流:伯利克勒斯、修昔底德算是老一辈学生,克里提阿、阿尔喀比亚德、阿尔基达马斯(Alcidamas)等政治名流算中间辈,演说家伊索克拉底和肃剧诗人阿伽通最年轻。高尔吉亚还游走希腊各城邦发表演说,名满泛希腊,获得大量财富而且高寿。据说,高尔吉亚去世之后,希腊人还在庙宇为他立了一座金塑像。①

　　看来,雅典的民主政体的确为演说术提供了更大的用武之地,或者说,演说术在民主的雅典才得以发扬光大。就像如今大学开设实用性学科一样,"社会"有此需要,智术师们发明的演说术才有"市场"。毕竟,由于雅典城邦推行"平等议政权",训练城邦民在公民大会上的演说能力就成了一种政治需要。

---

　　① 沃迪,《修辞术的诞生:高尔吉亚、柏拉图及其传人》,何博超译,南京:译林出版社,2015。

演说辞与修辞技艺

无论是外邦人高尔吉亚、普罗塔戈拉、忒拉绪马霍斯、伊索克拉底，还是雅典人德摩斯忒涅，他们作为演说家其实就是如今的政治家。毕竟，演说无不涉及城邦事务，并具有显而易见的政治效用。然而，演说术等于政治术吗？或者说，智术师们把演说术视为政治术是什么意思呢？

原则上讲，每个雅典城邦民都有"平等议政权"，从而在城邦生活中有演说的权利，但事实上并非每个城邦民都愿意或有能力演说。这意味着，即便把城邦事务交给城邦民，提倡如今所谓参与式民主，真正有兴趣而且有能力演说的人也始终是少数。

显然，要推行参与式民主，就得普及演说术教育，训练城邦民的演说技能。因此，外邦来的智术师们积极开办演说术学校，撰写传授演说术的小册子。由此可见，把演说术视为政治术意味着，在智术师看来，演说术是切合民主政治的政治术，或者说，民主政治的政治术首先指具有掌控民众的言辞能力。在柏拉图笔下我们看到，普罗塔戈拉说，他传授的政治术涉及城邦民方面的"善谋"（ $\varepsilon \dot{\upsilon} \beta o \upsilon \lambda \acute{\iota} \alpha$ ），"亦即如何在城邦民方面最有能耐地行事和说话"（《普罗塔戈拉》319a1）。

尽管诸多智术师努力办学，雅典城邦也没有能够做到普及城邦民的演说能力。究其原因，首先，演说术学校要收费，而且通常价格不菲，能进校学习的城邦民不多；第二，即便进了演说术学校，也未必都能成为演说家（ $\dot{o} \ \dot{\rho} \acute{\eta} \tau \omega \rho$ ）。毕竟，演说家即城邦政治家，反过来说，在民主的雅典，要成为政治家就得成为演说家。民主政体的政治人必须懂得如何掌握民众，而这也意味着他不得不被民众所掌握。

在民主的雅典，没有演说能力的城邦民若要上法庭或参加公民大会，就得请人代写演说辞。这让笔者想起"文革"初期的情形：当时好些领导干部需要在批斗大会上作"自我检查"，于是出现了专门代写"自我检查"的写手。他们明码标价，"一般检查"每份五毛，"深刻检查"每份一元。有位领导干部不太识字，他在万人批斗大会上念买来的"深刻检查"时，把"孤老孤儿"念成"抓老抓儿"，一时传为笑谈。

像高尔吉亚或普罗塔戈拉这样外邦来的智术师，既擅长写演说辞，也擅长发表演说，但著名演说家未必是实际的演说家，可能只是写作演说辞的高手。吕西阿斯（Lysias，公元前445—前380?）作为演说家在雅典非常著名，由于是外来移民，没有完全公民权，他的才华只能用来替人写演说辞或教人写演说辞。伊索克拉底同样是外来移民，而且生性羞涩，他也仅以教演说术和善于撰写演说辞名家。

由此可见，演说虽然是一种口头言辞行为，却基于文章写作，或者说，演说术首先是一种文章写作技艺。在雅典城邦，演说辞已经成为与诗歌、戏剧、论说、叙事［散文］并置的一种文类。正因为如此，rhetorikē 这个语词在今天也被译成"修辞术"，因为演说术教材所讲的内容的确有不少涉及如今所谓的修辞技艺。但我们不能反过来说，如今的修辞学相当于古希腊的演说术。

智术师们撰写的演说术小册子没有一本流传下来，今人能够看到的关于演说术的一手文献，仅有亚里士多德的《修辞术》。严格来讲，这部讲稿的书名应该译作"演说术"。但亚里士多德非但不是智术师，而且反智术师，他讲授演说术想必有其特别的用意。

亚里士多德把演说辞分为三类（γένος，复数 γένη［genus，复数 genera］），分别应用于三种公共场合，从而也分别要求相应的语文样式（《修辞学》1.3）。

诉讼体（γένος δικανικόν［genus iudiciale］）用于法庭论辩时提供证词或辩词，要求语风简朴，亦称"平实体"（γένος ἰσχνόν，拉丁语译作 genus tenue 或 genus humile）。这类语文样式也适用于撰写政治报告和传授简要的道德教诲。①

议事体（γένος συμβουλευτικόν［genus deliberativum］）用于城邦议事会或公民大会审议涉及战争、财政、立法等议题时的发言，要求文风既有打动人的激情，又不显得过分激动，也称"适中体"（γένος μέσον［genus medium］），即居于诉讼体的平实和演示体的宏大之间。

演示体（γένος ἐπιδεικτικόν［genus demonstrativum］）用于公民大会或政治性集会，语文样式讲究气势，追求激发或震撼人心的效果，从而需要模仿肃剧风格，有肃剧英雄式的气概，因此也称"雄浑体"（γένος ἁδρόν）或"宏大体"（γένος μεγαλοπρεπές，拉丁文译作 genus grande 或 genus sublime［崇高体］）。这种语文样式难免极尽修饰之能事，容易犯文辞夸张或卖弄才学的"毛病"（vitium）。

---

① J. H. Lipsius, *Das Attische Recht und Rechtsverfahren*, Leipzig, 1905—1915 / Darmstadt 1966（重印）；L. Burckhart / J. Von Ungern‑Sternberg, *Grße Prozesse im antiken Athen*, München, 2000；邦纳、史密斯，《从荷马到亚里士多德时代的司法裁判》，刘会军、邹洋译，北京：中国法制出版社，2013；尤尼斯，《公元前 4 世纪雅典的法律修辞》，加加林／科恩编，《剑桥古希腊法律研究》，邹丽、叶友珍等译，上海：华东师范大学出版社，2017，页 217–236。

中古时期的基督教学者为了传授写作技艺,按这三种体式(Genera)来划分维吉尔的诗篇,或者说用维吉尔的诗篇作为三种体式的范本:《牧歌》(*Bucolica*)属于"平实体",《农事诗》(*Georgica*)属于"适中体",《埃涅阿斯纪》(*Aeneis*)则属于"宏大体"。

按这样的文体框框来归类维吉尔的诗作肯定属于削足适履,但这种划分让我们看到,古希腊演说辞的写作规则对古罗马文人以及后来的欧洲文人产生了影响。如果对比刘勰(约465—约520)《文心雕龙·体性》对文体风格的区分(八种体式:典雅、远奥、精约、显附、繁缛、壮丽、新奇、轻靡),我们会说,古希腊智识人的文体风格分类不如我国古人精细。但我们应该意识到,古希腊的演说术仅仅涉及演说辞文体。

据古典文史学家考证,伊索克拉底的演说术学校有五门基本课程,学习时间三至四年,相当于今天的大学本科。头三门课程都涉及作文训练,即学会如何"构思/立意"(εὕρεσις[inventio],如今所谓"选题")、"谋篇布局"(τάξις[dispositio])和"措辞"(λέξις[elocutio]),相当于如今大学文科的作文课程。

后两门课程是"记诵"(μνήμη[memoria])和"演诵"(ὑπόκρισις[pronuntiatio],发音及姿势),在今天也属于演讲学训练的必修课。演说虽然带有演示性,但毕竟不是演戏,毋宁说,演说是一种刻意的表现行为。"文革"初期,有位"作检查"的领导干部在万人批斗大会上念买来的"检查"时,把写检查稿的人用括弧提示他在某处做要哭状的"要哭"两字念了出来,顿时让听者捧腹。但他若受过演诵训练,在此时做出要哭状,就会取得所需要的效果。

　　无论哪种类型的演说辞,也无论演说辞针对何种具体事情,其实践目的都不外乎"具有说服力"(ad persuadendum),让人信以为真。要实现这一目的,演说者首先需要有雕琢言辞的能力。在演说术学校的五门基本课程中,"措辞"技艺最为繁复,专业术语也特别多。

　　演说辞既要讲究文采,也要让人"易懂"(σαφήνεια[[perspicuitas]),凡此都要求文饰功夫。所谓文饰(κόσμος[ornatus]),指采用特别的修辞手法雕琢言辞,如单个语词的转义用法,即所谓"转喻、隐喻"(τρόποι[tropi],原义为"翻转")等。希腊文是注重音节的拼音文字,文饰技法中的各种修辞格(σχήματα[figurae],原义为"姿态/外姿")既涉及语音(如头韵法、韵脚),也涉及语义(如双关语[παρονομασία/adnominatio]之类)。

　　具体而言,修辞格有三个层面。一、词语修辞格(σχήματα λέξεως[figurae verborum 或 elocutionis]),即用词和词法方面的修辞格(带寓意的故意偏离严格的规则);二、句式修辞格,比如省略连接词,共轭式搭配(同一个词以不同意义与两个并立的句子成分发生关系);三、语义修辞格,比如顿呼(把不在场的人当作在场的人称呼)、设疑(Interrogario)、渐进表达等等。

　　凡此文饰训练都仅仅涉及狭义的修辞,与演说辞必须讲究的逻辑推论等更高层面的修辞效果无关,目的是让人学会如何自如地把握言辞,以取得"不同寻常"(τὸ ἄηϑες)的文辞效果。比如,为避免长篇演说让人感到厌倦,需要不断制造"陌生化"(ξενικόν)的语词效果,以抓住听众的注意力。

　　狭义的修辞讲究文辞如何恰如其分或得体,单纯追求文饰,是一种缺点。但演说术课程还会教授何时使用及何时舍弃文采,若要让说辞显得客观得有如实录(如在法庭上提供证词的演说),文饰就必须省着些用,叙述显得平实才更令人信服。

文饰仅仅是最低层次的修辞技能,更高层面的修辞技能还涉及运用各种文体。比如,在叙述文体中插入对话体,不仅可以使得叙述生动活泼,还可以借人物的言辞(对话中的言辞)在他人的面具下表达自己。

一篇演说辞无论局部还是整体,文体和言辞都要善于"变通"(variatio),这是一条修辞规则,如《文心雕龙·通变》所说,"文辞气力,通变则久"。

演说辞的修辞性推论

演说辞的修辞技艺绝不仅仅限于文饰之类的雕虫小技,演说术训练的重点在于培养一种特别的理智能力。在高尔吉亚看来,无论哪种类型的演说辞都得讲究"修辞性推论"(ἐνθύμημα / rhetorical reasoning),即一种修辞性地(看似有道理地)证明自己说得有道理的言说方式。

吕西阿斯是外来移民,不能上法庭替人发表演说,但有一次,他不得不亲自出庭为自己发表演说。此事的起因是雅典民主政制时期著名的"三十僭主复辟"。吕西阿斯是民主派分子,他通过贿赂前来拘捕他的人才得以逃命,而他哥哥珀勒马科斯(Polemarchos)则被判饮鸩死刑,家族财产全部没收(三套房子、大笔钱财、120个奴工和一批工场制品)。

民主派从"三十僭主"手中夺回政权(约公元前403年)后反攻倒算,吕西阿斯有了机会亲自出庭,控告"三十僭主"

成员厄腊托斯忒涅杀害其兄弟,抢夺其家产。事后,他将自辩演说写成演说辞,题为"控告三十僭主成员厄腊托斯忒涅的法庭陈辞,由吕西阿斯本人陈述"(*Κατα Ερατοσθενους του γενομενου των τριακοντα, ον αυτος ειπε Λυσιας* ,拉丁语简称 Contre Ératosthène),作为诉讼演说辞的范本。

这篇演说辞分四大部分,结构谨严,层次分明,呈现了诉讼演说的修辞性推论的基本结构。[①]

引子(*προοίμιον* / exordium,1 – 3):吕西阿斯首先历数三十僭主对城邦和个人犯下的罪行,以此说明自己到法庭作证的理由;他也表示他担忧自己可能无法胜任作证的重责(修辞性说法)。

一、陈述事实(*διήγησις* / narratio,4 – 24):吕西阿斯叙述了三十僭主对吕西阿斯及其兄弟珀勒马科斯所犯罪行,申言他们兄弟俩与父亲一样,都是品行端正的侨民,却成了暴虐政体的牺牲品。吕西阿斯举出四个方面的例证:第一,三十僭主出于贪欲处死了 10 个最富有的侨民(5 – 8);第二,吕西阿斯被逮捕,财产被劫,靠逃跑才捡得一命(9 – 15);第三,珀勒马科斯遭厄腊托斯忒涅逮捕,未经审讯就被处死狱中,还被禁止人给他收尸,家产也被洗劫一空(16 – 19);第四,列举自己家族对雅典的贡献,与三十僭主危害雅典的罪恶对比,指控三十僭主所犯的罪下流无耻,以激发陪审团的政治觉悟(20 – 21)。

随后,吕西阿斯直接针对厄腊托斯忒涅本人提出指控。

---

① Kenneth J. Dover 编, *Lysias and the Corpus Lysiacum*, California Univ. Press,1968;Ernst – Alfred Kirfel 选编、笺注, *Lysias Ausgewählte Reden*, Münster 1978(古希腊语/德语对照加笺注);S. C. Todd, *A Commentary on Lysias, Speeches 1 – 11*,Oxford University Press, 2007。

第一,介绍厄腊托斯忒涅其人,并让他本人及其朋友出庭(22);第二,详细控诉厄腊托斯忒涅的故意杀人罪(23)。

二、引证(πίστις / argumentotio,24 – 78):首先提出主要证据(in causa,24 – 36),含正反两个方面。正面证据(probatio)仅一条就足矣:在一次审讯中,厄腊托斯忒涅承认了杀人罪(24 – 25),由此即可引出结论(26)。

反驳性证据(refutatio)旨在反驳,被告声称其行为是奉政务委员会之命,与本人意愿相违。吕西阿斯提出三项反驳。首先,三十僭主的命令授予经信任投票选出的代表,若厄腊托斯忒涅真的提出过异议,这个任务不会交给他(27);其次,作为执政者之一,厄腊托斯忒涅本来不必接受那道命令(28 – 29);第三,他本可以规避这项任务(30 – 32)。由此可以得出结论:这个案件是故意杀人(φόνος ἑκούσιος,33 – 34)。吕西阿斯提醒法官要履行自己的职责(35 – 36),无异于向法官施压。

额外证据(extra causam):被告为自己辩护过后,吕西阿斯进一步指陈被告在过去的所作所为(37 – 78)。

首先,吕西阿斯指控厄腊托斯忒涅卑鄙无耻,不仅从未做过任何一件好事来弥补其罪行,还想为自己辩护,可见寡廉鲜耻之极(37 – 41)。随后,吕西阿斯从正反两个方面揭露厄腊托斯忒涅一贯与民主政体为敌。

正面揭露:厄腊托斯忒涅在骚乱时期亲自参加颠覆活动,还曾在赫勒斯滂海峡为寡头政体制造舆论,一度从船上开了小差(42)。具体举证:第一,在伯罗奔半岛战争的最后一场海战埃戈斯珀塔摩(Aigospotamoi)战役之后,厄腊托斯忒涅成了五人督察官之一(43 – 47);第二,作为寡头统治成员之一,他不但从未做过一件减轻民众负担的事,还参与了三十僭主的所有罪行(48－52);第三,三十僭主倒台之后,他同斐东(Pheidon)一伙企图破坏和谈(53－61)。

反面揭露:厄腊托斯忒涅称自己是忒腊墨涅(Theramenes)的同志,这并不能减轻他的罪责,因为忒腊墨涅是民主政体的叛徒。证据有二:第一,作为四百人团的头目,此人背叛了自己的同志(65－68);第二,作为和谈代表,他使雅典落入斯巴达人之手,三十僭主复辟因此才能得逞(69－78)。

三、结论(79－91):陈述被告罪无可赦的理由。第一,被告不应得到宽赦,作为三十僭主之一,对厄腊托斯忒涅的惩罚只能是死刑(81－84,无异于代替法官作出判决);第二,要不是指望得到有权势的熟人帮助,厄腊托斯忒涅不会向法庭自首(84－85)。因此,此案的嫌疑人还有:那些为厄腊托斯忒涅说情的人(85－86);为其无罪作证的人(87－89);将他无罪释放的法官(90－91,再次对法官施加压力)。

四、余论($\dot{\epsilon}\pi\dot{\iota}\lambda o\gamma o\varsigma$ / peroratio,92－100):吕西阿斯呼吁两位法官要诚实和有责任感(92－98),因为躺在坟墓里的那些暴政的牺牲者将对法官们的判决作出判决(99－100,第三次对法官施加压力)。①

诉讼演说辞离不了陈述(叙述)事实,说理必须基于发生的事情真相,但是,何谓"事实真相"往往众说纷纭。在智术师看来,任何对"事情真相"的陈述都是一种修辞,并没有什么"事实真相"。因此,重要的并非探究或澄清"事实真相",而是如何陈述事实。用智术师的演说术理论来讲,即以修辞

---

① 比较 John J. Bateman, "Lysias and the Law", in *Transactions of the American Philological Association*, 89(1958), pp. 276－285。

性推论的方式陈述事实，扬"长"避"短"，条理分明地展示对手的"种种邪乎"（*κακίαι*［vitia］），同时展示自己的"优点"（*ἀρεταί*［virtutes］）。

葬礼演说与激励城邦

雅典城邦有一种政治传统，即以公共仪式来吊唁战争中牺牲的同胞，其首要仪式是赞美死者、抚慰家属、激励城邦民的致悼词（Epilaphios），即著名的葬礼演说。修昔底德记载了伯利克勒斯为伯罗奔半岛战争早期牺牲者所致的悼词，非常著名，甚至已经成为政治思想史上的经典文献。

吕西阿斯没有资格发表发表葬礼演说，但他写过一篇教人如何写这类演说的范文。悼词开头少不了要回顾牺牲者们的丰功伟业，但吕西阿斯的这篇葬礼演说辞是虚拟的，因此，他以希腊历史故事代拟：首先提到雅典人反抗亚马族人的战役，接着讲述了七将战忒拜的故事（2.7–10）。

[7] 阿德腊斯托和珀吕内克攻打忒拜，在战斗中身亡，忒拜人不想让死者得到安葬。雅典人却认为，就算是这些死者行了不义，他们也因为死而遭受到最大的惩罚，何况，[他们若是不得安葬，]冥府的神们会得不到本来属于自己的东西，而天上的神们也会因为（自己的）圣地受到玷污而受到亵渎。于是，雅典人先派出传令官，要他们去请求允许安葬死者，[8] 因为雅典人认为，是好男儿就该去找活着的敌人报仇，对自己没信心的人才会用死者的尸体来证明自己勇气。

[9]由于请求未能实现,雅典人就向忒拜人开战。其实,雅典人之前从没与忒拜人闹过不和,也并非要讨好活着的阿尔格维人,毋宁说,雅典人冒这样的险,不过因为他们认为,应该让阵亡者得到按礼法应有的东西。他们针对其中一方,为的却是双方:一方为了这些忒拜人不再犯错拿更多阵亡者去亵渎神们,另一方则为了阵亡者们不会再如此这般地回到自己的故土——既没有父辈的荣誉,又被剥夺了希腊人的礼法,还分享不了共同的希望。

[10]雅典人就是这样想的,当然,他们很清楚,打起仗来,机运对所有人都一样,何况他们招惹的敌人为数众多,但正义在他们这边,经过一场奋战,他们赢得了战斗的胜利。

就内容而言,这段说辞属于如今所谓历史叙述。可以看到,在演示性演说中,回顾历史的目的是政治教育。为了实现这一目的,演说家必须以修辞性推论的方式重述史实。①由此可见,如今的修辞学绝不等于古希腊的 rhetorikē[演说术]。因为,演说术绝不仅仅是如何应用文辞和谋篇布局的技艺,毋宁说,演说家承担了塑造城邦民的政治德性的责任和义务。

---

① Julia L. Shear, "Their Memories Will Never Grow Old: The Politics of Remembrance in the Athenian Funeral Orations", in *Classical Quarterly*, 63. 2(2013), pp. 511 – 536.

《海伦颂辞》与修辞性推论

亚里士多德的《修辞术》开篇先指出演说辞有三种类型，紧接着就说，修辞性推论体现为三种样式："看似如此的［推论］"（τὰ εἰκότα → εἰκός / eikos）、"或然的［推论］"（τὰ σημεῖα → σημεῖον / sēmeion）和"确证的［推论］"（τὰ τεκμήρια → τεκμήριον / tekmērion）（1359a6 – 25）。这一说法显得有些奇怪，因为，要说"看似如此的推论"是修辞性推论，不难理解，但要说"或然的推论"和"确证的推论"也是修辞性推论，就让人费解了。

我们还是来看智术师自己怎么说吧。

罗马帝国时期的雅典智术师菲洛斯特拉托斯（Philostratus，170 – 247）在其《智术师传》（*Vitae Sophistarum*，1.9）中称，高尔吉亚是"智术之父"，在演说术方面，

> 他为智术师们开了先河，做出了努力，开启了"吊诡法""一气呵成""夸大""断隔句""入题法"……他还利用了有装饰并且庄严的充满诗味的词藻。（何博超译文）

高尔吉亚的《海伦颂辞》（Ἑλένης Ἐγκώμιον）是如今能够看到的关于修辞性推论的经典文本。① 在这篇以演说辞形式

---

① 何博超，《高尔吉亚〈海伦颂辞〉译注》，见《古典研究》，2012 年冬季卷（总第十二期），页 19 – 48；比较 Matthew Gumpert，*Grafting Helen：the Abduction of the Classical Past*，University of Wisconsin Press，2001；Bruce McComiskey，*Gorgias and the New Sophistic Rhetoric*，Southern Illinois University Press 2012。

阐发演说术原理的文章中，高尔吉亚提出，"看似如此的东西"就是世人的"意见"，世人只能通过意见这种或然知识来理解事实。因此，演说术的要诀在于，凭靠修辞性推论建立起一种修辞性事实（看似如此的事实），以达到说服众人、让众人摆脱"恐惧"的灵魂治疗作用。

海伦事件据说是希腊史上著名的特洛伊战争的起因，希罗多德在《原史》一开始就记叙了这件事情。他后来强调，他的记叙来自祭司们（οἱ ἱρέες）的"说法"，似乎这是"海伦纪事"（ἱστορέοντι τὰ περὶ Ἑλένη）的真实版本。然后他又说，荷马明明知道这个关于海伦的传统"说法"（τὸν λόγον），却"故意放弃这个说法"，用另一个"说法"取而代之，原因是传统说法不切合他制作的"叙事诗"（τὴν ἐποποιίην；《原史》，2.113-115）。

可见，古希腊人关于"海伦事件"长期众说不一。高尔吉亚的《海伦颂辞》利用这一事件来阐发他的演说术理论，堪称选材精当。

开场白是一段言辞华美的大道理，高尔吉亚说：

> 城邦之光采在于雄健，身体在于美（κάλλος），灵魂在于智，事功在于完善，言辞在于真；而与这些相反的就是不光采。对于男人、女子、言语、行止（ἔργον）、城邦和事功，应以赞扬（ἐπαίνωι）来推崇值得赞扬之事，同时责备（μῶμον）不值得赞扬之事。

这话听起来像是在说，政治生活中有是非、对错和高贵与低劣之分。但是，在现实生活中，要区分是非、对错和高贵与低劣，实际上很难。高尔吉亚随即引出"海伦事件"来证明这一点：

> 关于这个女人，听信诗家的听众所持的信念，以及
> 关于这个名字（已成了一次灾祸的铭记）的流言，都是一
> 气同声。我愿意用辞章给出某种合理考虑，为这个坏名
> 声的女人涤除罪咎，去演示那些谴责者都在骗人，我要
> 指出真相，终结无知。（《海伦颂辞》2）

高尔吉亚首先提到，众人"听信诗家"的说法，把海伦视
为"灾祸"的代名词。在高尔吉亚看来，诗家是在误导民众。
高尔吉亚的说法让我们得知，当时的所谓"意识形态"是由肃
剧诗人提供的，智术师要改造这种状况。因此，高尔吉亚提
出自己要做的事情："用辞章（$λογισμόν$）给出某种合理考虑，
为这个坏名声的女人涤除罪咎。"由此我们可以说，演说家与
肃剧诗人在当时互为竞争对手，争夺民众灵魂的支配权。

但是，这仅仅是权力之争吗？高尔吉亚在一开始就说，
政治生活中有是非、对错和高贵与低劣之分。换言之，演说
家与诗人之争涉及应该如何正确引导人民这一大问题。不
难设想，这样一来，区分政治生活中的是非、对错和高贵与低
劣，的确成了首要问题。

让人大跌眼镜的是，通过这篇演说辞，高尔吉亚建议应
该放弃这种区分。让我们来看他如何论证这一点。

首先，高尔吉亚描述了海伦的魅力：她太美了。至于这
样的美来自何方——来自宙斯抑或某个人中之杰如斯巴达
王廷达罗斯（$Τυνδάρεως$），说不清楚，也不重要。重要的是，这
种美"勾起了无数人对爱欲最为强烈的欲望"
（$πλείστας ἐπιθυμίας ἔρωτος$），以至于各色人都趋向这种"令人

敬拜的美"（$τὸ\ ἰσόθεον\ κάλλος$）。高尔吉亚提到了四类人：拥有财富的富豪、出身名门的贵族、美男子和有智慧的人（《海伦颂辞》4）。

这无异于说，对"美"的"爱欲"支配了所有能人，从而可以说是对人性下了定义。我们应该问：富豪、贵族、美男子和有智慧的人心目中的"美"会是同一个"美"吗？苏格拉底会说，在热爱智慧的人眼里，海伦固然漂亮，但绝对算不上纯粹的"美"，因为血肉之美无论如何不会是纯然精粹的美（比较《会饮》和《希琵阿斯前篇》）。

高尔吉亚并没有说，不同类型的人对"美"有不同的看法。他接下来就说：

> 是谁、为何以及以什么方式满足了［自己的］爱欲（$ἔρωτα$）挟走海伦，我不会讲。因为，对那些早已知晓的人讲他们知晓的内容，这有说服力，但带不来乐趣。那么现在，对于演说，我不会在之前的［内容］上再花时间，我要开始后面会进行的演说，我会提出海伦奔去特洛伊的若干可能的因由。（《海伦颂辞》5）

接下来高尔吉亚提出了自己的论题（"立题"）：海伦去特洛伊，可能是因帕里斯用言辞说服（等于欺骗）了她。这个论题转移了主题——从"爱欲"转向了"言辞"，而"美"的魅力是连接两者的关键——言辞同样具有令人难以想象的魅力。

> 如果言语说服并欺骗了［海伦的］灵魂，那么在这一点上进行辩护并洗净［海伦的］罪责并不难：言语是强大

的主宰,它以最渺小和最微不足道的身体完成了最有神
性的效果。因为,它能平息恐惧(*φόβον παῦσαι*),去除痛
苦(*λύπην ἀφελεῖν*),产生喜悦(*χαρὰν ἐνεργάσασθαι*),助长
怜悯(*ἔλεον ἐπαυξῆσαι*)。(《海伦颂辞》8)

这段说法有三个看点。首先,对海伦的赞颂变成了对
帕里斯的言辞能力的赞颂,或者说对言辞行为本身的赞颂。
第二,言辞行为的作用是"说服"灵魂,而这与"欺骗"灵魂
是一回事。第三,所谓"说服"或"欺骗"灵魂的具体含义
是,让世人的灵魂摆脱"恐惧"或"痛苦",产生"喜悦"并变
得温软。

高尔吉亚进一步论证说,人生活在言辞之中,因此并
不存在什么"事情的真实"或"事件的真相"。所谓"事情
的真实/真相"都不过是人们的说法,这些说法仅仅体现
了人们对事情的"意见",世人不得不生活在种种意见之
中,毕竟,

> 回忆过去、考察现在和预测将来都不是那么容易,
> 故在大多数事情上,大多数人任命意见做灵魂的顾问
> (*σύμβουλον*)。意见不可靠而不稳(*ἀβέβαιος*),它把使用
> 它的人圈入不可靠和不稳的好运中。(《海伦颂辞》11)

高尔吉亚据此提出一个重要论断,即言辞的看似如此的
作用:

> 言辞说服了它[所要]说服的灵魂,它强迫[灵魂]
> 信服(*πιθέσθαι*)所说的话,而且认可[前者的]所作所为。

(《海伦颂辞》12)

基于这一关键论点,高尔吉亚随后说到影响世人灵魂的三种言辞样式(《海伦颂辞》13)。第一种相当于如今的自然科学话语,高尔吉亚称为"天象学家的言辞"(τοὺς τῶν μετεωρολόγων λόγους)。这种言辞看似客观,即看似在用真知取代意见,其实仍然是在用意见取代意见。换言之,自然科学式的话语也是一种"意见"。

第二种相当于如今的政治言辞,高尔吉亚称为"凭靠话语的强迫性竞争"(τοὺς ἀναγκαίους διὰ λόγων ἀγῶνας),具体而言即指诉讼、政议和演示式演说。这些"凭技艺写就"的言辞都处于某种政治性竞争处境,以图"说服人们",演示式演说的最终目的是"愉悦大众"(ὄχλον ἔτερψε)。

第三种是哲学论辩式的言辞,即由正到反、由反到正地考辨意见。这种言辞看似在求真知,其实同样是一种试图说服他人的强迫行为。

可以看到,虽然区分了三种言辞样式,在高尔吉亚看来,自然科学和哲学论辩式的话语究其实质与政治话语没有差异,不外乎凭靠言辞强迫人们"信服"某种道理,这有如对人的灵魂下药:

> 言辞的能力与灵魂秩序(τάξιν)之间的关系(λόγον)类似于药的安排与身体本性之间的关系。因为正如不同药物从身体中导出不同的体液,有些去除疾病,有些则终结生命,同样地,一些言辞使人痛苦,一些则使人愉悦,一些让人恐惧,一些令听众进入无畏的(θάρσος)状态,一些则通过坏的说服来给灵魂下药(ἐφαρμάκευσαν),

迷惑(ἐξεγοήτευσαν)灵魂。(《海伦颂辞》14)

　　说过这番道理之后,高尔吉亚再回到海伦事件,以此证明他想要得出的如下结论无可辩驳:由于"大多数人都陷入了茫然的困苦、可怖的疾病和难以治愈的癫疯中"(17),演说家应该制作"看似如此"的言辞,让众人的灵魂摆脱世间的痛苦和恐惧,活得快乐(《海伦颂辞》18 – 19)。

　　高尔吉亚把自己这篇为海伦辩诬的演说辞称为"遣兴之作"(παίγνιον),似乎他仅仅是写着玩儿。其实,他用演说辞的形式绝妙地为他的老师泰熙阿斯(Thesias)的如下说法提供了修辞性证明:"由于和真实的东西相似,看似如此恰好适合大多数人。"

　　高尔吉亚关于"演说术"的说法让我们看到了他对城邦生活的认识,用今天的话说,他的演说术的确属于一种政治术,即让民众的灵魂进入一种沉迷状态。如苏格拉底一针见血地指出的那样,高尔吉亚"并不关心正义与不义"这类首要的政治问题:

　　　演说家不是教导者(διδασκαλικός),[他]在法庭上以
　　及其他大众面前(τῶν ἄλλων ὄχλων),并不是就各种正义
　　与不义之事使用教导术,而仅仅使用说服术,因为他多
　　半儿没有能力在很短时间内教导如此众多的大众
　　(ὄχλον)如此重大的事务。(《高尔吉亚》455a3 – 6)

　　作为雅典城邦民,苏格拉底关切城邦的德性,他不得不坚决抵制高尔吉亚以及其他外邦来的智术师,由此引出了演

说术与修辞术之辨。①

苏格拉底的演说与修辞术

雅典民主时代早期的演说辞大都没有流传下来,但在修昔底德的《战争志》中,我们可以看到各类演说辞,最为著名的即伯利克勒斯的"葬礼演说"。由此可知,演说家在雅典的民主政制时期的确曾起过重要的政治作用。② 雅典在伯罗奔半岛战争中最终落败,人们就把罪过归咎于演说家:

> 演说家被选为将军之前,城邦没有败过。
> 一旦由演说家来统帅士兵,城邦就败了。

即便这类说法是后人编的,我们也值得从中看到:第一,演说能力的确曾是做政治家的条件;第二,在民主的雅典城邦,政治家尤其得凭靠演说能力;第三,能说会道的演说才干并不等于政治才干,或者说,演说术的确不等于政治术。施特劳斯在解读色诺芬的《上行记》时提到,色诺芬是苏格拉底的学生而非智术师的学生,在政治的危难处境中,他挺身而出,率领一万将士化险为夷,成功返回希腊。相反,高尔吉亚用演说术训练出来的将领却惨遭自己部下杀害。

---

① 详参施特劳斯,《修辞、政治与哲学:柏拉图〈高尔吉亚〉讲疏》,李致远译,上海:华东师范大学出版社,2017。

② Konrad Heldmann, *Antike Theorie über Entwicklung und Verfall der Redekunst*, München, 1982. 魏朝勇,《自然与神圣:修昔底德的修辞政治》,上海:华东师范大学出版社,2010。

在柏拉图笔下,苏格拉底一生从未发表过公共演说,直到 70 岁时在法庭上面对代表城邦民的陪审团发表自辩演说。从柏拉图的记叙来看,苏格拉底对法庭辩驳演说的修辞程式和套语非常娴熟,应用自如。[①] 苏格拉底否定智术师的演说术,不仅是因为有人凭演说才干成为政治家会给政治共同体带来覆亡危险,还有别的原因。

在柏拉图的《会饮》中我们看到,客人们各显才智发表演说颂扬"爱欲",呈现了演示性颂扬演说辞的各色典范,但轮到苏格拉底发表演说时,他拒绝了。从苏格拉底陈述的拒绝理由来看,他与智术师的根本分歧在于智识人究竟应该如何引导民众的灵魂。

柏拉图的《普罗塔戈拉》记叙了苏格拉底不到 40 岁时与普罗塔戈拉的一场论辩。普罗塔戈拉就应该如何教育雅典城邦民发表了一通准议政演说,苏格拉底听完之后,对在场的听众说:

> 我有个小小的地方没想通。显然,普罗塔戈拉轻易就能开导[我],既然他开导了那么多的事情。毕竟,如果有人就同样这些事情与任何一个民众演说家——无论伯利克勒斯,还是别的哪个铁嘴——讨论,大概也会听到这样一些说法。可是,如果还有什么要进一步问,[他们]无不像书本那样,既不能解答,也不能反躬自问。如果有谁就所讲的东西中哪怕小小的一点儿问下去,[他们]就会像被敲响的铜盆响个不停,直到有谁摁住它。那些演说家们就这样,要是有人问一丁点儿,他们

---

① 参见 Thomas Meyer, *Platon's Apologie*, Stuttgart, 1962, 页 45 – 64。

就会扯出一段长篇大论。(《普罗塔戈拉》328e3 –
329b2)

这段说法被视为苏格拉底反对演说家和演说术的最早
证据,其中有两个要点值得注意。首先,演说是针对民众的
政治行为,演说家要么是民主政治的领袖,要么是试图掌握
民众的智识人(如普罗塔戈拉),苏格拉底不是这两种人,所
以他拒绝演说。

其次,演说家的演说行为表明,他们没有"反躬自问"的
德性。演说家就像如今的"公知",他们的心性特征是自以为
是,"拎着学识周游各城邦贩卖",夸赞自己贩卖的东西,向有
欲求的人兜售。其实,他们"并不知道自己贩卖的每样东西
对灵魂有益还是糟糕;同样,从他们那里买的人也不知道,除
非他碰巧是个灵魂的医生"(《普罗塔戈拉》313d5 – e3)。

从《海伦颂辞》中可以看到,高尔吉亚就让自己显得是
"灵魂的医生"。问题在于,什么样的"灵魂的医生"?

在柏拉图的《斐德若》中,苏格拉底与迷恋言辞的青年斐
德若就这个问题展开过深入讨论。这篇作品也被视为关于
古希腊演说术/修辞术的经典文献,其中就提到约公元前 5
世纪末在西西里岛创建第一所演说术学校的叙拉古人泰熙
阿斯,相传他是高尔吉亚和吕西阿斯的老师。苏格拉底说,
在演说术的发明者看来:

看似如此的东西比真实的东西更值得看重。凭靠
语词的力量,他们[能]搞得让渺小的东西显得伟大,让
伟大的东西显得渺小,把新东西搞得陈旧,把陈旧的东
西搞得很新——他们还发明了就任何话题都既能说得

极短又能拖得老长［的能力］。(《斐德若》267a6 – b2；
比较《高尔吉亚》452d – 453a)

与《海伦颂辞》对观，我们可以肯定，这些说法明显直接
针对高尔吉亚的演说术。在《斐德若》中，苏格拉底还罕见地
点了一堆智术师的名(共 10 位)，他们无不是著名的演说家，
包括在《理想国》卷一中扮演重要角色的人物，即来自小亚细
亚的希腊人城邦卡尔克多尼俄斯(Chalcedon / Χαλκηδών)的
忒拉绪马霍斯(公元前 459—前 400)：

> 在我看来，谈论老年和贫穷扯得来催人泪下，那位卡
> 尔克多尼俄斯人［忒拉绪马霍斯］的力量凭技艺威力才大
> 呢。这男人厉害得能让多数人激愤起来，［然后］靠歌唱
> 般的言说再哄激愤的人们［昏昏欲睡］——这是他自己说
> 的。而且，无论是诽谤［他人］还是摆脱随便哪里来的诽
> 谤，他都极为得心应手。(《斐德若》267c5 – d3)

《斐德若》一开始呈现了斐德若如何着迷于吕西阿斯的
一篇带私人性质的演说辞。我们难免感到奇怪：难道私人之
间也有演说？演说不都是面对公众的言说行为吗？

斐德若迷上的这篇演说辞未必真的出自吕西阿斯手笔，
毋宁说，柏拉图是要以此笔法表明，在苏格拉底看来，智术师
们的演说术忽略了言辞行为的一个重要维度。在《斐德若》
中，苏格拉底两次仅仅对斐德若一个人发表演说，而且极具
表演姿态。这意味着，在苏格拉底看来，言辞行为的演示性
不仅可用于引导众人的灵魂，而且可用于——甚至首先应该
用于——引导个体的灵魂。

与斐德若讨论修辞术时，苏格拉底一开始就说：

> 整体而言，修辞术应该是某种凭言说引导灵魂
> （ψυχαγωγία τις διὰ λόγων）的技艺，不仅在法庭和其他民
> 众集会上如此，在个人事务方面也如此。这门技艺同样
> 涉及大事和小事，没有比这门技艺正确地得到应用更应
> 该受到重视的了，无论涉及严肃的事情还是琐屑的事
> 情，不是吗？（《斐德若》261a6－b2）

"在个人事务方面（ἐν ἰδίοις）也如此"是此处的关键，苏格
拉底的 rhetorikē 与高尔吉亚的 rhetorikē 的差异，首先在
于关切个体灵魂还是"关切杂众的意见"（δόξας δὲ πλήθους
μεμελετηκώς）。既然在私下场合仅对一个人发表长篇说辞不
能称为"演说"，那么，苏格拉底所说的 rhetorikē 就只能译作
"修辞术"。

《斐德若》中有三篇演说辞，主题都是"爱欲"，而高尔吉
亚的《海伦颂辞》同样涉及爱欲：

> 如果海伦是被言辞说服，她就没有犯罪而是遭逢意
> 外，下面，我要用第四条论证（λόγωι）指明第四点因由。
> 如果是爱欲做了这些事情，那么［海伦］就可以毫不费力
> 地摆脱前面提到的过错所含的罪责。（《海伦颂辞》15）

高尔吉亚并没有进一步辨析爱欲在不同人身上的伦理
品质差异，而在《斐德若》中，苏格拉底则让我们看到，爱欲有
多种，对应于多种灵魂样式，或者说人世间的爱欲有高低不
同的德性品质。高尔吉亚的演说术恰恰无视爱欲品质的德

性差异。

在《会饮》中，斐德若提议在座每一位各自发表一篇演说颂扬爱欲，这无异于提议就颂扬爱欲展开演说竞赛，而他自己也第一个发表演说。《斐德若》的戏剧时间在《会饮》之后，这意味着，苏格拉底试图通过自己的修辞术救护斐德若的灵魂。由此可以理解，《斐德若》的场景为何是私人性交谈，而苏格拉底为何对斐德若一个人发表演说。显而易见，苏格拉底更看重 rhetorikē 对个体认识自己的爱欲的作用，这才是真正的灵魂教育。因此，苏格拉底提倡的 rhetorikē 不妨称为"爱欲修辞术"。

柏拉图的演说辞与诗术

无论《会饮》《斐德若》还是《普罗塔戈拉》，其中的演说辞要么出自苏格拉底，要么出自智术师及其学生。可是，这些对话作品无不出自柏拉图手笔，由此便产生一个问题：这些演说辞真的出自柏拉图笔下的那些历史人物吗？难道柏拉图写的是纪实性报告文学？没有可能是柏拉图的模仿——甚至戏仿？

在短篇作品《默涅克塞诺斯》中，这个问题尤为突出。从中我们看到，甚至苏格拉底也发表过一篇葬礼演说，尽管仍然仅仅是对一个人即贵族青年默涅克塞诺斯演说。

这篇对话的戏剧场景是：苏格拉底在路上碰见开完城邦议事会回家的默涅克塞诺斯，后者告诉苏格拉底，这次议事会的主题是为将要举行的阵亡将士葬礼挑选一位演说者。苏格拉底说，勇于战死沙场是高贵行为，死者理应受到赞美。可是,智术师们培养的演说家们在这类场合不合适,因为他们"绞尽脑汁地赞美城邦,赞美在战场上死去的人,以及我们的所有祖先",为的是"迷惑我们的灵魂",让听众自以为自己"立马变得更伟大、更高贵、更俊美了"(《默涅克塞诺斯》234c1 - b4,李向利译文,下同)。换言之,在苏格拉底看来,智术师们培养的演说家对雅典城邦的政治教育有害无益。

随后,苏格拉底谎称自己也精通演说术,而他的老师正是伯利克勒斯的著名女友阿斯帕西娅(Aspasia),她有篇葬礼演说辞堪称典范。接下来苏格拉底就复述了这篇演说辞,其开场白中有这样一段话:

> 任何一篇这样的演说,都应该能够充分地赞扬阵亡者、友好地规劝生者——鼓励儿子们和兄弟们模仿这些人的德性,安慰父亲们、母亲们以及仍然在世的[其他]长辈们。(《默涅克塞诺斯》236e4 - 9)

可以看到,苏格拉底没有否认葬礼演说这类演示性政治演说辞应该"赞美城邦,赞美在战场上死去的人,以及我们的所有祖先"。问题在于应该赞美什么,以及如何赞美。显然,模仿先辈们的高贵德性是关键。在谴责智术师培育的演说家们时,苏格拉底批评演说家只是极尽言辞美化先辈和战死沙场的将士,却不问德性品质的优劣。

苏格拉底说,他所转述的这篇葬礼演说辞,仅有部分出自阿斯帕西娅的即兴构思,另一部分则出自伯利克勒斯在公元前430年冬天发表的著名葬礼演说(《默涅克塞诺斯》236b),似乎这篇演说辞一半来自实例,一半来自虚构。

　　然而,在苏格拉底复述的演说辞中,甚至出现了一些他死后13年才发生的历史事件,以至于古典学家没法认为这篇演说辞真的出自苏格拉底的转述。毋宁说,是柏拉图伪造了这篇演说辞,或者说他戴着双重面具发表了一次葬礼演说:他让苏格拉底戴着阿斯帕西娅的面具演说,而他自己则戴着苏格拉底的面具演说。

　　为什么柏拉图要让笔下的苏格拉底说,阿斯帕西娅即兴构思的这篇演说融合了伯利克勒斯实际发表过的那篇葬礼演说? 据说,柏拉图写作《默涅克塞诺斯》时,修昔底德的《伯罗奔半岛战争志》或许刚刚发表不久——《默涅克塞诺斯》明显有意针对修昔底德笔下伯利克勒斯的葬礼演说。

　　修昔底德的笔法并非仅仅实录伯利克勒斯的葬礼演说,而是暗含对伯利克勒斯所表彰的自希波战争以来雅典城邦史的评价。同样,柏拉图戴着双重面具发表葬礼演说,也并非在戏仿伯利克勒斯或修昔底德。毋宁说,通过自己编写的葬礼演说,柏拉图提供了对雅典城邦史的另一种解释。[①] 如果说修昔底德的《伯罗奔半岛战争志》是在施行城邦政治教育,那么,柏拉图的《默涅克塞诺斯》同样如此。两者的差异明显在于,柏拉图仅仅对个体灵魂发表演说,而修昔底德则似乎在对整个城邦民发表演说。

　　由此可以理解,对话开始之前,苏格拉底对贵族青年默涅克塞诺斯说,你"小小年纪就着手统治我们这些较年老的人,以便你们的家族会源源不断地为我们提供主事人"

---

　　① 卡恩,《柏拉图的葬礼演说》,李向利编,《苏格拉底与修辞术》,北京:华夏出版社,待出。

（234c9 – b1）。这意味着，在苏格拉底/柏拉图看来，就城邦的政治教育而言，首要之事是教育城邦中为数不多的天资优异的青年——名义上称为贵族青年。因此，苏格拉底所模仿的葬礼演说，仅仅是对默涅克塞诺斯一个人在演说。

柏拉图的这篇葬礼演说辞概述了雅典城邦所经历的百年战争史，换言之，在柏拉图看来，如果要教育城邦中为数不多的天资优异的青年或者说城邦的未来担纲者，那么，最为重要的课程是历史教育。按今天实证史学的要求，史学的目的是寻找历史的真实，历史教育的目的则是澄清史事或史实。可是，柏拉图的葬礼演说至少有三处与史实明显不符，甚至堪称严重歪曲史实。最为明显的歪曲是把民主政体的雅典描述成贵族政体，在这种政体中，人们把统治权和权威委任给"那些看起来总是最贤良的人"（τοῖς ἀεὶ δόξασιν ἀρίστοις εἶναι，238d）。

雅典城邦的纪事家并非如今意义上的史学家，无论希罗多德的《原史》还是修昔底德的《战争志》抑或色诺芬的《希腊志》，都不是今天实证史学意义上的史书，反倒像是按演说术的写作技艺写成的纪事。

从这一意义上讲，高尔吉亚说得没错，这类政治言辞是"凭靠技艺"展示的修辞性推论。换言之，苏格拉底/柏拉图并没有拒绝修辞性推论本身，问题在于用这种言辞样式从事怎样的政治教育。《王制》（又译"理想国"）中的苏格拉底指责赫西俄德和荷马"给世人编织虚假故事"，并非因为他们编织的故事虚假，而是"虚构得不美好"（《王制》377d5 – 9）。

在这段对话里，苏格拉底提出了"制作美好故事"的问题（377c1）。柏拉图的葬礼演说辞就是一种"制作"，即以诗术写作演说辞。① 通过回顾雅典城邦所经历的百年战争史,柏拉图戴着苏格拉底的面具,以高妙的言辞暗示了雅典人政治德性的实际衰变史。尽管看到雅典城邦的政治德性因民主政治而衰变,他仍然以鼓励为主,并告诉雅典城邦未来的担纲者,他们的责任是引导雅典民众趋向高贵的德性。

现在我们可以说,苏格拉底/柏拉图所理解的 rhetorikē 应译作"修辞术",他们所攻击的智术师们的 rhetorikē 只能译作"演说术"。如果智术师的演说术是一种政治术,那么苏格拉底/柏拉图的修辞术同样是一种政治术。差别在于,智术师关切让民众摆脱痛苦和恐惧,苏格拉底/柏拉图关切城邦的政治德性。而引导民众的灵魂需要为数不多的天资优异的人,因此,教育贵族青年远比直接教育民众更重要。

演说术与雅典城邦的终结

在《斐德若》临近结尾时,苏格拉底谈到了比自己小 30 多岁的伊索克拉底(Isocrates,公元前 436—前 338)。柏拉图仅比伊索克拉底小 10 岁,两人算同辈人,他让青年伊索克拉底出现在自己的作品中,无异于委婉地对他提出批评。苏格拉底与智术师的冲突,在双方的学生辈身上延续。

伊索克拉底和色诺芬是同乡,都来自加提亚半岛,其父在雅典开了一家制作簧管的工场,拥有大批奴工。伊索克拉底曾师从智术师普罗狄科和高尔吉亚,也与苏格拉底交往甚

---

① Jeffrey Walker, *Rhetoric and Poetics in Antiquity*, New York: Oxford University Press, 2000。

密。公元前393年,也就是柏拉图学园创立的前几年,伊索克拉底在雅典创建了一所演说术学校,以高尔吉亚和吕西阿斯的演说辞为范本教书育人,并写作了大量演说辞。①

公元前354年,柏拉图正在写《法义》时,伊索克拉底写了关于演说术技艺的《论交替诉讼》,开篇就影射柏拉图在《斐德若》中戴着苏格拉底面具对修辞术所下的定义(《斐德若》261a6 - b2),并两处攻击柏拉图及其学园。

诸多有名的外邦智术师到雅典发展,与雅典城邦崛起并试图取得泛希腊地区的领导权有直接关系,或者说,与希腊人形成自己的"大一统"国家有直接关系。高尔吉亚积极主张建立统一的希腊国家,他的晚辈学生伊索克拉底寄望长期相互打斗的雅典和斯巴达捐弃前嫌,联手实现泛希腊城邦的统一,共同对付波斯帝国。马其顿崛起之后,他马上转而寄望腓力王统一泛希腊城邦,并没有什么雅典情结。19世纪至20世纪之交的德国古典语文学家如梅耶(Eduard Meyer,1855—1930)和维拉莫维茨(1848—1931)都对他评价很高,因为这两位德国古典学家都主张大德意志能实现政治统一——现代欧洲的古典学家在看待雅典时期的政治思想冲突时,未必会关切问题的内在实质,而是受自己时代的政治处境左右。

柏拉图晚年之时,雅典城邦的势力已经衰落,马其顿王

---

① 《古希腊演说辞全集:伊索克拉底卷》,李永斌译,长春:吉林出版集团,2015;P. Cloché, *Isocrate et son temps*, Paris 1963; F. Seck 编, *Isokrates*, Darmstadt 1976; Chr. Euchen, *Isocrate. Seine Positionen in der Auseindersetzung mit den zeitgenässischen Philosophen*, Berlin / New York 1983; S. Usener, *Isokrates*, *Platon und ihr Publikum. Hörer und Leser von Literatur im 4. Jh. v. Chr.*, Tübingen 1994; Y. - L. Too, *The Rhetoric of Identity in Isocrates*, Cambridge 1995。

国迅速崛起。这个时候,雅典城邦出现了一批出色的演说家[政治家],德摩斯忒涅(Demosthenes,公元前384—前322,有位著名的雅典将军也叫这个名字,不要搞混)名气最大。他出身名门,父亲是伯罗奔半岛战争中的名将、雅典城邦的英雄(曾大破斯巴达军,被俘后遭处死),他本人则是伯利克勒斯精神的继承人,雅典民主政体最后的捍卫者。虽然天生口吃,但经过刻苦锻炼,德摩斯忒涅最终成了口若悬河的演说家。①

德摩斯忒涅说服忒拜城邦与雅典联手抗击马其顿,成了雅典城邦的政治领袖。公元前338年,希腊人与马其顿人在希腊半岛中部波俄提亚地区的凯罗内亚(Chaironeia)决战,马其顿国王腓力(公元前359— 前336)分兵两路,自己亲率左路军突击。雅典—忒拜联军虽然人数占优势,但指挥失当,被腓力用方阵战法击破,雅典人称为"黑暗之日"。

凯罗内亚战役之后八年,雅典城邦给德摩斯忒涅送上了一顶荣誉"桂冠",以示坚持城邦政体的决心。德摩斯忒涅获得桂冠后发表了演说,大谈自己如何配得上雅典城邦民给予他的荣誉,以及为什么要捍卫雅典城邦的独立。

德摩斯忒涅的演说辞传世不少,"桂冠演说"最为著名,早在古代晚期就被视为古希腊演说辞的杰作:朗吉努斯在其《论崇高:风格的激情》($Περὶ\ ὕψους$)中盛赞这篇演说 $ἐμπνευσθεὶς\ ὑπὸ\ θεοῦ\ καὶ\ φοιβόληπτος$[充满着神和太阳神的气息]。下面这个段落是整个演说辞的高潮(第208节),激情

---

① 《古希腊演说辞全集:德摩斯忒涅卷》,冯金鹏译,长春:吉林出版集团(即出);汉森,《德摩斯提尼时代的雅典民主:结构、原则与意识形态》,何世健、欧阳旭东译,上海:华东师范大学出版社,2014;Ian Worthington 编,Demosthenes. *Statesman and Orator*,New York:Routledge,2000。

的展露、表达的细腻以及有力的叠套长句激起后人无尽的赞叹：

> 可是,你们千万、千万不可迷惘啊,雅典乡亲们! 你们曾为所有希腊人的自由和福祉不畏艰险——我愿发誓说:你们的祖先就曾在马拉松战役中冲锋陷阵,在普拉泰阿战场浴血奋战,在萨拉米战役中从阿忒米希安出海抗敌,无数英勇儿女长眠在烈士公墓,我们的城邦一视同仁地以他们配得上的让人敬仰的方式安葬了他们所有的人。听着,埃斯奇涅斯! 安葬了所有人,而非他们中打过胜仗的人,也绝非仅仅只有其中的豪杰——公正地说,他们所有人的杀身成仁才成就了这些英雄儿女们的功业,他们获得的幸运是神灵赋予每个人的。

这篇"桂冠演说"并非葬礼演说,却接近葬礼演说风格,它无意中历史地成为雅典城邦覆亡的葬礼演说。在德摩斯忒涅笔下,为抵抗马其顿而战死的勇士,与雅典史上马拉松之战和萨拉米之战的勇士一脉相承。起始句"可是,你们千万、千万不可迷惘啊"(*Οὐκ ἔστιν οὐκ ἔστιν, ὅπως ἡμάρτετε*)充满激情,用布克哈特的话来说,它在光荣的过去与困顿的现在之间架起了一道桥梁。

这里提到的埃斯奇涅斯(Aischines,公元前 389—前 314)也是当时的著名演说家,但他是雅典的亲马其顿派分子,主张马其顿统治是解决泛希腊分裂局面的唯一方案,因此遭雅典城邦当局驱逐。他流亡到罗得岛后,开办了一所演说术学校(后来的西塞罗即在此学习演说术,并翻译过埃斯奇涅斯的演说辞)。埃斯奇涅斯曾经发表演说,并宣称与马其顿王作战的雅典人不会得到公葬。德摩斯忒涅在这里痛斥埃斯奇涅斯的说法,并宣称即便雅典人与马其顿人作战失败,捐躯者同样会获得雅典人的公祭。

德摩斯忒涅用这些语词唤起雅典人的历史自豪感,激励他们勇于与马其顿人战斗。在泛希腊城邦应该统一还是保持分立的问题上,当时的雅典人已经陷入势不两立的政治分歧,德摩斯忒涅的政治 $\sigma \chi \tilde{\eta} \mu \alpha$[修辞]在一些人看来句句在理、激动人心,而在另一些人看来,则无异于丧失理智、蛊惑人心。笔者不禁想到 21 世纪的今天,民主政治也让越来越多的政治体陷入如此困境。

腓力控制越来越多的泛希腊地区之后,德摩斯忒涅的城邦主义的生存空间日益缩小,雅典的亲马其顿势力逐渐坐大,德摩斯忒涅被迫流亡。公元前 323 年,腓力遭暗杀,被征服的希腊城邦纷纷趁机摆脱马其顿的控制。德摩斯忒涅随即重返雅典,试图组织抵抗运动。他没有料到,腓力之子亚历山大比父亲更为铁腕。公元前 322 年,马其顿军队进驻雅典,德摩斯忒涅不得不逃往一个小岛,但雅典的亲马其顿势力仍然判处他死刑。德摩斯忒涅在小岛上得知消息后服毒自杀,绝不做"逸民"。

出于罗马城邦主义立场,西塞罗十分推崇德摩斯忒涅。近代英国的伊丽莎白时代,随着领土性的国家理由走红,德摩斯忒涅斯也跟着走红。到了 19 世纪末,随着欧洲民族主义观念的扩展,德摩斯忒涅更是红到发紫,但看不起他的人则说,他只会写宣传性"传单"。无论如何,就性质而言,近代以来欧洲文史上的诸多政治性小册子,其实是古希腊演说辞的翻版,或者说,古希腊的演说辞迄今仍然是西方人政治写作的范本。

与论辩术对衬的演说术

柏拉图与伊索克拉底的冲突延续到双方的学生辈。亚里士多德（公元前384—前322）与德摩斯忒涅是同时代人，而且刚巧同年出生、同年离世。德摩斯忒涅与伊索克拉底虽然在政治立场上誓不两立，但就演说术的传承而言，他要算伊索克拉底的好学生。

亚里士多德是柏拉图的学生，但他在《修辞术》中仅主要探讨了三种样式的演说辞。好学善问的施特劳斯提出了一个问题：难道亚里士多德不知道，在他老师笔下的苏格拉底看来，演说辞并不仅仅只有这三种样式？亚里士多德当然熟悉《斐德若》中的爱欲修辞术，但他为何在自己的修辞学课程中仅限于讨论三种公共样式的演说辞？①

我们不妨思考一下亚里士多德在《修辞术》开篇给演说术所下的著名定义，他说："演说术与辩证术［论辩术］对衬。"若直译的话，这是一个典型的下定义的语式，即"演说术是辩证术［论辩术］的对衬"（表语句）。但"辩证术／论辩术"（$τῇ\ διαλεκτικῇ$）在这里是与格，主词"演说术"（$ἡ\ ῥητορική$）的谓词是"对衬"（$ἀντί\text{-}στροφος$）。这个复合词的本义是"反面／对立者"，后来成为雅典戏剧合唱歌队的专门术语，指合唱中的对衬节曲，没有这一部分，就不会产生合唱效果。要理解"演说是辩证术［论辩术］的对衬"这一定义究竟是什么

---

① 参见伯格为施特劳斯的讲课稿撰写的导言，见施特劳斯讲疏，《修辞与城邦：亚里士多德〈修辞术〉讲疏》，何博超译，上海：华东师范大学出版社，2016，页7－10。

意思,首先必须理解"辩证术/论辩术"。

从字面上看,这话的意思似乎是说,演说术与辩证术[论辩术]尽管都是言辞的"技艺"(τέχνη),但两者有明显差异,以至于看起来完全相反。但究竟在什么意义上"相反"甚至"对立",亚里士多德语焉不详。

在《论演说家》中,西塞罗复述并解释了亚里士多德的这个定义:

> 亚里士多德《修辞术》的开头说,这门技艺似乎从某方面对应于论辩术(Aritoteles principio artis rhetoricae dicit illam artem quasi ex altera parte respondere dialecticae),可以说二者的不同点在于,论辩术的言说规则较宽泛,而演说术的讨论规则较狭窄。(*Orator*,32.114;王焕生译文)

演说术与论辩术的差异真的仅仅在于"言说规则较宽泛"和"较狭窄"吗?何谓"宽泛"?什么叫"狭窄"?西塞罗的解释同样含糊其辞。看来,要理解"演说术与辩证术/论辩术对衬"究竟是什么意思,我们还得求助于亚里士多德的老师。

在《高尔吉亚》中我们可以看到,苏格拉底说,针对灵魂的技艺称为治邦术,其"对衬者"(ἀντίστροφος)是针对身体的技艺,它有两个部分,即健身术与治病术:

> 相应于治邦术,健身术的对衬者是立法术,治病术的对衬者是正义[审判术]。(《高尔吉亚》464b3 - c3,李致远译文,下同)

所谓"对衬"指相反但相成的两个方面。后来的普鲁塔克说过:"模仿的技艺和能力是绘画的对衬物"(μιμητική τέχνη καὶ δύναμίς ἐστιν ἀντίστροφος τῇ ζωγραφίᾳ;De la lecture des poètes,IV.1)。演戏与绘画都是模仿行为,但一个是动态模仿,一个是静态模仿,从而是模仿的相反而相成的两个方面。

《高尔吉亚》中的苏格拉底接下来还说,

> 更确切地说,化妆术之于健身术,正如智术之于立法术,同样,烹调术之于治病术,正如演说术之于正义[审判术],就像我讲的,就这样自然地分开了。但智术师们与演说家们密切相关,他们彼此混在一起,处于相同的位置,关心相同的东西,而且他们不懂如何利用自己,其他常人们也[不懂如何利用]他们。(《高尔吉亚》465c2 – 9)

这里举的例子都涉及"对衬",最为基本的"对衬"即灵魂与身体。苏格拉底由此提出问题:对人的生活来说,应该由灵魂照管身体,还是让身体自己照管自己?烹调术和治病术服务于让身体自己照管自己,而演说术如果相当于灵魂的治病术,那么,演示性演说就不应该仅仅有颂扬功用,它还应该有"审判/惩罚"功用,亦即也应该是惩罚性修辞。所以,苏格拉底最后说:

> 既然如此,我肯定演说术是什么东西,你已经听到了,[465e]即[演说术是]烹调在灵魂里的对衬者,正如后者是[演说术]在身体里[的对衬者]。(《高尔吉亚》

464d9 – e2）

现在我们值得回想苏格拉底对斐德若的说法：

> 会有某种即便抛开这些［辩证术/论辩术］靠［演说术］这门技艺仍然把握得到的美玩意吗？千万别小看它啦，你我都别——必须来说说，演说术给漏掉的东西究竟是什么。（《斐德若》266d1 – 4）

这段话听起来就像是对亚里士多德"演说术与辩证术/论辩术对衬"这一说法的注解。麻烦在于，这里的 rhetorikē 究竟应该译作"修辞术"还是"演说术"，殊难断定。

从形式上讲，论辩是简短问答，"辩证术/论辩术"是关于简短问答的技艺，演说是长篇大论，演说术是关于长篇大论的技艺，但两者都属于修辞术。在《苏格拉底的申辩》中，苏格拉底的法庭辩护演说虽然是长篇大论，其中也用了"论辩"的简短问答程式。同样，无论在《普罗塔戈拉》《会饮》还是《斐多》这样的多人场合，苏格拉底在简短问答式的论辩过程中都不乏长篇大论。

由此看来，亚里士多德所说的 rhetorikē 有双重含义，第一层含义指"修辞术"，它包含演说术和辩证术/论辩术这一对"对衬者"，第二层含义则指狭义的演说术。柏拉图去世后执掌学园的克塞诺克拉底（Xenokrates，公元前 396—前 314）是亚里士多德的同时代人，他也说过，rhetorikē［修辞术］是"善于言说的知识/学问"（ἐπιστήμη τοῦ εὖ λέγειν；见 Sextus Empiricus, *adv. Rhet.* 6）。可见，所谓"善于言说"绝不仅仅指公共场合的演说。

亚里士多德的《修辞术》明显讨论的是演说术，开篇第一句"演说术与辩证术/论辩术对衬"意味着两者都属于rhetorikē。一旦我们懂得这个语词在智术师那里仅仅指"演说术"，而在苏格拉底那里则指引导灵魂的"修辞术"，那么，我们对rhetorikē在历史语境中的具体语义就会了然于心。

然而，仅仅知道rhetorikē既可译作"演说术"也可译作"修辞术"还不够，还需要懂得权衡在何种文脉中应该译作"演说术"，在何种文脉中则必须译作"修辞术"。而要懂得权衡此事，我们就得明白一个常识性道理：面对众人发表长篇大论才算演说，或者说，演说是面对公众的言辞行为。但我们可以设想一个人与众人"论辩"吗？

与众人无法论辩，意味着政治秩序的建立问题极为复杂，绝非仅仅靠演说所能成就。本文开始时提到，亚里士多德在《尼各马可伦理学》结尾时曾批评智术师把演说术当政治术，这表明智术师不懂何谓政治术。在此之前，亚里士多德还说过一段话，值得我们细看：

> 事实上，逻各斯虽然似乎能够影响和鼓励心胸开阔的年轻人，使那些天生性情优异、热爱正确行为的年轻人获得一种对于德性的意识，却无力使多数人去追求高尚[高贵]和善。毕竟，多数人都只知道恐惧而不顾及荣誉，他们不去做坏事不是出于羞耻，而是因为惧怕惩罚。因为他们凭靠感情生活，追求他们自己的快乐和产生这些快乐的东西，躲避与之相反的痛苦。他们甚至不知道高尚[高贵]和真正的快乐，因为他们从来没有经历过这类快乐。（《尼各马可伦理学》1179b7－16）

这段说法可以与亚里士多德在《修辞术》中的说法对观，他在那里谈到论证推论不要冗长，以免含义模糊不清：

> 没教养者在众人中（ἐν τοῖς ὄχλοις）比有教养者更有说服力的原因，就在于此，正如诗人所说，那些没教养的人在众人间（παρ' ὄχλῳ）"更有演说才华"。因为有教养者谈论普遍和一般之事，无教养者凭他们所知的内容说切近之事。（《修辞术》1395b28 –30，何博超译文）

亚里士多德把智术师培育的演说家称为"无教养者"，他们喜欢取悦众人，受众人追捧，演说时讲究言辞轻快简洁。苏格拉底修辞术培育的演说家与此相对，亚里士多德称他们为"有教养者"，他们演说时言辞详尽细微，甚至句式很长。可见，亚里士多德开设"修辞术"课程，为的是改造智术师学校传授的演说术。

严格来讲，就对民人性情的认识而言，苏格拉底与智术师并没有分歧。在《普罗塔戈拉》最后的一场对话中，苏格拉底与普罗塔戈拉一起尝试理解何谓常人心性，并达成了一致：常人心性的基本品质是趋乐避苦。苏格拉底与智术师的分歧在于：智术师热衷于迎合常人心性，想方设法为趋乐避苦出点子；苏格拉底则认为，应该引导常人心性趋向一个有德性的城邦所需要的政治德性。

亚里士多德在《尼各马可伦理学》中说，民众心性的一般品质是"只知道恐惧"。对观高尔吉亚在《海伦颂辞》中的说法，我们可以认为，亚里士多德的这一说法来自高尔吉亚。问题在于，应该如何对待这种常人心性。高尔吉亚主张通过言辞制造幻影来"平息恐惧，去除痛苦，产生愉悦，助长怜悯",而亚里士多德在《修辞术》第二卷尤其考察了民众如何"凭靠感情生活,追求他们自己的快乐和产生这些快乐的东西",但显然不是为了实现高尔吉亚所说的那种目的。

由此可以说,亚里士多德的《修辞术》虽然主要讨论了政治演说的三种样式,其主题应该是智术师所说的"演说术",但作为书名的 rhetorikē 的确只能译作"修辞术"。

因此我们值得想到西方思想史上一个看似不起眼的大问题:霍布斯在提出公民社会哲学之前,对亚里士多德的《修辞术》下过功夫,而生存性恐惧在他的公民哲学中处于推论的起点。与此相似,在海德格尔的《存在与时间》中,"畏"是基本的生存论体验,而他在写作此书之前同样深入研读过《修辞术》。我们需要理解但又难以理解,为何霍布斯和海德格尔不约而同地从《修辞术》的情感论走向了智术师的方向。

尽管如此,我们至少可以理解,亚里士多德的《修辞术》为何不是如今所谓的修辞学或语言学论著,更不是文艺理论或美学经典,而是政治哲学经典。

附论:修辞术与修德

结束之前,还需要就我国古代的修辞术问题说几句。

汉语"修辞"的原义是修(饰)(言)词(= 通"辞"),而古希腊的 rhetorikē 则指一种政治性的言说技艺,无论译作"演说术"还是"修辞术",都并不与汉语的"修辞"对应。我国古学中并无"修辞学"一科,相关内容见于小学书、史书、诗(词)话等。"西学"东来之后,方有杨树达(1885—1956)的

《中国修辞学》(世界书局,1933)。①

　　我国古代很早就出现了城市,好些城市的人口规模还不小,更不用说"都城"。笔者的故乡今蜀地虽在秦惠王征服(公元前316年)之后才迅速发展起来,但至西汉时,蜀郡已有15县共26万8千多户,人口约124万5千余人,集中于成都的就有7万6千多户。② 尽管如此,中国古代却没有演说家,也没有演说辞这种文体,遑论演说术。究其原因,人们恐怕得说,我国古代的城市无不隶属更高的政治体,城市本身毕竟不是政治上自成一统的城邦政体。③ 即便战国时代的七国争雄,也与古代的泛希腊城邦地缘政治状态不是一回事。

　　但我们不能由此断言,我国古代的智慧人不知善于言辞在政治生活中的重要性。《诗·大雅》已经有言:

　　　　辞之辑[和顺]矣,民之协[融洽]矣;辞之绎[通"怿",悦美]矣,民之莫[安宁]矣 。

　　可见,我国古代的智慧人很早就懂得,言辞对于形塑政治秩序具有决定性作用。刘向(约公元前77—前6)《说苑》中的《善说》篇,史称我国最早专论修辞术的古典文本。作者开篇即引述前人之言:

---

　　① 增订后更名为《汉文言修辞学》(北京:科学出版社,1954 / 中华书局,1980)。比较郑奠、谭全基编,《古汉语修辞学资料汇编》,北京:商务印书馆,1980;郑子瑜,《中国修辞学史稿》,上海:上海教育出版社,1984。
　　② 萧国钧,《春秋至秦汉之都市发展》,台北:商务印书馆,1988,页252。
　　③ 比较曹洪涛,《中国古代城市的发展》,北京:中国城市出版社,1995;杨宽,《中国古代都城制度史研究》,上海:上海人民出版社,2003。

　　　夫谈说之术,齐庄以立之,端诚以处之,坚强以持
之,譬称以谕之,分别以明之,欢欣愤满以送之,宝之珍
之,贵之神之,如是则说常无不行矣。[1]

谈说之术属于君子需要掌握的技艺,因为"唯君子为能
贵其所贵也"。刘向随即引孔门弟子子贡所谓"出言陈辞,身
之得失,国之安危也",并与《诗》云"辞之绎矣,民之莫矣"联
系起来。显而易见,刘向所要阐发的"谈说之术"与儒家对政
治秩序的理解有关。若把我国古代的"君子"类比为雅典城
邦的"治邦者",未必恰当,"君子"毕竟不是演说家,其德性
品质与"治邦者"不可同日而语。

刘向接下来就写道:

　　　昔子产修其辞,而赵武致其敬;王孙满明其言,而楚
庄以惭;苏秦行其说,而六国以安;蒯通陈说,而身得以
全。夫辞者乃所以尊君、重身、安国、全性者也。故辞不
可不修而说不可不善。(《说苑校证》,页 266 – 267)

这段言辞不仅精炼地展示了《善说》篇的要旨,而且让我
们看到整篇文章的写作样式:借助史例阐发儒门修辞术。

"出言陈辞,身之得失,国之安危也"是文章的起始论点,
刘向更为明确地表述为四端:"尊君、重身、安国、全性。"由此
来看,儒门修辞术的要点在于两个方面。首先是君子与君王
的关系,所谓"出言陈辞"具体指君子引导君王正确认识何为
好政治。正因为如此,"出言陈辞"才涉及"身之得失,国之

---

① 刘向,《说苑校证》,向宗鲁校证,北京:中华书局,1997 / 2009,页 266。

安危也"。第二，"出言陈辞"也关涉君子自身的"全性"，这听起来具有所谓宇宙论式的味道，实际上仍然与"国之安危"有内在关联。

刘向提到了孔子关于修辞的遗训：

> 子曰："其旨远，其辞文，其言曲而中。"(《周易·系辞下》)
>
> 孔颖达疏："其旨远者，近道此事，远明彼事，是其旨意深远，若龙战于野，近言龙战，乃远明阴阳斗争，圣人变格，其旨远也。其辞文者，不直言所论之事，乃以义理明之，是其辞文饰也，若黄裳元吉，不直言得中居职，乃云黄裳，是其辞文也。其言曲而中者，变化无恒，不可为体例，其言随物屈曲，而各中其理也。"

孔颖达的疏解让我们看到，君子若要引导君王正确认识何为好政治，自己首先得对自然秩序("天道")及其变化有所认识。从而，属于政治实践的"谈说之术"绝不仅仅是一种实用性技艺，毋宁说，君子之言辞当体现自然正确之理。

《善说》篇的修辞明显效法了儒门的"圣人"修辞：

> 《春秋》之称，微而显，志而晦，婉而成章，尽而不汙，惩恶而劝善，非圣人谁能修之？(《左传·成公十四年》)

《善说》篇以28则故事逐一展示何谓尊君、重身、安国、全性，但重在君子自身的成仁成义。由此可以说，刘向所论"谈说之术"属于儒家的德性政治传统，即后来经学中的《春秋》学传统——尤其公羊学传统。①

若将"谈说之术"译成古希腊文,可与苏格拉底的 rhetorikē[修辞术]用法对应,却无法与智术师的 rhetorikē[演说术]对应。虽然《善说》篇所说修辞的基本政治作用同样在于"劝说、说服"($πεἰϑω$),但在古希腊的智术师那里,"劝说"的对象是众人,而非君主或有志成为君子之人。

苏格拉底的修辞术与儒家创始人对修辞的政治理解庶几一致,即修辞作为政治行为,其目的在于成人之美同时成己。就此而言,我国古代没有演说家这种类型的政治人,也没有演说辞这种"说服/欺骗"民众的文体样式,未必是一种"文明缺陷"。

如果演说家是西方古代政治人的类型之一,而君子是中国古代政治人的基本类型,那么,我们就值得关注两者在政治德性上的差异。不过,在西方的政治传统中还有苏格拉底修辞术所培育的政治人类型,所以我们也不能说,西方政治史上没有君子式的政治人。

倘若如此,至少有两个问题有待于进一步思考。第一,我国古代没有演说术和演说家,是否等于没有智术师心性类型的政治人?第二,随着我国与现代欧洲文明接轨,智术师式的政治人类型是否会成为我们追慕的榜样?如今的公共知识分子现象已经在迫使我们思考这样的问题。

---

① 比较段熙仲,《春秋公羊学讲疏》,南京:南京师范大学出版社,2002;张高评,《左传文章义法撢微》,台北:文史哲出版社,1982。

作为一种文体的古希腊"神话"

即便在当今的学术出版物中,古希腊"神话"这个语词出现的频率也相当高,但在《牛津古典词典》中,我们却找不到与 myth[神话]对应的辞条。

原来,myth 这个语词源于古希腊词语 mythus,其原初含义是"言说、叙述",大约在公元前 5 世纪时衍生为带娱乐性质但未必可信的"故事"。罗马人用 fabula 译 mythus,后来的欧洲人由 fabula 衍生出 fable。直到 18 世纪中期,正在形成的欧洲知识界才逐渐采用希腊人自己的 mythus。

《牛津古典词典》中的"神话"辞条

在《牛津古典词典》中,我们可以找到 fable 辞条,但这个语词通常译作"寓言"。按辞条的解释,fable 指"古希腊民间传统和其他古代文化中的短小故事",通常呈现某种带"冲突"性质的"境遇",而发生冲突的角色从动物、植物到各色人或神,混而不分。辞条作者还提醒我们,尽管这类短小故事所呈现的冲突往往与生死有关,可以说非常严峻,但叙事本身(无论诗体还是散文体)又大多带"搞笑"的谐剧色调。

辞条作者提到的首个"寓言"范例即"伊索寓言",我们难免会问:"寓言"等于"神话"吗?这位辞条作者说,寓言作为古希腊文学的一种"范式"所采用的轶事要么是"神话性的",要么是"纪实性的"(historical),当然也有纯属虚构的,并说"这始于赫西俄德时代"。这无异于说,"神话性的"叙事既不是"纪实性的",也不是纯属虚构的,但作者没有说"神话性的"叙事究竟是什么。

按辞条作者的解释,"寓言"故事大多来自口传。即便有了这样的解释,我们仍然没法搞清"寓言"与"神话"的差异。事实上,所谓的"神话"故事大量见于荷马、赫西俄德、品达和雅典戏剧诗人的作品中,而当时的人们并不把这些故事称为"寓言"。

《牛津古典词典》没有 myth 辞条,却有 mythographers 辞条,译成中文应该是"神话作者"。辞条作者把这类 graphers[作者]解释为"收集英雄神话"的人,比如教诲诗人赫西俄德以及史称第一位纪事家[史学家]的赫卡泰厄斯(Hecatae-us,约公元前 550—前 480),等等。据说,在他们的作品中,myth[神话]构成了实质性的内容。

辞条作者还说到,早在希腊化时期,已经有学人整理古诗作品中出现的 mythus[神话]。比如,有一本书的书名就叫 Mythographus Homericus[荷马的神话作者],该书从《伊利亚特》和《奥德赛》中整理出数百个"纪事"(historiai),加以归类和解释。在这位希腊化时期的学人眼里,所谓"神话"就是他们希腊人的"历史"。

《牛津古典词典》中还有一个 mythology［神话学］辞条，这里我们可以见到对"神话"的解释，当然是现代的——更准确地说是后现代的——解释。辞条作者告诉我们，迄今还没有学界普遍接受的"神话"定义，但当代德国的古典学家布克特（Walter Burkert, 1931—2015）作为"神话学家"给出的定义大体比较稳妥，即"神话"是"附带某种具有集体意义的东西的传说"。对这种几乎等于没下定义的定义，求索释义的读者难免感到不满意。可是，一旦我们得知如今要为"神话"下定义有多难，也就能够体谅这类似是而非的解释了。①

倘若如此，我们就值得搞清楚，一部现代的古典辞书给"神话"下定义为何很难。

现代辞书的兴起

编写辞书是现代欧洲文明兴起的重要标志之一，这与"人文主义"精神倡导"人文教育"有关。在 16 至 18 世纪的欧洲，基督教意识形态仍然占据支配地位，要与之作对，最好的办法莫过于恢复古希腊的"神话"意识形态。

关于这两种意识形态，当代德国的后现代哲学家布鲁门伯格（1920—1996）有如下说法：

> 在古典世界的文本流传之中，［古希腊］神话以独一

---

① 杭柯，《神话界定问题》，见邓迪斯编，《西方神话学读本》，朝戈金等译，桂林：广西师范大学出版社，2006，页 52 – 65。

无二的方式刺激、驱动、孕育和催化了想象力以及欧洲
文学的正式规范。耶稣基督[诞生]之后,圣经的世界对
[欧洲]两千多年意识的渗透之深无出其右。尽管如此,
在文学表现层面,圣经的世界却几乎是个空白。①

这无异于说,基督教的"教义"意识形态抑制欧洲人的文
学想象力,古希腊的"神话"意识形态则相反。然而,布鲁门
伯格的大著《在神话上劳作》(*Arbeit am Mythos*)以"实在专
制主义探源"为题,由此挑起应该如何理解古希腊"神话"的
问题,着实令人费解。在解释赫西俄德的《神谱》之前,布鲁
门伯格这样写道:

> 如果神话的功能之一是将神秘莫测的不确定性转
> 化为名分上的确定性,使陌生的东西成为熟悉的东西,
> 让恐怖的东西成为亲切的东西,那么,当"万物充满神
> 灵"之时,这个转换过程就 ad absurdum[走向荒谬](同
> 上,页 28)

这话让笔者禁不住想到 17 世纪的培尔(Pirre Bayle,
1647—1706),他撰写的卷帙浩繁的《历史与考订辞典》
(1697 首版,1702 增订版)算得上现代的第一个辞书里程碑。
在出版以后的一百多年里,这部《辞典》一直具有广泛影响
力,几乎成了读书人的圣经。

培尔不是撰写辞书的第一位现代学人,16 世纪的法国

---

① 布鲁门伯格,《神话研究》,胡继华译,上海:上海人民出版社,2012,页
244–245。

著名人文学者卡洛·斯特芳（Carolus Stephanus，1504—1564）编的《诗学历史辞典》（*Dictionarium historicum ad poeticum*，1553），史称法国第一部百科全书。之所以培尔的辞典被视为现代辞书的里程碑，原因在于他以科学理性的批判精神纵论古今，不仅直接影响了后来的《百科全书》构想——伏尔泰、卢梭、狄德罗无不崇拜培尔——也成了哲人休谟乃至普鲁士国王弗里德里希二世和美国立国之父杰斐逊、富兰克林等各色历史人物崇拜的对象。①

一部辞书竟然有如此巨大的历史作用，盖因欧洲当时正经历具有世界历史意义的大变革。虽然在《历史与考订辞典》中也可见到"有罪的女人"（Women who was a Sinner）之类的辞条，但培尔拟定的辞条大多属于如今所谓的思想史范畴，显得颇为哲学化。培尔编写这部辞典的意图，首先在于纠正他自己在阅读各种史籍时发现的所谓"错误"，尤其是针对莫雷利在1674年出版的《历史大辞典》中的错误，这就是critical[考订/批判]一词的首要含义。② 换言之，培尔的意图并不仅仅是学究性的，通过编写辞条，这位加尔文派信徒更企望让世人明白，人类有记载以来的种种"真理"都是不可靠的意见，世间到处可见的只不过是轻信的积习。

培尔把笛卡尔的理性精神推到尽头：理性最终能够证明的仅仅是自身的怀疑本性，而非理性地相信什么。不仅基督

---

① A. Cazes，*Pierre Bayle：Sa vie，ses idees，son influence，son Œuvre*，Paris，1905；P. Dibon（ed.），*Pierre Bayle，le Philosophe de Rotterdam*，Amsterdam，1959；P. Bayle，*Political Writings*，S. Jenkinson（ed.），Cambridge University Press，2000.

② Louis Moreri，*Le Grand Dictionnaire Historique，ou le Melange Curieux de l'Histoire Sainte et Profane*，Paris，1674. 比较 Frank E. Manuel，*The Eighteenth Century Confronts the Gods*，Harvard University Press，1959，p. 24–46。

徒的信仰因违背自然法则是荒谬的,理性主义者自以为凭靠自然理性获得的知识也经不起怀疑的检验。人的自然理性根本不可能发现自然的真理,理性的作用和力量仅仅在于它是一种"批判"手段。①

笔者所能见到的培尔《辞典》是 19 世纪的版本,②虽有四卷之多,但仍然是"摘选和节译"(selected and abridged),其中没有 fable 辞条。由于检索学术文献受到限制,笔者没法查看 18 和 19 世纪出版的两个全本,无从得知其中是否有 fable 或 mythology 辞条。③ 如果没有,那就有些奇怪。毕竟,在培尔时代,凭靠新的数学理性揭露种种古典叙事(所谓"神话")的虚假,已蔚然成风。

不过,培尔通过编写辞条也"创作"了不少寓言,以讲短小故事的笔法攻击历史上各色人物的"轻浮、愚蠢、轻信、腐化"。④ 用今天的话来说,培尔的辞典是针对传统意识形态的"打假"行为。

---

① 参见 R. H. Popkin, "Introduction", 见 P. Bayle, *Historical and Critical Dictionnairy*: *Selections*, *Translated*, *with an Introduction and Notes by R. H. Popkin*, New York, 1965, p. XIII – XIX。

② P. Bayle, *Historical and Critical Dictionary*(1695—1697, 1702 扩充版), 4 vols., London, 1740/1826.

③ 最全的英译本和法译本是:P. Bayle, *A General Dictionary, Historical and Critical.* 10 vols., London, 1734—1741; P. Bayle, *Dictionnaire historique et critique*, *Edited by A. J. Q. Beucho*, 16 vols., Paris, 1820—1824。

④ 阿扎尔,《欧洲思想的危机:1680—1715》,方颂华译,北京:商务印书馆,2019,页 110。

启蒙百科全书中的"神话"辞条

接下来最著名的辞书,恐怕非狄德罗(1713—1784)和达朗贝尔(1717—1783)主编的《百科全书》莫属。狄德罗起初曾应出版商邀请,翻译英国皇家学会会员钱伯斯(Ephraim Chambers,1680—1740)的《百科全书,或艺术与科学通用辞典》(1728),据说由于如今所谓"版权"问题,狄德罗干脆邀约朋友达朗贝尔一起另起炉灶,共同组织一帮新派文人编写《百科全书》,时在 1747 年。

1751 年,狄德罗和达朗贝尔主持编写的《百科全书》第一卷(字母 A 条目)面世,编者署名为"一个文人团体"。[①] 六年后(1757),《百科全书》第七卷(字母 F - G 条目)出版,其中由达朗贝尔执笔撰写的"日内瓦"辞条惹来日内瓦当局抗议,引发政治风波。紧接着,卢梭发表了抨击这一辞条的《致达朗贝尔论剧院的信》,导致"百科全书派"内部分裂,达朗贝尔以及其他一些撰写人退出了这一划时代的编写事业。[②]

但狄德罗坚韧不拔,在伏尔泰(1694—1778)鼎力支持下,于 1765 年完成了《百科全书》后十卷的编写,同年一并发行,轰动欧洲。在这部《百科全书》中,狄德罗亲撰的辞条达 1269 条,最长的辞条有 140 页,无异于一部专著。

---

① 狄德罗,《狄德罗的〈百科全书〉》(节译),梁从诚译,广州:花城出版社,2007;Denis Diderot / Jean Le Rond d'Alembert, *The Encyclopedia of Diderot & d'Alembert Collaborative Translation Project*, University of Michigan Library,2008。

② 贺方婴,《卢梭的面具:卢梭〈致达朗贝尔论剧院的信〉》,成都:四川人民出版社,2020。

　　钱伯斯的《百科全书》中有 fable 辞条,但篇幅比如今《牛津古典词典》中的同一辞条长很多:12 开本的双栏页面占了足足两页半(等于 5 栏),差不多是一篇小文章。作者区分了 ratioanl fables-moral fables-mix' d fables,今天的我们可以见到,当时的学人的学术观念与今天有不小差异。但是,作者提到的第一个 fable 作者同样是伊索,随后又说到荷马,似乎没有区分"寓言"与"神话",这与如今《牛津古典词典》中的同一辞条又有类似之处。

　　在狄德罗的《百科全书》中,没有 fable 辞条,却有 mythology 辞条。辞条作者(C. de J. Louis)区分了 fable 与 myth,并提到巴利耶神父的专著《依据史学解释神话和寓言》。①《牛津古典词典》中的 mythology 辞条作者说,直到 18 世纪,欧洲学人才区分 fable 和 myth,或者说让 fabula 回到 mythus 的原义,看来没错。但他说这是哥廷根大学的古典学家赫伊涅(C. C. Heyne,1729—1812)建立 Mythologie[神话学]这门学科时(1760)的功绩,就未必准确了。

　　无论如何,至少在 18 世纪中期,欧洲文人已经意识到,虽然"寓言"与"神话"从形式上看都是短小叙事,但两者有性质上的差异。17 世纪以来,写"寓言"的欧洲文人代不乏人:从法兰西人拉·封丹(1621—1695)到德意志人莱辛(1729—1781)再到俄罗斯人克雷洛夫(1769—1844),欧洲各民族文学的兴起似乎都有"寓言"作家代表。但谁要写"神话"就很难行得通了,倒是解构"神话"的书会有市场。

　　狄德罗《百科全书》中的"神话"辞条篇幅并不长,就学

---

　　① Abbé Antoine Banier,*La Mythologie et les fables expliquées par l' histoire*, Paris, 1738—1740。

术分量而言甚至不及钱伯斯《百科全书》中的 fable 辞条。但辞条作者关注古希腊"神话"与"纪事"(后来称为"史学")的关系,给笔者留下了很深的印象。辞条作者在古希腊的思想语境中讨论这个问题,尤其提到普鲁塔克(约公元46—120),的确眼力不凡。

狄德罗的《百科全书》第一卷在巴黎出版时,已经是著名文人的伏尔泰正旅居柏林的普鲁士宫廷,他深受鼓舞,并应邀参与了《百科全书》辞条的撰写。随后伏尔泰又觉得,狄德罗的《百科全书》构想过于宏大,卷帙浩繁,不便于读者随身携带阅读。于是,伏尔泰决意自己撰写一部简明扼要的启蒙辞书,名为《袖珍哲学辞典》(1764)。伏尔泰去世后,这部《袖珍哲学辞典》与他为狄德罗的《百科全书》和《法兰西学院辞典》撰写的辞条合在一起,以《哲学辞典》(*Dictionnaire philosophique*)为名,作为《全集》第一卷出版(共613个辞条,四卷本,中译本选译不到100个辞条)。[①]

这部《哲学辞典》中有 fable[寓言/传说]辞条,伏尔泰在辞条一开始就说:

> 通常认为是出自伊索手笔的那类寓言和传说,其实年代比伊索更远,而且似乎确是亚洲最初被征服的民族创作的。自由的人们倒不一定经常需要隐匿真情实意,不过,对一位暴君说话,却只能借用比喻。即便这样转弯抹角,也还有伴君如伴虎之险。(《哲学词典》,页498)

[①] 伏尔泰,《哲学辞典》(上下册),王燕生译,北京:商务印书馆,1991/2009(以下随文注页码)。

伏尔泰毕竟是伏尔泰,撰写词典这样的大事也做得不同凡响。与钱伯斯的同名辞条对比,伏尔泰不像个学者,倒像如今所谓的"公知"。他把"寓言"说成政治作品,应该说不乏见地,可他紧接着又对"寓言"作了完全相反的解释:

> 由于人们总爱听隐喻之谈和故事,[寓言]也很可能是有才气的人们为了解闷编点儿故事给人们听的,并没有别的意思。不管怎样,人类天性既是这样,寓言和传说就比历史记载更年代悠远了。(《哲学词典》,同上)

与培尔的辞典对观,我们不难看出,伏尔泰的辞典写法与培尔的风格一脉相承。[①] 此外,伏尔泰把寓言与传说混为一谈,强调这类叙事与"历史记载"的差异,以及哲人不相信寓言和传说等等,凡此看起来都像是在说"神话"。

伏尔泰并没有区分"寓言"和"神话",这证明了 fable 与 myth 的区分在 18 世纪的确还仅仅是开始。

对古希腊"神话"的人类学解释

《牛津古典词典》中的 mythology 辞条作者说,古希腊神话的现代研究始于 18 世纪的法国,但研究重镇很快转移到德意志学界,那里有更多古典语文学家。上文提到的赫伊涅

---

① 比较 H. T. Mason, *Pierre Bayle and Voltaire*, Oxford University Press, 1963。

被视为如今所谓"神话学"理论的创始人,他提出的观点与伏尔泰的说法刚好相反:任何民族的"神话"都是这个民族早年经历的记录,甚至可以说神话即最早的历史记载。

这位辞条作者谈到了古希腊神话的一大特点:荷马和古风时代的诗人虽然传承了大量"神话",但他们也试图抹掉其中荒诞不经的细节。换言之,古希腊诗人喜欢改写口传的神话,这无异于以重构神话的方式改写传统神话。

辞条还提到,古希腊诗人习惯于凭靠传说中的"神话"编织新的叙事,引起探究自然的爱智者(哲学家)和热衷历史的纪事家不满。但这些新知识人一方面批评诗人凭靠"神话"传说"说谎",另一方面又以自己的方式重述"神话",开启了对待神话的所谓"理性化"态度。

在这位辞条作者看来,18 世纪中期兴起的现代神话学,接续的正是这种早在古希腊雅典时代就已经出现的"理性化"趋向。但是,19 世纪晚期以来,欧洲学界的现代神话学又经历了一次重大发展,即用人类学的民俗宗教论来看待所有能搜集到的古老神话。事实上,《牛津古典词典》的 mythology 辞条本身就带有浓重的人类学神话理论色彩。辞条收尾时提到,20 世纪 60 年代中期以来,布克特开启了注重神话的解释性功能和规范性功能的"仪式"研究。言下之意,它代表了人类学神话理论的最近进展。

严格来讲,现代神话学的人类学取向在 18 世纪启蒙运动时代已见端倪——维柯的《新科学》是划时代的标志。狄德罗的《百科全书》中的 mythology 辞条作者一开始就说,"神话"无不属于"异教"(pagan religion),伏尔泰的 fable 辞条甚至把旧约中的纪事书(有别于"律法书"的"历史书")也视为"神话"传说。维柯的《新科学》虽然在 18 世纪没有产生影响,但他无疑是人类学式神话理论的伟大先驱。①

所谓"异教"(paganism)是一个典型的基督教欧洲的语汇,指与基督教相异的宗教。基督教的"传说"不能称为"神话":"把耶稣复活称作神话,对一个基督徒来说是粗暴的侮辱。"②换言之,现代神话学在欧洲的兴起与基督教欧洲的"去基督教化"有内在关联。

18世纪以来的现代神话学绝非仅仅关注古希腊神话,而是把世界上所有能找到的古老传说都纳入神话研究。由此便出现一个问题:古希腊神话与所有其他民族的古老传说都不同,没有哪个民族的古老神话像古希腊神话那样,曾在西方文明内部引发思想争端,并因此而葆有持久的生命力。人类学化的民俗理论能让人们深切理解古希腊神话吗?

事实上,晚近半个世纪以来,已经不断有研究古希腊神话的学者提出这样的问题。③《牛津古典词典》的 mythology 辞条几乎完全从人类学理论的角度描述古希腊神话,结尾时甚至说,人类学神话理论的新进展再度复兴了古希腊神话的研究旨趣,这难免有些滑稽。

如今我们若要像古希腊人理解自己的神话那样理解古希腊神话,就得走回头路。即便是狄德罗《百科全书》中的 mythology 辞条——更不用说钱伯斯《百科全书》中的 fable 辞条——都要比20世纪《牛津古典词典》的 mythology 辞条

① 比较沃格林,《政治观念史稿(卷五):革命与新科学》,谢华育译、贺晴川校,上海:华东师范大学出版社,2019,页127–136.

② 杭柯,《神话界定问题》,前揭,页54;比较罗杰森,《神话:一个游移不定的语词》,见邓迪斯编,《西方神话学读本》,前揭,页77–88。

③ 比较柯克,《希腊神话的性质》,刘宗迪译,上海:华东师范大学出版社,2017;韦纳,《古希腊人是否相信他们的神话》,张竝译,上海:华东师范大学出版社,2014;费希,《神话的智慧》,曹明译,上海:华东师范大学出版社,2017。

更让人接近古希腊神话。

我们能否以古典方式编写古希腊"神话"辞条呢？笔者不揣冒昧，不妨就来尝试一下。

古典式的古希腊"神话"辞条

从词源上看，"神话"（μῦϑος）的词根有三个可能的来源："封闭"（μύω）、"发明、编造"（μυέω）和感叹词"咩"（μύ）（表达对神奇之物莫可名状的感受）。但 muthos 的词干是 mutho–（意为"讲述"），与 mutheomai［讲述、思忖］（已见于荷马）和 mutho–logeō［讲述故事］的词干相同。

可以说，muthos 的原意或基本词义亦是讲故事，专指一种特定类型的叙述，即也许是 mueō［发明、编造］的故事。muthos 通常用来表达对事物的总体看法（令听者费神地 mutheomai［思忖］），自成一体（muō =［封闭］起来的），从而需要（寓意的或解析性的）解释。

如果与另一类叙事即 history［纪事］作对比，神话的特征就清楚了。从叙事形式上讲，神话和纪事差别不大，都属于散文体，二者的区别在于，纪事讲述实际发生过的事情，神话讲述编起来说的。当然，纪事也有可能依据听闻的事情来讲述，而听闻的事情同样有可能是编起来说的事情。但纪事讲述的事情一定是世间发生过的事情——哪怕是听说发生过的，神话讲述的事情则往往超出人世范围。

古希腊的神们是个关系复杂的大家族，内部充满争斗，宛如另一个世间。用现在的时髦学科术语来说，古希腊"神话系统"集宗教、文学、哲学、历史、自然科学（天象学、植物学)等如今分门别类的学科知识于一身。因此,无论从现在的哪门人文—社会学科角度来研究古希腊的"神话系统",都会不乏兴味。但对古代希腊人而言,这一"神话系统"却是其"生活方式"及其政制的基础。

古希腊神话的"原典"

神话起初都是口传,要成为"经书",还得由这个民族杰出的诗人形诸文字。

古希腊神话的"原典"在哪里?坊间有不少"古希腊神话"书,20 世纪 60 年代我国就流行过一部翻译过来的《古希腊的神话和传说》。我们以为这就是古希腊神话的"原作",结果往往对古希腊的"神谱"越看越糊涂。后来才知道,《古希腊的神话和传说》一类的书其实是赝品,不过是利用"原作"中讲的故事搞类编。这类赝品早在古代希腊晚期就有了,但大多失佚,唯有《阿波罗多洛斯书藏》流传下来。①

今人编的古希腊神话故事一类,除了看着玩没什么用。②做古典研究,最有帮助的是神话词典。③

古典时代的希腊文人往往只是简单提到某个神话的片断,很少完整地讲述一个神话。要直接了解古希腊的"神话

---

① N. Festa 编, *Mythographi Graeci*, Leipzig, 1902; R. Wagner 编, *Mythographi Graeci*, Leipzig, 1926; F. Jacoby 编, *Die Fragmente der griechischen Historiker*, Leiden, 1957; R. L. Fowler, *Early Greek Mythography*, Oxford, 2000。

② 比较汉密尔顿,《神话:希腊、罗马及北欧的神话故事和英雄传说》,刘一南译,北京:华夏出版社,2010。

③ 这方面的词典很多,最好的当推 Benjamin Hederrich 编, *Gründliches mythologisches Lexicon*, Darmstadt, 1996, 有 1251 页。汉译文献有鲍特文尼克等编,《神话词典》,黄鸿森、温乃铮译,北京:商务印书馆,1997;晏立农、马淑琴编,《古希腊罗马神话鉴赏辞典》,长春:吉林人民出版社,2006。

和传说",得读真正的原著——荷马的两部史诗和赫西俄德的《神谱》分别代表了古希腊神话的两大源头。

在希腊的古风时期,记叙神话(或者说采用神话口传来写作)的诗人可能还有好些,只是因为种种原因没有流传下来——"俄耳甫斯诗教"就是一个例证。俄耳甫斯与荷马、赫西俄德一样,首先是个会作歌(诗)的歌手,由于其作品没有流传下来,后人无从着手研究,因此名声远不如荷马和赫西俄德。不过,俄耳甫斯的"身位"并不亚于荷马和赫西俄德,因为他后来成了一种神秘宗教的神主,被信徒们秘密敬拜。

读肃剧诗人和柏拉图的作品,我们会有这样的印象:荷马、赫西俄德的诗教是政制性的宗教,俄耳甫斯秘教则像是如今所谓的"民间"宗教(与狄俄尼索斯酒神崇拜有密切关系绝非偶然),在当时已经相当有影响。

无论如何,要完整了解古希腊的宗教生活(政制)秩序,必须了解俄耳甫斯教的原典(政制和宗教不可分、经典和神话不可分)。但既然是民间性且秘传的宗教,原始文献在历史中大量失传就是可想而知的事情。关于俄耳甫斯及其教义,如今能看到的仅是古人闲说时留下的"辑语","德维尼斯抄件"也许是可见到的唯一原始文献。但从希腊化时期的一部"祷歌集"中可以看到,俄耳甫斯诗教也提供了一个与赫西俄德的神谱系统有别的神谱。

神话中的主角

顾名思义,神话说的是"神们"的事情。其实,这种理解大有问题。应该说,古希腊神话中的主角有三族:诸神、英雄和怪兽。因此,荷马和赫西俄德的诗作也被算作"神话"。

英雄也有自己的谱系,故事很多,与诸神的故事一起为

人们传颂。比如,国王珀利阿斯的女儿阿尔刻斯提就是个引
人注目的女英雄。阿波罗神在马人阿德墨托斯那里赎罪时,
牵线做媒,让阿尔刻斯提成了阿德墨托斯的未婚妻。但阿德
墨托斯命定早早病死,阿波罗因曾与阿德墨托斯结为知交,
不愿意他死得早,便将命定神灌醉,然后说服命定神让阿德
墨托摆脱早死之命。

命定神答应了,条件是得有一人替死。可没谁愿意替
死,其父母虽然年老,却也不肯替死,唯有阿尔刻斯提愿意。
于是,阿尔刻斯提成了英雄,死后神们嘉奖她,让阴间的女神
珀耳塞福涅把她从地府送回阳间。

阴间女神珀耳塞福涅相传是宙斯和得墨忒尔的女儿,被
哈得斯[冥神]劫去地府,在他威逼之下吞下石榴子(姻缘不
断的象征),被迫永远留在地府当哈得斯的妻子。由于她母
亲求情,哈得斯同意珀耳塞福涅每年回地上看一次母亲。她
因每年从地府回来一次而成了古希腊死而复生之神,广受崇
拜。作为冥后,珀耳塞福涅掌管地府中的妖怪,截断死者与
活人的最后联系。

在柏拉图的《会饮》中,这段神话中的英雄故事是这样传
衍的:

> [179b4]再说,唯有相爱的人才肯替对方去死,不仅
> 男人这样,女人也如此。珀利阿斯的女儿阿尔刻斯提向
> [我们]希腊人充分证明,这种说法是真的。只有阿尔刻
> 斯提肯替自己的丈夫去死,虽然她丈夫有父有母,但她
> 对丈夫的情爱却超过了父母对儿子的疼爱。

据柏拉图笔下的普罗塔戈拉说,古希腊智者喜欢讲神话

有政治上的原因。在《普罗塔戈拉》中,我们看到他说:

> [316c6]毕竟,一个异乡的人物,在各大城邦转,说服那儿最优秀的青年们离开[父亲]与别人在一起——无论熟悉的人还是陌生人,老年人还是年轻人——来跟他在一起,为的是他们靠与他在一起[316d]将会成为更好的人——做这种事情必须得小心谨慎。毕竟,这些事情会招惹不少的妒忌,以及其他敌意乃至算计。要我说啊,智术的技艺其实古已有之,古人中搞[d5]这技艺的人由于恐惧招惹敌意,就搞掩饰来掩盖,有些搞诗歌,比如荷马、赫西俄德、西蒙尼德斯,另一些则搞秘仪和神喻歌谣,比如那些在俄耳甫斯和缪塞俄斯周围的人。我发现,有些甚至搞健身术……

这无异于说,神话叙述是一种政治伪装或保护色。现代哲人说在古希腊思想中有一个从神话到逻各斯的发展过程,其实没这回事。要说神话与哲学有冲突,倒是真的。

哲学与神话的冲突

神话所讲的东西真实吗?从启蒙后的哲学理性来看,当然不真实。如今,我们觉得神话都只是迷信"传说",听着好玩而已。不过,这种对"神话"的"理性批判"并不是现代启蒙运动以后才有的事情。早在古希腊时就有人说,神话是"不可信的故事"——谁说的呢?哲人。

由此看来,神话问题和诗与哲学之争在某种程度上叠合。哲人说,神话是诗人编造的,诗人就是"说谎者",荷马或赫西俄德被指责为说谎者,就是因为他们的叙事作品中有大量关于神们的叙事。从这一意义上讲,荷马和赫西俄德的作品是神话诗,与后来的神话(故事)在形式上不同(韵文与散文的区别),实质上相同。

亚里士多德有个学生叫帕莱普法托斯(Palaiphatos),这是个"艺名",意为"会讲老故事的人",是亚里士多德给起的,帕莱普法托斯原名叫什么,如今反而没有谁知道。他写过一本著名的小书《不可信的故事》,对45则神话中的说法给出了所谓"理性化"解释。

有人干脆认为,神话讲的事情压根儿没发生过,但帕莱普法托斯不这样看,他认为神话中记叙的事情是真实的:

> 不过,我觉得,传说中说的所有事情都发生过——因为倘若仅有(名称)叫法,关于它们的传说也就不会出现了。毋宁说,肯定先有事情发生了,才会出现某种关于它的传说。(《不可信的故事》,前言)

既然如此,神话的记叙为何又不可信呢?亚里士多德的这位学生说,神话之为神话,关键在于对真实发生的事情作出了有悖自然法则的解释。换言之,神话中记叙的事情(的确发生过的事情)是真的,但神话对事情的讲法却是说起来都"不像"(οὐκ εἰκός)、"不可信"(ἄπιστον 或 δύσπιστον)、"不可能"(ἀδύνατον),不过是"撒谎"(ψευδές)、"神吹"(μυθῶδες),明显"孩子气"(παιδαριῶδες)、"蠢兮兮"(μάταιον)、"傻乎乎"(εὔηθες),而且"可笑"(γελοῖον – καταγέλαστον),不仅"不令人信服"(ἀπίθανον),还很"蹩脚"(φαύλως)。

比如,针对神话中说俄耳甫斯的琴声能感动兽石,帕莱普法托斯说:

关于俄耳甫斯的神话也是谎话,(说什么)他弹奏竖琴时,四脚动物、爬行动物、鸟儿、树木都跟着(动)。(《不可信的故事》,33)

俄耳甫斯的琴声具有感动周遭的力量是真实的,但他感动的是人即秘教信徒,而非兽石。这些信徒做崇拜时身着兽皮,或者扮成顽石样,手拿树枝。于是,传说就讲俄耳甫斯的琴声感动了野兽、石头和树木。

帕莱普法托斯的《不可信的故事》文笔清新、简洁,在希腊化时期流传甚广。即便在拜占庭的基督教世界,也许由于旨在揭穿"异教神话"的"假象",《不可信的故事》一直是学校的教科书,直到 10 世纪还如此。[①] 此书后来在战乱中散佚,中古后期由僧侣学者根据找到的各种抄件重新拼接。1505 年,西欧的人文主义学者发现此书后,用作学习希腊文的初级课本。到了 19 世纪末,古典学大师维拉莫维茨说这是一本"可耻的搞事之作"(das elende Machwerk),读它"完全是浪费精力",自那以后,此书就从古典学课堂上消失了。

欧洲文明的成长与"去神话"

荷马的神话诗作是古希腊文明史的开端,也是西方文明史的开端,但这个开端后来成了西方文明史挥之不去的一大问题——史称"荷马问题"。[②]

[①] J. Stern 编辑、笺注的希腊文本 *Palaephatus On unbelievable Tales*,B. G. Teubner,1902,英译、注疏、导论版 Wauconda,1996。

[②] 格雷戈里·纳吉,《荷马诸问题》,巴莫曲布嫫译,桂林:广西师范大学出版社,2008。

按政治思想史家的说法,荷马诗作"致力于把爱琴海地区的过去浓缩成与亚洲相抗争的希腊统一的神话"。① 这虽然为泛希腊城邦政体提供了统一的宗法,但分散在爱琴海周边的希腊人城邦却并未凭此聚合为统一的政治单位。

亚历山大大帝(公元前356—前323)征服波斯帝国后,有望打造出一个横跨欧亚的大帝国,这需要他把荷马的神话与埃及人的神话乃至波斯人的神话糅合在一起。亚历山大大帝英年早逝,刚形成的帝国随之分裂,这一构想成为历史泡影,罗马城邦趁机崛起。

罗马人作为异族人统一了泛希腊城邦,但罗马人没有自己的"起源神话"。罗马帝国初期的希腊语作家金嘴狄翁(约公元40—120)曾写下"论王政"四篇,以荷马的英雄神话为基础,构建出一个希腊文明的宙斯式王政统绪神话,进献给罗马皇帝。②

罗马皇帝并没有采纳希腊遗民的政制构想,而在此差不多一个世纪以前,拉丁语诗人维吉尔(公元前70—前19)已经模仿荷马诗作写下《埃涅阿斯纪》,把希腊人的起源神话置换为罗马人的起源神话,为当时正在形成的罗马帝国统治提供血脉——尽管维吉尔并非罗马人。

> 罗马从未产生属于自己的神话;为了取得在神话中的地位,罗马不得不溜进希腊神话。在这个背景的某个地方,颇令人不快的是,隐藏着维吉尔个人想要胜过荷

---

① 沃格林,《政治观念史稿(卷一):希腊化、罗马和早期基督教》,段保良译,上海:华东师范大学出版社,2019,页177。

② 金嘴狄翁,《论王政》,刘小枫编,王伊林译,戴晓光校,北京:华夏出版社,2019。

马的欲望。(同上,页 179)

被罗马人征服的高卢人模仿罗马人的做法,自称是特洛伊人后裔。日耳曼裔的法兰克人迁徙到罗马帝国境内后,同样把自己说成是特洛伊人的后裔,荷马的特洛伊神话也成了法兰克人起源神话的一部分(同上,页 180)。

尽管如此,罗马帝国在立国后的三百多年里并没有建立起具有政制统摄作用的宗教。随着帝国向东部扩张,帝国皇帝终于确认基督教为帝国宗教,以荷马的神话诗为基础的希腊宗教随之被判为"异教"。与此同时,西迁的日耳曼族部落已经开始蚕食帝国的半壁江山。

数百年后,进入罗马帝国西部的日耳曼部族开始形成自己的独立王国。这些新生的政治单位没有自己的起源神话,为了摆脱基督教的支配,一些日耳曼部族的后裔开始寻回失去的希腊"异教"神话,以此取代基督教信仰——这就是人们通常所说的"文艺复兴"。当年代表罗马崛起的维吉尔都有"想要胜过荷马的欲望",难道代表日耳曼裔王国崛起的诗人就不会有这样的欲望?

1687 年元月,路易十四治下的法兰西王国学院院士佩罗(C. Perrault,1628—1703)发表了一首长诗,歌颂当代帝王,贬低古希腊罗马作家。紧接着(1688 年),他又发表了贬低荷马及其他古代诗人的对话作品《古人与今人对比》(*Parallèle des anciens et des modernes*)两卷,随即引发了著名的"古今之争"。佩罗宣称,荷马也许曾是伟大的诗人,但他的诗作有太多明显的缺点:风格粗野、比喻笨拙、人物品行丑陋……不一而足。一个老神父(Abbé François d'Aubignac,1604—1700)甚至写了一篇考据论文,试图证明历史上根本没有"荷马"其人,《伊利亚特》和《奥德赛》不过由一些无名诗人写的小篇章拼凑而成。

欧洲人凭靠刚刚发现的实证科学理性才有了如此底气,随之而来的是"疑古"风乃至"去神话"风,即凭靠科学理性寻找荷马神话中违背"科学/逻辑事实"的谬误。如今西方大学中古典学专业的创设就来自这股"疑古"风,于是就有了我们在本文开头见到的欧洲学人编写的种种关于古代神话或寓言的词条。

"去神话"并不是简单地否定神话记叙的真实性和荒谬性,而是让神话具有属于自己的历史位置——据说神话思维属于人类文明的童年。实证史学和新兴的人类学建立起专门的神话学研究,"去神话"变成了"解神话"。20 世纪结构主义神话学的代表人物韦尔南(1914—2007)写了不少关于古希腊神话的通俗读物,通过自己的神话叙事重构古希腊的神话世界。① 如果人们以为古希腊神话因此而得到挽救,那就搞错了,尽管他的书影响相当广泛。

人类学式的神话学并不仅仅研究古希腊神话,而是涵括所有古老民族的传世神话。古希腊神话在古希腊文教制度中占有重要位置,对西方文明大传统的形成也有持久的思想影响,而其他古老文明的传世神话并不具有这样的文教和政治作用。倘若如此,人们就应该问:古希腊神话与其他古老

---

① 让－皮埃尔·韦尔南,《希腊思想的起源》,秦海鹰译,北京:生活·读书·新知三联书店,1996;让－皮埃尔·韦尔南,《古希腊的神话与宗教》,杜小真译,北京:生活·读书·新知三联书店,2001;让－皮埃尔·韦尔南,《神话与政治之间》,余中先译,北京:生活·读书·新知三联书店,2001;让－皮埃尔·韦尔南,《众神飞飏:希腊诸神的起源》,曹胜超译,北京:中信出版社,2003;让－皮埃尔·韦尔南/皮埃尔·维达尔－纳凯,《古希腊神话与悲剧》,张苗、杨淑岚译,上海:华东师范大学出版社,2016。

文明的神话有何差异？

柏拉图笔下的神话

18 世纪至 19 世纪的某些欧洲史学家认为，古希腊思想经历过一个从神话到哲学的进步过程。这一观点遭遇的尴尬是，柏拉图作品中有不少神话，而没谁能否认柏拉图是最伟大的哲人。何况，苏格拉底喜欢讲神话，难道苏格拉底的思想在哲学上还没有成熟？

苏格拉底之前的自然哲人攻击神话诗人，这是一个历史事实，它表明希腊人的城邦秩序陷入了一场独特的政治危机，即有思辨天赋的个人智识自由地挑战城邦的宗法传统。[①]从世界政治史的角度看，这种性质的危机在其他古老的文明政体中并不多见。但是，日耳曼人的欧洲国家崛起时，个人智识自由地挑战既有宗法秩序成了智识人的"美德"，而今则是知识分子的身份标志，以至于希腊城邦经历过的独特的政治危机成了普遍的政治危机。

由此，哲人柏拉图的神话诗人身份越来越受到关注，也就不难理解了。为什么柏拉图笔下有那么多神话？个人智识的思想自由与宗法秩序的关系究竟是怎样的？柏拉图笔下的神话与各类诗人笔下的神话有何不同？凡此都让人好奇。[②]

---

① 沃格林，《城邦的世界》，陈周旺译，南京：译林出版社，2009，页 238 – 257。

② 参见张文涛编，《神话诗人柏拉图》，北京：华夏出版社，2010；Luc Brisson，*Plato the Myth Maker*，Uni. Of Chicago Press，1998；M. Janka / C. Schäfer 编，*Platon als Mythologe：Neue Interpretationen zu den Mythen in Platons Dialogen*，Darmstadt，2002。

据说,柏拉图作品中出现的神话可分两大类:谱系神话和终末神话。前者主要涉及世界、人和神的诞生,以及人的认知渊源,后者涉及灵魂的最终命运及其重生。① 如此分类明显带有人类学的痕迹,但政治哲学史家施特劳斯告诉我们,要理解柏拉图笔下的神话,首先应该注意他如何制作神话。

施特劳斯在讲解《普罗塔戈拉》中的普罗米修斯神话时,对柏拉图笔下的神话有过一番精辟论析。② 他独具慧眼地注意到,在柏拉图笔下,神话叙事也可能具有论说[逻各斯]性质——按普罗塔戈拉自己的说法,他编造的普罗米修斯神话其实是论说。这意味着哲人会把神话用作逻各斯[论说]。

在《高尔吉亚》的结尾处,苏格拉底也讲了普罗米修斯神话,而在讲这个神话之前,他特别提醒卡里克勒斯,他要讲一个"非常美的论说":

> 尽管你兴许会视为神话,我却会视为逻各斯[论说],因为我将把我打算讲述的东西作为真实讲给你听。(《高尔吉亚》523a1-2,李致远译文)

这话让我们看到,当时的智识人普遍认为,神话讲述的事情不真实,而苏格拉底并不这么认为。神话故事的情节明显是虚构的,但这种虚构也可以是论说,换言之,说理并非一定要采用推理证明的论述方式。

---

① 马特,《柏拉图与神话之镜》,吴雅凌译,上海:华东师范大学出版社,2008。

② 参见施特劳斯,《〈普罗塔戈拉〉讲疏》,第三讲,据芝加哥大学"施特劳斯中心"网站刊布的讲课录音整理稿。

施特劳斯还提醒我们,柏拉图笔下的普罗塔戈拉曾把自己的一段论说(《普罗塔戈拉》323a8 – 324d1)称为"神话"。言下之意,他的这段论说未必讲的是真实,逻格斯[论说]同样可以用来制作谎言哄骗人。

这两个例子让我们看到,在柏拉图笔下,神话(讲故事)与论说[推理论证]的传统区分消失了。神话虽然讲故事,却带有论证性质——所谓"情节的论证";论说看起来是在推理,其实是在编故事,与哲人斥责的诗人"多谎话"没差别。因此,在柏拉图的作品中,一段言辞究竟是神话还是论证(逻格斯),就不能凭叙事还是推理的形式外观来判断,得看说话人自己认为他是在讲神话还是论说。《会饮》中的第俄提玛讲了一个关于爱若斯的诞生神话,而苏格拉底没把他这位老师讲的当神话。同样,苏格拉底讲神话也无不是在寓意式地揭示某种道理(逻各斯)。

苏格拉底或普罗塔戈拉为何要用虚构的神话来揭示某种道理? 一个显而易见的理由是:神话故事通俗易懂,便于缺乏思辨能力的人们理解。但这并不是唯一的理由。同样重要的理由是,哲人对某些东西的道理还没有形成明确的知识。知识需要证明,证明才能清楚展示什么是什么,而神话叙事的基本特征是无需证明。柏拉图作品中有很多神话,或者说苏格拉底喜欢讲神话,意味着最富智性的哲人对有些东西也没可能拥有知识,或者要获得这类知识也非常困难。

很难获得知识的这类认知对象有哪些呢? 施特劳斯首先提到十分远古的事情,对此,人们迄今仅能得到一些骨头化石。在《法义》和《治邦者》中,当涉及远古的事情时,苏格拉底明确说自己是在讲神话。

再就是关于天上和地底下的事情,今天人们对天体内部和地下内部的了解比柏拉图时代多得多,但仍然非常有限。在柏拉图笔下,苏格拉底谈及这两个领域时,都采用了神话说法——比如《斐多》最后的"大地"神话,《王制》卷十中的厄尔神话,以及《蒂迈欧》中的天体神话。

人们称第一类很难获得的知识为"历史知识",而对第二类很难获得的知识则称为"自然知识"。如果说,随着现代科学技术的发展,人类对这两类知识的掌握都有了巨大进展,以至于可以说越来越逼近"真相",那么,还有第三类很难获得知识的认知对象,就不是科学技术的发展能够帮得上忙的了——这就是人的灵魂样式及其命运。《斐德若》中的一个著名段落(229c4–230a7)让我们看到这一点。

在与苏格拉底一起沿伊利索斯小溪前往郊外时,斐德若看似不经意地提到,据传说,雅典最早的国王埃瑞克特乌斯(Erechteus)的女儿俄瑞逊娅正是在这一带被北风神波若阿斯劫走的。斐德若不相信这类神话传说,他故意问苏格拉底是否相信。苏格拉底含糊其辞地绕开了斐德若的提问,仅仅说"我要是不相信,像那些聪明人那样,恐怕也算不上稀奇[出格]……"。然后,他话锋一转说,那些致力于解构神话传说的智识人"虽然非常厉害,非常勤奋,却未必十分幸运"——

原因没别的,就因为在此之后,他必然会去纠正人面马形相,接下来又纠正吐火女妖形相。于是,一群蛇发女妖、双翼飞马以及其他什么生物——遑论别的大量不可思议的生物,关于它们的八卦说法稀奇古怪——就会淹没他。如果谁不信这些,[非要]用上某些个粗糙的智慧把这个个[生物]比附成看似如此[的东西],就会搭上自己大把闲暇。我可没一点儿闲暇去搞这些名堂。至于原因嘛,亲爱的,就是这个:我还不能按德尔斐铭文做到认识我自己。连自己都还不认识就去探究[与自己]不相干的东西,对我来说就显得可笑。

苏格拉底既不关心非常远古的"历史",也不关心天上和地底下的自然物,他最感兴趣的是人的灵魂这个"不可思议的生物",而且首先是自己的"天性"("生物"的原文在这里是 $φύσεων$ [天性])。个体灵魂有如吐火女妖、双翼飞马,千奇百怪得不可思议,关于这类东西的知识很难获得。苏格拉底讲天上地下的神话时,其实说的都是灵魂的样子——《斐多》中的苏格拉底在临终前讲的大地神话,就是在揭示民众灵魂的各种样子。

施特劳斯指出,对苏格拉底来说,神话最适合用来呈现最为不可见的真实——灵魂的可然性。俗话说,知人知面不知心。人的灵魂中的东西往往没法说出来,《会饮》中的阿里斯托芬所讲的"圆球人神话"展示了这一点:

> 每一个人的灵魂明显都还想要别的什么,却没法说出来,只得发神谕[似的]说想要的东西,费人猜解地表白。(《会饮》192c9 – 192d3)

并非是人们已经明确知道的东西才算是真实,有些真实人们知道得并不清楚——比如灵魂的真实。说出我们知道得并不清楚或者没法完全说清楚的真实,同样是在言说真实,这种言说就是神话。按照施特劳斯的建议,要恰切理解柏拉图作品中的神话,最重要的是留意神话是由哪个人物讲述的。毕竟,神话表达了个体灵魂最为内在的真实。

苏格拉底从自然哲学转向政治哲学,显得是要从根本上化解个人智识自由地挑战既有宗法秩序所带来的政治危机。倘若如此,柏拉图笔下的神话就可以视为针对所谓知识分子"美德"的疗药。

吐露灵魂真相的假话

罗马帝国时期的希腊语作家路吉阿诺斯(Lukianos,公元120—185,又译"卢奇安")不仅写对话小品是高手,编故事也是高手。他的传世之作《真实的故事》篇幅不大,如今文史家喜欢称之为"科幻小说"的鼻祖。其实,说它是富有时代特色的神话新编恰切。① 毕竟,它让我们看到"神话"写作并未随希腊城邦政体的消失而消失,而是以"寓意文学"的形式一直传衍到欧洲文学的兴起。

开讲故事之前,路吉阿诺斯首先宣称他要写一部"题材怪异,情节雅致"的作品,"把莫须有的事情说成实有其事,令人信以为真",以便读书人在"攻读严肃书籍之后,放松一下思想","随后再下苦功"(《真实的故事》1.1)。

既然如此,路吉阿诺斯为何称自己要讲的是"真实的故事"? 按他的说法,这是继承古老的写作传统:"古往今来的诗人、纪事家(史学家)、哲人"都写"诡谲怪异、荒诞不经的事情"——荷马是祖师爷,他笔下的奥德修斯谎话连篇,而人们一直信以为真。路吉阿诺斯觉得自己"没有什么真事可

---

① 卢奇安,《真实的故事》,见泰奥弗拉斯托斯等,《古希腊散文选》,水建馥译,北京:商务印书馆,2013,页 111 – 161。笺注本 A. Georgiadou / D. Larmour,*Lucian's Science Fiction Novel True Histories*: *Interpretation and Commentary*,Leiden: Brill,1998。

写","只好理直气壮地讲假话"——

> 总之,我写的事情,从来没看见过,从来没经历过,
> 从来没听人讲述过,压根儿没有来头,完全莫须有,所以
> 读者大可不必相信。(《真实的故事》1.4)

路吉阿诺斯以第一人称口吻,讲述了自己与"五十名志
同道合的同年伙伴"的一次艰难航行。他们从地中海西端的
赫拉克勒斯双柱出发,向东航行,以"探查大洋尽头到底是个
什么样子,那边住的是些什么人"(《真实的故事》1.5)。我
们不难看出,这是在模仿荷马笔下奥德修斯的返乡之旅。

在抵达大洋尽头的那片大陆之前,路吉阿诺斯和他的五
十同伴"先是在大洋上航行,后来在各座岛屿之间,后来在太
空中,后来在鲸鱼中[航行],逃出之后,又先后和英雄们、梦
魂人相处,最后来到牛头人和驴脚女人国"(《真实的故事》
2.47)。这个编造的故事主要化用了荷马、希罗多德和修昔
底德笔下的情节,既有神话传说又有历史事件,的确没什么
新奇的东西。但有文史家说,它"最好也只是集锦簿,最坏则
可说是废纸堆",却是严重低估了这部作品。①

《真实的故事》分两卷,第一卷主要讲航行途中的奇遇。
路吉阿诺斯一行首先遇到一群从葡萄树长出来的女人,"她
们有些人说吕底亚话,有些人说印度话,大多数人说的却是
希腊话"(《真实的故事》1.8)。同根生长出来的女人说不
同的话,寓意不同族群的人已被植入同一个政体,这颇符合

---

① 安德森,《第二代智术师:罗马帝国的文化现象》,罗卫平译,北京:华夏
出版社,2011,页250。

罗马帝国的现实。

接下来,路吉阿诺斯与同伴一连七天七夜在天上航行:

> 向下望去,下边还另有一个天地,其间有城市、有江河、有海洋、有森林、有山脉,想必就是我们平日居住的地方了。(《真实的故事》1.10)

路吉阿诺斯随之让读者看到一场天上的战争,然后又让读者看到地上连绵不断的战争。可以说,第一卷的主题是不同地域的异族人之间的战争——甚至成为同族人之后的内战。路吉阿诺斯要是得知今天的古典学家把他的叙事比作"科幻小说",一定会生气,因为他写的分明是罗马帝国的政治现实,只不过采用了今人不熟悉的"神话"笔法而已。

第二卷开始不久,路吉阿诺斯与两位同伴登上奶白色的福人岛,见到宙斯和欧罗巴所生的儿子剌达曼托斯正在审判亡灵——排队等候被审判的,有波斯王大居鲁士、亚历山大大帝以及迦太基名将汉尼拔等,都是响当当的历史人物(《真实的故事》2.9)。

由于路吉阿诺斯和他的同伴须待死后才能接受审判,他们被允许在岛上逗留半年"和英雄们一起生活"(《真实的故事》2.10)。于是,路吉阿诺斯有了机会与荷马以来诸多希腊名人的亡灵交流。这些赤裸裸的灵魂虽然"没躯体,没肌肉,触摸不到,却能显出自己的形状……尽管没有身体,却能交往、行动、思想、谈话"(《真实的故事》2.12)。

> 我去找诗人荷马,趁大家有空,向他打听许多事,我问他到底是哪里人氏。这件事我们这边人到现在还在

拼命研究。他说,他知道有人说他是开俄斯人,有人说他是斯米耳纳人,还有许多人认为他是科洛福尼亚人。他说,其实他是巴比伦人,在本国并不叫荷马,而叫提格剌涅斯,后来在希腊人手中做了人质,才改名。我又问那些被人认为伪作的诗行,到底是不是他写的,他说是他写的。(《真实的故事》2.20)

路吉阿诺斯见到了好些想要见到的古希腊名哲,但令他感到不无遗憾的是"唯独柏拉图不在,据说,他住在他自己虚构的城邦中,正在受他自己拟定的政体和法律管制"(《真实的故事》2.17)。

看得出,这则记叙模仿的是《奥德赛》第十一卷奥德修斯下冥府求问归程的经历,不同的是,它占了第二卷近半篇幅(《真实的故事》2.7 – 28)。奥德修斯的冥府经历成了《真实的故事》的核心内容,这意味着什么呢?

与古希腊的各色亡灵一起生活半年后,路吉阿诺斯再次起航,继续前往大洋尽头的陆地。路吉阿诺斯又说道:

凡是在世上说假话,或书中不写真话的人——其中有克尼多斯的克武西阿斯以及希罗多德等许多人——受的刑罚最重。(《真实的故事》2.31)

可路吉阿诺斯在讲故事前宣称自己要讲的都是"假话",难道他不害怕自己死后灵魂受罚?

"真实的故事"还可以有另一种译法——"真实的经历"(Ἀληθῶν Διηγημάτων)或"真实的历史"(Vera Historia),路吉阿诺斯的确讲到大量历史人物。但在福人岛上,我们没有见到任何一个罗马人的亡灵。路吉阿诺斯出生于公元 120 年，他应该见到大量罗马历史人物的亡灵才对，但他仅仅一带而过地提到罗马建城者之一努马（《真实的故事》2. 17）。

据说路吉阿诺斯还写过一则人变驴的故事，题为《路吉俄斯或驴子》（Λούκιος ἢ Ὄνος），史称西方直到卡夫卡《变形记》的奇幻小说即滥觞于此。路吉阿诺斯让一个名叫路吉俄斯（Lukios）的青年以第一人称口吻讲述发生在自己身上的事情，让人觉得这是真实发生的事情：

> 我急匆匆脱下衣服，给自己全身涂油，但我却没变成一只鸟。真倒霉，我后背竟然长出一条尾巴，手指全都消失，不知道去哪儿啦，还剩四个指甲倒正像蹄子，手脚都变成一头牲畜的脚。耳朵长、脸盘子大。我打量自己时，看到的竟是一头驴！（《路吉俄斯或驴子》13）

这样的事听起来荒诞不经，但若把它理解为罗马帝国治下有文明自豪感的希腊人的精神感受，就显得相当真实了。

阿普莱乌斯（Apuleius，约公元 123—170）比路吉阿诺斯仅小 3 岁，他出生在北非（今阿尔及利亚），先在迦太基学习修辞术，20 多岁时（公元 150 年左右）到雅典进柏拉图学园，成了神秘派柏拉图信徒。虽然希腊语算得上阿普莱乌斯的母语，但他用拉丁文写作。自近代欧洲人重新发现他的作品以来，极少有人读他的《论苏格拉底的神》（De Deo Socratis）或《论柏拉图及其教诲》（De Platone et dogmate eius）或散文作品《花簇集》（Florida），而读他的长篇小说《金驴记》（Asinus Aureus）——又称《变形记》（Metamorphoses）——的人却不少,其中的人变驴故事一直被人们津津乐道。①

　　阿普莱乌斯笔下的路吉俄斯记叙自己变驴的经过时更为细致。为了让自己变成一只鸟儿飞起来,他求助于巫师的神奇药膏:

> ……我赶快脱掉所有衣服,贪婪地把双手伸进油膏捞出一大把,使劲地把全身擦了一遍——我跃跃欲试,准备腾空而起,故时而动动这个手臂,时而动动那个手臂,自以为即将会变成一只飞鸟。然而,我身上没有一个地方生出羽毛或翎翅来,相反,我的汗毛倒搞成鬃毛那么粗,柔软的皮肤变得硬如皮革,掌上的指缝均消失不见,指头则一一聚拢,形成一个光秃秃的蹄子,同时在脊椎骨末端冒出一条粗尾巴来。
>
> 　　我的五官也全乱套,脸拉得很长,嘴巴突出,鼻孔变宽,上唇"啪嗒啪嗒"滴口水,耳朵无节制地疯长,上面还生出一片硬毛。瞧着我这副变了形的丑态,唯一的安慰只有一处:尽管我再也无法把福娣黛搂在怀里,但我的小鸡鸡开始长得更加可观了。(《金驴记》3.24,译文略有改动)

　　《金驴记》全书十一卷,这个变形故事发生在第三卷,随后,路吉俄斯以驴子形态有了一系列奇特的经历,眼见和耳闻了人间百态。直到卷十他才逐渐开始变回人形,而起点同

---

　　① 阿普列乌斯,《金驴记》,刘黎亭,上海:上海译文出版社,1988;考订笺注:D. S. Robertson / P. Vallette, *Apulée: Les Métamorphoses*, 3 卷本, Paris 1985 – 2000; M. Zimmerman, *Apulei metamorphoseon libri XI*, Oxford University Press 2012。

样是一次给身上抹药膏。当时是在一位阔太太的卧房,她见驴子形态的路吉俄斯进来后,马上"脱掉全身的衣服","站在烛光前,从一个小锡盒子里挖出一种香脂,在自己浑身上下搽抹"。

> 接着,她又使用一种香脂,毫不吝惜地涂在我身上,在鼻孔周围涂得特别仔细。干完这一切,她开始娇柔地吻我……在长期禁欲之后,我真想感受一下和一位漂亮女人的欢乐,再加上她那份激情。除此之外,还有我畅饮美酒后的那种醉意,还有香脂散发出的那种气味,都在我心中唤起淫荡的欲念。(《金驴记》10.21)。

《金驴记》中有不少色情小故事,我们必须问:一个写下《论苏格拉底的神》和《论柏拉图及其教诲》的作者,怎么会写看似乌七八糟的故事?

路吉俄斯自称是著名哲人和纪事作家普鲁塔克(公元46—120)的亲戚(《金驴记》2.3)。奇遇故事开始时,他遇上的第一人是"一个同行"——苏格拉底。正是这个"同行"给他讲述了关于女巫的故事,让他禁不住要去追寻女巫的神奇药膏(《金驴记》1.7 – 10)。这些细节无异于在提示读者,《金驴记》讲的其实是热爱智慧者的灵魂成长经历——全书收尾时,路吉俄斯加入了秘教行列,而这时他才突然一下子返回人形(《金驴记》11.13)。

我们若熟悉柏拉图的《斐德若》,就不难看出《金驴记》是在疏解苏格拉底讲给斐德若听的"爱欲神话"(《斐德若》237b2 – 241c6,244a1 – 250c6)。只是由于阿普莱乌斯采用了以神话文体解释神话的方式,我们才不容易看出来而已。

《金驴记》中虽然有很多小故事,但出生高贵的卜茜凯(psyche[心魂])追求带翅膀的阿摩(amor[爱神])的故事独一无二,占了整整两卷篇幅(《金驴记》4.28 – 6.24),堪称全书枢纽,有如需要解释的"爱欲神话"本身。虽然这个故事在后世传世不衰,却少有人注意到它与《斐德若》中的"爱欲神话"的内在关联。①

《金驴记》在西方文史上名气很大,自近代以来,模仿者络绎不绝。但新生的欧洲人似乎对其中的巫术及其魔药或那位阔太太小锡盒子里的香脂更感兴趣,一直到后现代都如此。《金驴记》要解释的文本——苏格拉底的"爱欲神话",被彻底遗忘了。②

普勒恭(Phlegon of Tralleis)生活于约公元 2 世纪,也是与路吉阿诺斯和阿普莱乌斯同时代的希腊语作家。他本是个奴隶,获得自由后为喜欢传奇的皇帝哈德里安(Hadrian,公元76—138)编写日记,兼做文书工作。他写过一篇题为"论长寿和惊异"(περὶ μακροβίων καὶ θαυμασίων)的神话,描绘错生、变性、死者复生之类的离奇事。歌德化用这篇故事写成叙事谣曲《哥林多新娘》(*Die Braut von Korinth*,1797),赋予了它现代启蒙的寓意。③

歌德编的故事是:一位信奉异教的雅典青年前往哥林多城,迎娶当地一位基督徒女郎。他并不知道,自己的新娘其

---

① 参见 C. Moreschini, *Apuleius and the Metamorphoses of Platonism*, Turnhout: Brepols Publishers, 2016,页 105 – 111,比较 219 – 225。

② 参见理查德·罗吉利,《最狂野的梦:从〈金驴记〉到〈裸体午餐〉,跨越两千年的迷幻》,张雅涵译,台北:商周出版公司,2016。

③ 《歌德文集》,第九卷,钱春绮译,北京:人民文学出版社,1999,页 51 – 60。

实已经死了,因为基督教信仰会把"爱和忠诚""当作莠草一样拔除"。

雅典青年抵达女方家时已经是夜里,仅女方的母亲还没就寝。雅典青年进入新房后因疲倦"倒在床上和衣而睡",随即梦见一位披着白色面纱、身穿白色衣裳的女郎"端庄沉静地走进"新房。女郎见到雅典青年,吓得赶紧要离开,雅典青年却非要她留下不可,因为她带来了 amor[爱神]。女郎却说,她的"青春和肉体"都要献给她所信仰的"不可见的、唯一的在天之神"。

信奉异教的雅典青年欲火中烧,非要与女郎交欢,毕竟这是他们的新婚之夜——女郎却对他说:

> 可是,唉!你如碰到我的身体,
> 发觉我隐瞒的真相,会惊骇万状。
> 像雪一样洁白,
> 却冷得像冰块,
> 这就是你给自己选中的对象。(同上,页 56)

雅典青年的确没意识到,他紧搂着的不是女郎的身体本身,而是一片冰凉——被基督教信仰害死了的女郎灵魂。

接下来情节出现了突转,雅典青年紧搂着"来自墓中的幽灵",情不自禁地"发挥男性的爱情威力",而他搂着的一片冰凉似乎逐渐生出了血肉。他们相互亲吻、爱抚,像阿里斯托芬在柏拉图的《会饮》中描写过的那样,兴奋莫名地享受爱欲的热情:

> 爱情使他们更加紧密地接合,

> 在欢乐之余,不由泪珠涌迸;
> 她贪婪地吸他口中的欲火,
> 彼此都不愿离开,相爱相亲。
> 一股爱的狂热,
> 烘暖她的凝血,
> 可是她胸中却没有跳动的心。(同上,页 57)

天快亮了——从坟墓中偷跑出来的女郎该回坟墓的时辰到了。女郎的母亲来到这对新婚夫妻的房前,吃惊地听见屋里"发出一阵吃吃的狂欢声浪":她让自己的闺女信了基督教,怎么可能还会发出这种声音啊!她打开房门,见自己已死的女儿正躺在雅典青年怀里。接下来,这位基督徒母亲听到了女儿对她的长篇控诉——这位幽灵女还誓言:

> 我要追求被错过的喜悦,
> 我要热爱已失去的丈夫,
> 并且要吸啜他心中的鲜血。
> 等他一旦丧生,
> 就去另找别人,
> 让年轻人受制于我的狂热。(同上,页 59–60)

雅典青年寓指宙斯宗教,哥林多新娘则寓指基督教。因为圣保罗当年给哥林多信众写的两封信,史称基督教会的奠基文献,其中就有不少高扬"属灵"而贬低"肉体"的话。歌德编造这个诗体故事让"肉体"战胜了"属灵",尽管他把这位哥林多新娘称为"重走一遭的[人生]过客"(Wiedergängerin)。

歌德让人们看到,哥林多新娘的灵魂被父母嫁给了基督教,而她的身体仍然属于希腊的神话宗教,她身上的情欲甚至比雅典青年更为"狂热"。通过这个故事新编,歌德刻画了欧洲人的心灵成长史——对观阿普莱乌斯笔下的卜茜凯(psyche[心魂])追求阿摩(amor[爱神])的故事,我们应该知道,这个故事也是歌德的灵魂镜像。

斯威夫特(1667—1745)比培尔仅年轻 20 岁,算是同时代人。然而,对比《格列佛游记》(1726)与《历史与考订辞典》,两者的精神品质简直不可同日而语:培尔致力于涤除神话,斯威夫特则模仿柏拉图继续编造神话。

从形式上看,《格列佛游记》的神话式叙事颇像是模仿路吉阿诺斯的《真实的故事》。从中我们可以看到,斯威夫特的灵魂中有"大人国"与"小人国"的区分或者说灵魂类型的区分。《格列佛游记》的第四卷题为"慧骃国游记",但格列佛这次来到的岛屿其实并没有名字。他首先遇到一群奇怪的动物:它们的头部和胸部都有厚厚的毛发,嘴边长着山羊胡子,样子极为丑陋,格列佛不禁心生厌恶。然后又来了两匹马,格列佛这才得知岛国的主要居民是马(或者是驴子也说不定)。由于当地语言把"马"读作 Houyhnhnm[慧骃],格列佛就把这个岛屿称为"慧骃国"。

马的主人提醒格列佛注意:

"慧骃"中的白马、栗色马、铁青马跟火红马、灰斑马、黑马的样子并不完全相同,它们的才能天生就不一样,也没有变好的可能。所以,白马、栗色马和铁青马永远处在仆人的地位,休想超过自己的同类,如果妄想出

人头地,这在这个国家就要被认为是一件可怕而反常的
事。①

这段说法化用了苏格拉底在《斐德若》中讲的双翼飞马
神话,以揭示两种最为基本的灵魂类型。"白马"拉的马车寓
意高贵、有节制、知羞耻的灵魂,"黑马"拉的马车寓意低贱、
肆心、贪欲的灵魂。在斯威夫特笔下,灵魂类型进一步细分
为栗色马、铁青马与火红马、灰斑马的样子。

对照《真实的故事》中下面这段描述,我们可以说,斯威
夫特的说法是在模仿路吉阿诺斯:

> 各个梦魂的性质和形状都不一样,有的高大、漂亮、
> 好看,有的矮小、丑陋。据我看有的阔气高贵,有的贫寒
> 微贱。还有些梦魂带翅膀,样子高人一等,另有些梦魂
> 所穿衣着仿佛是节日游行的艳装,有的打扮成帝王,有
> 的打扮成天神,有的打扮成诸如此类的其他人物。(《真
> 实的故事》2.34)

无论培尔还是伏尔泰,狄德罗还是歌德,其写作不是都
能让我们看出他们各自的灵魂是什么样式或颜色吗? 只要
我们认真学习过柏拉图笔下的神话,进而掌握了灵魂辨析
术,那么,通过韦伯或海德格尔、韦尔南或福柯的学术作品,
我们也应该看得出不同颜色的灵魂样式。

---

① 斯威夫特,《格列佛游记》,张健译,北京:人民文学出版社,1962/ 1979
/ 2008/ 2014,页204。

图书在版编目（CIP）数据

昭告幽微：古希腊诗文品读 / 刘小枫著. -- 北京：华夏出版社
有限公司，2021.6
　（刘小枫集）
　ISBN 978-7-5222-0087-3

Ⅰ．①昭… Ⅱ．①刘… Ⅲ．①诗歌研究－古希腊
Ⅳ．①I545.072

中国版本图书馆 CIP 数据核字（2020）第 260718 号

昭告幽微——古希腊诗文品读

作　　者	刘小枫
责任编辑	李安琴
美术编辑	殷丽云
责任印制	刘　洋

出版发行	华夏出版社有限公司
经　　销	新华书店
印　　装	北京汇林印务有限公司
版　　次	2021 年 6 月北京第 1 版 2021 年 6 月北京第 1 次印刷
开　　本	880×1230　1/32
印　　张	9.25
字　　数	197 千字
定　　价	68.00 元

华夏出版社有限公司 地址：北京市东直门外香河园北里 4 号　　邮编：100028
网址：www.hxph.com.cn　　电话：(010)64663331（转）
若发现本版图书有印装质量问题，请与我社营销中心联系调换。

城邦人的自由向往：阿里斯托芬《鸟》绎读

昭告幽微：古希腊诗文品读

设计共和

以美为鉴：注意美国立国原则的是非未定之争

古典学与古今之争［增订本］

这一代人的怕和爱

沉重的肉身

圣灵降临的叙事［增订本］

罪与欠

儒教与民族国家

拣尽寒枝

施特劳斯的路标［增订本］

重启古典诗学

共和与经纶

现代性与现代中国：现代性社会理论绪论

诗化哲学［重订本］

拯救与逍遥［修订本］

走向十字架上的真

卢梭与我们

西学断章

现代人及其敌人

好智之罪：普罗米修斯神话通释

民主与爱欲：柏拉图《会饮》绎读

民主与教化：柏拉图《普罗塔戈拉》绎读

巫阳招魂：《诗术》绎读

编修［博雅读本］

凯若斯：古希腊语文读本［全二册］

古希腊语文学述要

雅努斯：古典拉丁语文读本

古典拉丁语文学述要

危微精一：政治法学原理九讲

琴瑟友之：钢琴与古典乐色十讲